읽자읽자 **우리소설** 4
교과서 전작품 해설집

必 시험에 또 나온다

읽자읽자
우리소설

엮은이 | 박동규
펴낸이 | 손상목
펴낸곳 | 도서출판 인디북
책임편집 | 민윤식
편집 | 신선균, 조혜민
디자인 | 디자인캠프
마케팅 | 최영태 박현수 정현철
관리 | 김봉환, 길은자

1판1쇄 인쇄 | 2004. 7. 9
1판1쇄 발행 | 2004. 7. 15

등록일자 | 2000. 6. 22
등록번호 | 제 10-1993호
주소 | 서울시 마포구 현석동 105-56 3층
전화번호 | 02 · 3273 · 6895~6
팩스번호 | 02 · 3273 · 6897
홈페이지 | www.indebook.com

ISBN 89-89258-99-5 44810
     89-89258-95-2 (세트)

읽자읽자 **우리소설 4**

교과서 전작품 해설집

엮은이 | 박동규

인디북

···· 차 례

현대문학사 연표

1883~2004

1880~1889

1883년   우리나라 최초의 신문 《한성순보》 창간하다.

1886년   갑신정변으로 폐간되었던 《한성순보》를 《한성주보》로 복간하다.

1890~1899

1895년   유길준 〈서유견문〉 일본에서 출판하다.

1896년   서재필 박사, 독립협회 기관지 《독립신문》 창간하다.

1898년   장지연, 남궁억 등이 《대한황성신문》을 인수하여 《황성신문》으로 발행하다.

1900~1909

1904년   베델 《대한매일신보》와 영자신문 《The Korea Daily News》 창간하다. 총무에 양기탁.
           최남선 〈경부철도가〉

1905년   장지연 《황성신문》에 '시일야방성대곡' 쓰다.

1906년   천도교 기관지 《만세보》 창간하다.
           신채호, 순한글 월간잡지 《가정잡지》 창간하다.
           가톨릭 기관지 주간 《경향신문》 창간하다.
           이해조, 이인직, 양재건, 조중응 등이 최초의 소년잡지 《소년한반도》 창간하다.
           이인직 《혈의 누》, 《귀의 성》

1907년	'광무신문지법' 제정되다.

1908년	가톨릭 기관지 《경향잡지 》 창간하다.
	최남선, 최초의 월간 종합지 《소년》 창간하고 신체시 〈해에게서 소년에게〉를 발표하다.
	이광수 단편소설 〈원한〉
	안국선 〈금수회의록〉

1909년	신문관, 십전소설 시리즈 《걸리버 여행기》 등 간행하다.
	이토 히로부미, 규장각 장서 일본으로 8만 권 반출하다.
	'출판법'을 제정하다.
	유길준 〈대한문전〉

1910~1919

1910년	한용운 〈조선불교유신론〉 발표하다.
	경무총감, 잡지 《소년》 정간을 포함해 〈을지문덕〉 등 45권 금서 조치하다.
	이해조 〈은세계〉, 〈자유종〉
	주시경, 박문서관에서 〈국어문법〉 간행하다.

1911년	이해조 〈화의 혈〉 《매일신문》에 연재하다.
	《경성신문》 창간하다.

1912년	최남선, 아동잡지 《붉은 저고리》 발간하다.
	최찬식 〈추월색〉 발표하다.

1913년	최남선 《새별》, 《아이들보이》 창간하다.
	이인직 〈모란봉〉

1914년	제1차 세계대전 일어나다.
	동경유학생학우회, 《학지광》 창간하다.
	최남선, 잡지 《청춘》 창간하다.

1915년	잡지 《학지광》 발매 금지당하다.
	시인 서정주, 신석초 태어나다.
	안국선 〈공진회〉
	이광수 〈젊은 꿈〉 발표하다.

1916년	시인 박목월, 박두진, 오장환, 극작가 오영진 태어나다.
	총독부, 잡지 《학지광》 발매 금지하다.
	잡지 《신세계》 내용이 불온하다는 이유로 발매 금지하다.
	이광수 〈문학이란 하何오〉를 《매일신보》에, 희곡 〈규한〉을 《학지광》에, 장편소설 〈무정〉을 《매일신보》에 발표하다.
	이인직 사망하다(1862년 태어나다).
	신채호 〈꿈하늘〉 발표하다.

1917년	작가 손소희, 시인 조향, 황금찬, 윤동주 태어나다.
	잡지 《조선문예》 창간. 편집인 최영년.
	기독교청년연합회 기관지 《청년》 창간하다.
	동양청년동지회, 일본에서 기관지 《동아시론》 창간하다.
	이광수 장편소설 〈개척자〉, 〈어린 벗에게〉, 〈무정〉 잇따라 발표하다.

1918년	한용운 불교잡지 《유심》 창간하다.
	이광수 〈신생활론〉을 《매일신보》에, 〈자녀중심론〉을 《청춘》에 발표하다.

문예잡지《태서문예신보泰西文藝新報》창간하다.

1919년 작가 김성한, 전광용, 시인 구상 태어나다.

김동인, 전영택, 주요한, 김환 등이 최초의 문예동인지《창조》창간하다.

동경유학생 중심의 순문예잡지《삼광三光》창간하다.

주요한 시 〈불놀이〉

김동인 단편소설 〈약한 자의 슬픔〉 발표하다.

방정환, 영화예술잡지《녹성綠星》창간하다.

월간 종합잡지《서광》창간, 월간종합지《서울》창간하다.

1920~1929

1920년 《조선일보》,《동아일보》두 민족지와 친일신문인《시사신문》각
각 창간하다.

월간 종합잡지《개벽》창간했으나 창간호부터 검열에 걸려 압수
당하다.

오상순, 염상섭, 황석우, 변영로, 김억, 민태원 등이 순수 문예잡
지《폐허》창간하다.

동경유학생 김우진, 최승일, 홍해성 등이 극예술협회 결성하다.

1921년 황석우, 변영로, 박영희 등이 문예동인지《장미촌》창간하다.

김동인 단편소설 〈배따라기〉

김억 최초의 번역시집 〈오뇌의 무도〉 발간하다.

현진건 단편소설 〈빈처〉, 〈술 권하는 사회〉

염상섭, 최초의 자연주의 소설 〈표본실의 청개구리〉 발표하다.

1922년 이상화, 나도향, 현진건 등이《백조》창간하다.

잡지《신생활》불온하다는 이유로 발매금지, 발행인 박희도는 구속되다.

박승희, 이서구, 김기진 등이 동경에서 연극단체 토월회 조직하다.

나도향 처녀 장편 〈환희〉《동아일보》에 연재하다.

이광수 논문 〈민족개조론〉

김동인 단편소설 〈태형〉

염상섭 단편소설 〈만세전〉

이상화 시 〈나의 침실로〉

방정환 〈세계명작동화집〉 발간하다.

1923년 천도교 소년회, 아동잡지 《어린이》 창간하다.

방정환, 정인섭 등이 동경에서 아동문제연구회 색동회 결성하다.

방정환 등이 주창하여 어린이날이 제정되다.

양주동, 이장희, 손진태, 유엽, 백기만 등이 문예지 《금성》 창간하다.

셰익스피어 〈햄릿〉 번역 소개되다.

현진건 〈할머니의 죽음〉

1924년 김억, 남궁벽, 염상섭, 오상순, 황석우 등이 문예지 《폐허 이후》 창간하다.

김동인, 주요한, 김억, 김소월, 김관호 등이 《영대》 창간하다.

방인근, 문예지 《조선문단》 창간하다.

《시대일보》 창간.

변영로 시집 〈조선의 마음〉

김소월 시 〈산유화〉

현진건 단편소설 〈운수 좋은 날〉

최현배 〈민족갱생의 도〉

1925년 박영희, 김기진, 임화 등이 조선프롤레타리아예술동맹(카프) 결성하고 신경향파 문화운동을 펼치다.

전영택 단편소설 〈화수분〉
최서해 단편소설 〈탈출기〉, 〈홍염〉
김동환 장시 〈국경의 밤〉
김소월 시 〈진달래꽃〉
김동인 단편소설 〈감자〉
나도향 단편소설 〈벙어리 삼룡이〉, 〈물레방아〉, 〈뽕〉
현진건 〈불〉

1926년   프로문학 경향잡지 《문예운동》 창간하다.
주요한 종합지 《동광》 창간 · 개벽사 폐간당한 《개벽》 후속 종합
지 《별건곤》 창간하다.
조선어연구회, 처음으로 '한글날' 기념식 거행하다.
나운규가 감독한 '아리랑' 상영하다.
이상화 시 〈빼앗긴 들에도 봄은 오는가〉
최남선 〈백팔번뇌〉
이광수 〈단종애사〉
현진건 〈고향〉
한용운 시집 〈님의 침묵〉
김구 〈백범일지〉

1927년   해외문학 소개잡지 《해외문학》 창간하다.
카프의 기관지 《예술동맹》 창간하다.
조명희 〈낙동강〉
《조선일보》 한글난 신설하다.
이해조 사망하다(1869년 태어나다).

1928년   《조선일보》 첫 신춘문예 실시하다.
황석우 시잡지 《조선시단》 창간하다.

홍명희 역사소설 〈임꺽정〉 연재를 시작하다.

한글날 제정하다.

1929년   문예잡지 《문예공론》·《조선문예》, 종합지 《삼천리》 창간하다.

이광수, 주요한, 김동환 〈3인 시가집〉

타고르, 〈조선은 아시아의 햇불〉 기고하다.

한설야 〈과도기〉

1930~1939

1930년   작가 오상원·서기원, 시인 신동엽·천상병, 평론가 김우종 태어나다.

조선프롤레타리아예술동맹 기관지 《군기》 창간하다.

정지용, 박용철, 김영랑 등이 시잡지 《시문학》 창간하다.

종합문예지 《대조》 창간하다.

임화, 종합지 《무산자》 동경에서 발행하다.

김동인 〈광염 소나타〉, 역사소설 〈젊은 그들〉

이상 〈오감도〉 발표하다.

심훈 장편소설 〈동방의 애인〉

1931년   작가 박완서, 하근찬 태어나다.

염상섭 장편 〈삼대〉 《조선일보》에 연재하다.

《동아일보》 브나로드 운동 전개하다.

조선어연구회를 조선어학회로 개칭하다.

조선일보에 김기림 〈시론〉, 강경애 〈파금〉 연재하다.

강경애 단편소설 〈어머니와 딸〉로 데뷔하다.

개벽사에서 종합지 《혜성》 창간하다.

안회남 〈인간궤도〉 《조선일보》, 이태준 〈고향〉 《동아일보》에 연재하다.

월간 종합지 《비판》 창간하다.

박영희, 김기진, 임화, 김남천 등 조선프롤레타리아예술동맹원 70여 명 종로경찰서에 검거되다. 이것이 제1차 카프 사건이다.

조만식, 양주동 등 한글연구회 조직하다.

아동문학가 방정환 사망하다(1899년 태어나다).

《조선일보》27개 도시에서 제1회 조선어강습회 개최하다.

잡지 《현대공론》 창간하다.

《중외일보》가 《중앙일보》로 개제, 창간호 발행하다.

조선어학회, 한글날 제정하다.

이하윤, 박용철, 김영랑 등이 《문예월간》 창간하다.

동아일보사 《신동아》 창간하다.

염상섭 〈무화과〉 《매일신보》에 연재. 장편소설 〈삼대〉

조선어학연구회 결성하다.

김동인 잡지 《조광》에 단편 〈발가락이 닮았다〉 발표하다.

1932년 카프의 기관지 《집단》 창간하다.

《조선지광》 후신 《신계단》 창간하다.

박영희, 이론상의 대립으로 카프 탈퇴하다.

순문예지 《문학건설》 창간하다.

김동인 단편소설 〈붉은 산〉, 〈발가락이 닮았다〉 발표하다.

이광수 〈흙〉 《동아일보》에 연재하다.

양주동 〈조선의 맥박〉

이은상 〈노산시조집〉

작가 최서해 사망하다(1901년 태어나다).

1933년 시인 고은 · 박재삼, 수필가 전혜린, 평론가 이어령 태어나다.

동아일보사 여성잡지 《신가정》 창간하다.

《중앙일보》가 《조선중앙일보》로 제호를 바꾸다.

조선어학회, 한글맞춤법통일안 발표하다.

김동인 장편소설 〈운현궁의 봄〉, 채만식 〈인형의 집을 나와서〉
《조선일보》에 연재하다.

잡지 《카톨릭청년》 창간하다.

김유정 〈산골 나그네〉

심훈 장편소설 〈영원의 미소〉《조선중앙일보》에 연재하다.

이효석, 정지용, 이무영, 이태준, 김기림 등 9명이 문인단체 '구
인회' 조직하다.

만주 교포들이 신경新京에서 《만선일보》 창간하다.

잡지 《학등》 창간하다.

조선어학회 임시총회를 개최, 한글맞춤법통일안 가결하다.

조선중앙일보사, 종합잡지 《중앙》 창간하다.

박용철 《문학》 창간하다.

문예지 《형상》 창간하다.

박태원 〈피로〉

이태준 〈제2의 운명〉, 이광수 〈유정〉, 이기영 〈고향〉《조선중앙
일보》에 연재하다.

이효석 단편소설 〈돈〉《조선문학》 창간호에 발표하다.

이태준 〈달밤〉 발표하다.

현진건 〈적도〉

1934년　작가 최상규 태어나다.

시인 김소월 자살하다(1902년 태어나다).

극예술연구회 기관지 겸 동인지 《극예술》, 종합잡지 《사해공론》,
문예지 《문학창조》·《신인문학》 창간하다.

이기영, 백철, 박영희 등 조선프롤레타리아예술동맹원 80명이 제
2차 카프 사건으로 검거되다.

이병도, 김윤경, 이병기 등이 진단학회 창립하다.

심훈 장편소설 〈직녀성〉《조선중앙일보》에 연재하다.

강경애 장편소설 〈인간문제〉《동아일보》에, 박태원 〈소설가 구보
씨의 일일〉《조선중앙일보》에, 박태원 〈애욕〉《조선일보》에 연재.
심훈 〈상록수〉《동아일보》 창간 15주년 기념현상소설에 당선되다.
박영준 〈모범경작생〉
채만식 단편소설 〈레디메이드 인생〉 발표하다.
시 소설 동인지 《삼사문학》 창간하다.
박송 편집, 발행의 종합 예술지 《예술》 창간하다.

1935년 카프 해체하다.
《조선일보》에서 월간 종합지 《조광》 창간하다.
강경애 〈원고료 이백원〉
유진오 〈김강사와 T교수〉
계용묵 〈백치 아다다〉
김동인 〈광화사〉
김동리 〈화랑의 후예〉
심훈 〈상록수〉
김영랑 〈영랑시집〉
정지용 〈정지용시집〉
김유정 단편소설 〈봄봄〉, 〈만무방〉, 〈금 따는 콩밭〉
김정한 〈사하촌〉
주요섭 〈사랑손님과 어머니〉
한용운 장편소설 〈흑풍〉

1936년 구인회 동인지 《시와 소설》 발행하다.
서정주, 김동리, 오장환 등이 《시인부락》 창간하다.
《동아일보》 손기정 일장기 말소 사건으로 무기한 정간당하다.
조선총독부, 조선인 사상보호관찰령 시행규칙 공포하다.
강경애 〈산남〉, 〈지하촌〉

한설야 〈황혼〉

김동리 〈무녀도〉, 〈바위〉

김유정 〈동백꽃〉

김정한 〈사하촌〉

백석 〈사슴〉

김기림 〈기상도〉

박태원 〈천변풍경〉

이 상 〈날개〉

이태준 〈까마귀〉

이효석 〈메밀꽃 필 무렵〉, 〈산〉, 〈분녀〉

채만식 〈치숙〉

1937년   수양동우회 사건으로 안창호, 이광수 등 150명 구속되다.

조선총독부, 황국신민서사 공포하다.

신석초, 윤곤강, 김광균, 이육사 등이 시 전문지 《자오선》 창간하다.

채만식 〈탁류〉《조선일보》에 연재하다.

김말봉 〈찔레꽃〉

김유정 〈따라지〉, 〈땡볕〉

오장환 〈성벽〉

윤곤강 〈대지〉

이용악 〈분수령〉

이태준 〈복덕방〉

한용운 장편소설 〈박명〉

1938년   조선총독부, 조선어교육을 폐지하다.

이태준, 월간 문예지 《문장》 창간.

문세영, 우리나라 최초의 〈우리말사전〉 발간.

김광섭 〈동경〉

김동명 〈파초〉

박계주 〈순애보〉

윤곤강 〈만가〉

이용악 〈낡은 집〉

이태준 〈패강랭〉

임화 〈현해탄〉

현덕 〈남생이〉

채만식 〈태평천하〉

1939년 황군위문작가단 구성하다.

친일문학단체인 조선문인협회 결성. 훗날 조선문인보국회로 개칭하다.

최재서 《인문평론》 창간하다.

김광균 〈와사등〉

김기림 〈태양의 풍속〉

김남천 〈대하〉

김동인 〈김연실전〉

김상용 〈망향〉

김억편 〈소월시초〉

박용철 〈박용철시집〉

신석정 〈촛불〉

오장환 〈헌사〉

유치환 〈청마시초〉

이병기 〈가람시조집〉

이무영 〈제1과 제1장〉

이효석 〈화분〉

현진건 장편소설 〈무영탑〉

1940~1949

1940년   조선총독부, 창씨개명을 실시하다.

조선총독부《조선일보》,《동아일보》폐간시키다.

수양동우회 사건으로 안창호, 이광수에게 실형 선고하다.

임화〈문학의 논리〉

1941년   일본이 진주만을 폭격함으로써 태평양전쟁 일어나다.

조선연극협회 결성하다.

순수 문예지《문장》,《인문평론》강제 폐간되다.

친일파 시인들 '국민시가연맹' 조직하다.

친일잡지《국민문학》창간하다.

김동인〈대수양〉

최명익〈장삼이사〉

서정주〈화사집〉

정지용〈백록담〉

한설야〈한설야 단편집〉

황순원〈별〉

1942년   친일잡지《국민문학》일본어판만 발행하다.

종합잡지《삼천리》친일잡지《대동아》로 개제하다.

조선어학회 사건 일어나다.

김소운〈조선시집〉

최재서〈전환기의 조선문학〉

권환〈자화상〉

1943년   친일문학단체인 조선문인보국회 결성.

윤동주 일본에서 사상법으로 체포되다.

진단학회 해산하다.

임화, 이기영, 이태준, 김남천, 권환 등이 조선문학가동맹을 결성하다.

현진건 사망하다(1900년 태어나다).

이태준 〈돌다리〉

1944년 이육사, 북경에서 옥사하다.

한용운 사망하다.

여운형, 지하비밀조직 '건국동맹' 결성하다.

1945년 광복이 되고 남북한은 분단되다.

《예술운동》, 《백민》, 《문화창조》, 《신문예》, 《상아탑》, 《예술타임즈》, 《예술문화》등 많은 잡지가 창간되다.

임화, 김남천, 이태준, 이원조 등이 좌익 문학단체인 조선문학건설본부를 결성하다.

한설야, 이기영, 윤기정, 한효 등이 카프를 계승한 조선프롤레타리아예술동맹을 결성하다.

박종화, 이헌구, 김진섭, 김광섭 등 민족주의 작가들이 중앙문화협의회를 결성하다.

윤동주 일본에서 옥사하다.

1946년 정인보, 박종화, 김광섭, 이하윤 등이 전조선문필가협회 결성하다.

《예술부락》, 《백맥》, 《신천지》, 《인민평론》, 《문학》 등이 창간되다.

좌익 문인들이 전국조선문학자대회를 열다.

김기림 〈바다와 나비〉

이미륵 〈압록강은 흐른다〉

이태준 〈해방전후〉

이육사 〈육사시집〉

허준 〈잔등〉

박목월 · 박두진 · 조지훈 〈청록집〉

서정주 〈귀촉도〉

오장환 〈병든 서울〉

채만식 〈논 이야기〉, 〈민족의 죄인〉

1947년 《문학평론》, 《문화》, 《예술조선》 등이 창간되다.

구상, 시집 〈응향〉 사건으로 자아비판 받다.

전국문화단체총연합회 결성되다.

유치진, 서항석, 이광래, 김영수 등이 좌익에 맞서 무대예술원
조직하고 이서구, 유치진 등이 조선연극동맹에 맞서 전국예술협
회 조직하다.

김동리 논문 〈문학과 자유의 옹호〉 발표하다.

김광균 〈기항지〉

백철 〈신문학사조사〉

신석정 〈슬픈 목가〉

유치진 〈자명고〉

유치환 〈생명의 서〉

이용악 〈오랑캐꽃〉

김동리 〈혈거부족〉

1948년 북조선 문예총 기관지인 《문학예술》 창간하다.

이광수, 유진오, 김기진, 박영희, 김동인, 최재서, 주요한, 백철,
정인택, 김동환, 모윤숙, 장혁주, 김용제, 이석훈, 정인섭, 유치진,
노천명, 이서구, 이헌구 등 문인들 반민특위 검거 대상이 되다.

제주 4 · 3 항쟁, 남한 단독정부 수립하다.

김동리 〈역마〉

황순원 〈목넘이 마을의 개〉

1949년	유치환, 서정주, 박종화, 김동리, 황순원 등이 한국문학가협회 결성하다.
	문예지《문예》창간.
	김동석〈뿌르조아의 인간상〉
	박두진〈해〉
	염상섭〈두 파산〉
	조연현〈문학과 사상〉

1950~1959

1950년	한국전쟁 일어나다.
	《시문학》,《문학》창간하다.
	전국문화단체 소속 예술인들, 문총구국대를 조직하고 종군 선전 활동에 참여하다.
	황순원〈독짓는 늙은이〉

1951년	종군공군작가단 결성하다.
	김춘수〈기〉
	구상〈구상시집〉

1952년	자유예술인연합회 결성하다.
	《자유예술》,《시와 시론》창간하다.
	조지훈〈풀잎단장〉
	황순원〈곡예사〉,〈어둠 속에 찍힌 판화〉

1953년	한국전쟁 휴전 성립되다.
	북한, 남로당 박헌영·이강국·임화 등을 숙청하다.
	장준하, 종합잡지《사상계》창간하다.

《현대공론》 창간하다.

손창섭 〈생활적〉

안수길 〈제삼인간형〉

조지훈 〈시의 원리〉

유치환 〈예루살렘의 닭〉

오영수 〈갯마을〉

황순원 〈학〉, 〈소나기〉

임화 처형당하다(1908년 태어나다).

1954년   예술원 회원을 선거로 뽑다.

장기영, 《한국일보》 창간하다.

《문학과 예술》 창간하다.

김성한 〈암야행〉

염상섭 〈취우〉

황순원 〈카인의 후예〉

정비석, 〈자유부인〉《서울신문》에 논쟁 속에 연재하다.

1955년   월간 《현대문학》, 《시문학》 창간하다.

한국자유문학자협회 창립하다.

북한, 박헌영 사형 집행하다.

김규동 〈나비와 광장〉

김동리 〈사반의 십자가〉

오상원 〈유예〉

이호철 〈탈향〉

장용학 〈요한시집〉

1956년   윤석중, 새싹회 창립하다.

한국자유문학자협회 기관지 《자유문》 창간하다.

서기원 〈암사지도〉

1957년 저작권법 공포하다.
한국시인협회 탄생하다.
어린이헌장 제정, 공포하다.
〈우리말 큰사전〉 완간되다.
김성한 〈오분간〉
손창섭 〈비오는 날〉
김광균 〈황혼가〉
박경리 〈불신시대〉
오상원 〈백지의 기록〉, 〈모반〉
선우휘 〈불꽃〉
이범선 〈학마을 사람들〉
하근찬 〈수난이대〉

1958년 북한, 천리마운동 시작하다.
《지성》, 《소설계》, 《신문예》, 《신문학》 창간하다.
박목월·박두진·조지훈 〈청록집 이후〉
손창섭 〈잉여인간〉, 〈고독한 영웅〉

1959년 월간 《문학》, 《문예》, 《문학평론》 창간하다.
김수영 〈달나라의 장난〉
박목월 〈난, 기타〉
손창섭 〈낙서족〉
전광용 〈흑산도〉 〈사수〉
이범선 〈오발탄〉
안수길 〈북간도〉
최인훈 〈그레이구락부 전말기〉

현대문학사 연표 27

1960~1969

1960년   4월 혁명이 성공하다.

《시조문학》 창간하다.

박경리 〈성녀와 마녀〉

최인훈 〈광장〉

서정주 〈신라초〉

황순원 장편소설 〈나무들 비탈에 서다〉

유치환 〈뜨거운 노래는 땅에 묻는다〉

1961년   5·16 군사쿠데타 일어나다.

《민족일보》 사건으로 구속된 조용수, 송지영, 안신규 3명에게

사형이 선고되다.

동인지 《60년대 사화집》, 《산문시대》 창간하다.

한국문인협회 결성하다.

김동리 〈등신불〉

1962년   한국문화단체총연합회(예총) 결성하다.

《현대시》, 《아동문학》 창간하다.

김승옥 〈환상수첩〉

박경리 〈김약국의 딸들〉

이호철 〈닳아지는 살들〉

전광용 〈꺼삐딴 리〉

최인훈 〈구운몽〉

황순원 〈일월〉

장준하 《사상계》 발행인, 막사이사이상 받다.

1963년   김우종의 논문 〈파산의 순수문학〉으로 순수 – 참여 논쟁 불붙다.

여류시인동인지 《돌과 사랑》 창간하다.

김승옥 〈누이를 이해하기 위하여〉

장용학 〈원형의 전설〉

전상국 〈동행〉

김현승 〈김현승 시초〉

염상섭 사망하다(1897년 태어나다).

1964년　문학잡지《문학춘추》창간하다.

정비석《동아일보》연재소설 〈욕망해협〉에 대해 황산덕, 백철이

지나친 애정묘사라고 비판하다.

박용구의《경향신문》연재소설 외설혐의로 입건되다.

박경리 〈시장과 전장〉

이호철 〈소시민〉

김승옥 〈무진기행〉, 〈역사〉

1965년　남정현, 단편소설 〈분지〉 필화 사건 일어나다.

한국시인협회 '한일협정 반대' 시인 성명서 발표하다.

여류문인협회 창립. 회장 박화성.

김승옥 〈서울, 1964년 겨울〉

박경리 〈풍경A〉

1966년　계간잡지《창작과 비평》창간하다.

김동리 〈까치소리〉

김정한 〈모래톱 이야기〉

이청준 〈병신과 머저리〉, 〈줄〉

1967년　신동엽 장시 〈금강〉 발표하다.

1968년　이어령–김수영 '시의 불온성' 논쟁하다.

김광섭 〈성북동 비둘기〉

김성한 장편소설 〈요하〉

서정인 〈강〉

최인훈 연작소설 〈총독의 소리〉

홍명희 사망하다(1900년 태어나다).

1969년   동인지 《68문학》, 월간 《현대시학》·《월간문학》, 계간 《상황》
          등이 창간되다.

          김정한 〈수라도〉

          박경리, 〈토지〉 집필 시작하다.

          신동엽 〈누가 하늘을 보았다 하는가〉

          최인훈 〈어디서 무엇이 되어 다시 만나랴〉

1970~1979

1970년   《연극평론》, 《문학과 지성》 창간하다.

          김지하, 신민당 기관지 《민주전선》에 담시 〈오적〉 발표한 후 체포
          되다.

          문화공보부 《사상계》 등록 취소하다.

          박완서 장편소설 〈나목〉

          하근찬 장편소설 〈야호〉

          백낙청 논문 〈민족문학 개념의 정립을 위해〉 발표하다.

          민족문학론 대두하다.

          서울에서 국제 펜대회 열다.

          계간문예지 《문학과 지성》 창간하다.

          《사상계》 등록 말소당하다.

1971년   월간《다리》필화사건으로 문학평론가 임헌영 등이 구속되다.
서울고법에서《씨알의 소리》등록 취소는 언론자유침해라는 이유로 함석헌 승소하다.
서울 일원에 위수령 발령하다.
오규원〈분명한 사건〉
이청준〈별을 보여드립니다〉

1972년   김지하의 시〈비어〉를 게재한 가톨릭계 월간잡지《창조》압수하다.
《다리》,《씨알의 소리》등을 각각 발매 금지하다.
《창조》잡지 자진 폐간하다.
박완서〈세상에서 가장 무거운 틀니〉
이문구〈관촌수필〉시작하다.
최인호〈타인의 방〉
황석영〈아우를 위하여〉
이어령, 월간문예지《문학사상》창간하다.

1973년   한국예술문화진흥원 탄생하다.
최범서,《월간문학》에 발표한〈저승소식〉이 새마을운동을 비판했다고 해서 잡지 발매 금지 당하다.
박목월, 시 전문지《심상》창간하다.
월간《한국문학》창간하다.
김원일〈어둠의 혼〉
윤흥길〈장마〉
황석영〈삼포 가는 길〉
신경림〈농무〉
최인호,《조선일보》에〈별들의 고향〉연재하다.

1974년	자유문인실천협의회 창립하다.
	이호철 등 문인 61명 '개헌청원 서명운동' 시작하다.
	이호철, 정을병, 임헌영, 장백일 등 문인 소위 '문인간첩단' 사건으로 구속되다.
	김지하 구속, 사형 구형하다.
	김동리 외 53명 문인 시국선언 발표하다.
	이청준 〈건방진 신문팔이〉
	황석영 〈장길산〉《한국일보》 연재 시작. 〈객지〉
	《동아일보》 광고 탄압하다.

1975년	시인 양성우 시 〈겨울공화국〉으로 교사직 파면되다.
	자유실천문협의회, 민주회복국민회의, 민주수호국민회의 등 단체 국민투표 불참 선언하다.
	대통령 긴급조치 9호 발령되다.
	김성한 장편소설 〈이마〉
	시인 김현승 사망하다(1913년 태어나다).

1976년	대법원 이호철, 임헌영, 김우종, 정을병, 장백일 등 문인에게 반공법 위반 확정되다.
	계간《세계의 문학》 창간하다.
	이청준 〈서편제〉, 〈당신들의 천국〉
	조세희 〈난장이가 쏘아올린 작은 공〉
	최인훈 〈옛날 옛적 휘어이 휘어이〉

1977년	양성우, 시 〈노예수첩〉 국가모독죄로 구속되다.
	박양호, 《현대문학》에 발표한 〈미친 새〉가 긴급조치 9호 위반으로 구속되다.
	계간《문예중앙》 창간하다.

김승옥 〈서울의 달빛 0장〉

박완서 〈도시의 흉년〉, 〈휘청거리는 오후〉

최인훈 〈봄이 오면 산에 들에〉

이문구 〈관촌수필〉 연작 완성하다.

이청준 〈눈길〉

윤흥길 〈아홉 켤레의 구두로 남은 사내〉

1978년   정부, 월북작가 작품에 대한 규제 완화하다.

김동리 장편소설 〈을화〉

국사편찬위원회 〈한국사〉 완간하다.

이외수 〈꿈꾸는 식물〉

1979년   박정희 대통령 사망하다.

임헌영, 김남주 남민전 사건으로 구속 수감되다.

서울에서 제4차 세계시인대회 열리다.

중단되었던 동인문학상을 동서문화사에서 부활시키다.

임헌영, 김남주 소위 '남조선민주주의민족전선' 사건으로 구속되다.

오영수의 〈특질고〉 파동으로 《문학사상》 자진 휴간하다.

김원일 〈도요새에 관한 명상〉

오정희 〈중국인 거리〉

전상국 〈우리들의 날개〉, 〈아베의 가족〉

1980~1989

1980년   5·18 광주민중항쟁 일어나다.

문공부, 사회정화사업을 이유로 《뿌리깊은 나무》, 《씨울의 소리》,
《창작과 비평》, 《문학과 지성》 등 등록 취소하다.

《소설문학》, 《실천문학》 창간하다.

소위 '김대중내란음모사건'으로 송기원, 고은 구속되다.

박완서 〈엄마의 말뚝〉

오정희 〈유년의 뜰〉

전상국 〈우상의 눈물〉

1981년 한수산《중앙일보》연재 중인 〈욕망의 거리〉로 필화 사건 발생하다.

계간《예술평론》창간하다.

제24회 올림픽, 서울 유치 결정되다.

문순태 〈철쭉제〉

이문열 〈금시조〉, 〈젊은 날의 초상〉

1982년 김지하 〈타는 목마름으로〉

정부, 〈칼 마르크스의 생애〉 등 이념서적 시판을 허용하다.

동인지《시와 자유》, 무크지《우리 세대의 문학》등 창간하다.

오정희 〈동경〉

이외수 〈칼〉

최인호 〈고래 사냥〉, 〈깊고 푸른 밤〉

1983년 무크지《삶과 문학》, 《문학의 시대》창간하다.

최인호 〈겨울나그네〉

1984년 무크지《현대시》, 계간지《외국문학》창간하다.

박노해 〈노동의 새벽〉

황석영 〈장길산〉 완성하다.

1985년 국어문법통일안 확정되다.

김대중, 김지하 등의 판금서적 78종 해금되다.

잡지《민중교육》사건으로 송기원, 김진경, 윤재철 구속되다.

'창작과 표현의 자유에 대한 문학인 401인 선언' 발표하다.

월간《말》, 일간 스포츠신문인《스포츠서울》창간하다.

월간《실천문학》등록 취소되다.

자유실천문인협의회, 언론기본법 철폐운동 전개하다.

황석영, 광주항쟁기록〈죽음을 넘어 시대의 어둠을 넘어〉집필하다.

1986년 자유실천문인협의회, 민주헌법쟁취서명운동 참가하고〈옥중시인

신작시집〉발간하다.

자유실천문인협의회, 김정환 사무국장 구속되다.

조정래《태백산맥》집필 시작하다.

1987년 7월부터 지적재산권을 보호하기로 하다.

박태원 장편 역사소설〈갑오농민전쟁〉

최인호〈잃어버린 왕국〉

1987년 계간《문학과 비평》창간하다.

문학인 109명 '개헌 촉구 성명' 발표하다.

민주헌법쟁취운동본부 발족하고, 시인 고은 · 문병란, 작가 이호

철이 공동대표가 되다.

민족문학 주체 논쟁이 본격화되다.

시인 이산하〈한라산〉국가보안법 위반으로 구속되다.

노동해방문학 대두되다.

민족문학작가회의 결성되다.

6 · 10항쟁 등의 민주화 운동 가열하다.

양귀자〈원미동 사람들〉, 〈한계령〉

이문열〈우리들의 일그러진 영웅〉

임철우〈붉은 방〉

시인 채광석 사망하다(1948년 태어나다).

1988년 정부, 월북작가의 해방 전 문학작품 출판 허용하다.

문공부, 납북시인 정지용, 김기림 작품 해금하다.

월북작가 100인의 해방 전 작품 해금되다.

《한겨레》 신문 창간하다.

무크지 《노동문학》 창간하다.

서울에서 제52차 국제 펜대회 열리다.

1989년 황석영, 문익환 등 평양 방문하다.

민족문학작가회의 문인 508인 시국선언문 발표하다.

계간 《작가세계》, 《예술세계》 창간하다.

조정래 《태백산맥》 완간하다.

황석영 〈무기의 그늘〉

시인 기형도 사망하다(1960년 태어나다).

북한 서적 출판 단속 〈김일성 선집〉 등 압수하다.

1990~1999

1990년 한글날 공휴일에서 제외하다.

박범신 〈흉기〉

박완서 〈우황청심환〉

1991년 김지하 《조선일보》에 '죽음의 굿판을 걷어치워라' 는 칼럼을 게재

하여 사회적 논쟁을 일으키고 민족문학작가회의에서 제명되다.

작가 정비석 죽다(1911년 태어나다).

양귀자 〈희망〉

이문구 〈유자소전〉

1992년 〈즐거운 사라〉 작가 마광수 교수가 음란문서 제조 혐의로 구속되다.

박완서 〈그해 겨울은 따뜻했네〉, 〈그 많던 싱아는 누가 다 먹었을까〉
이외수 〈벽오금학도〉

1993년   서울에서 '아시아시인회의' 열리다.

1994년   경주에서 '한국문학인대회' 열리다.
민족문학작가회의 창립 20주년 선언문 발표하다.
최윤 〈푸른 기차〉
최인훈 〈화두〉
김남주 시인 사망하다(1946년 태어나다).
고은 서사시 〈백두산〉 완간하다.

1995년   문화체육부, 1996년을 '문학의 해'로 선정하다.
민족문학작가회의 기관지 《내일을 여는 작가》 창간하다.
김소진 〈자전거 도둑〉
박경리 〈토지〉 5부로 완간하다.
신경숙 〈외딴 방〉
양귀자 〈천년의 사랑〉
조정래 대하 장편소설 〈아리랑〉

1996년   재단법인 한국문학번역금고 설립하다.
리얼리즘–모더니즘 논쟁 벌어지다.
장정일, 외설죄로 재판받다.
성석제 〈오렌지 맛 오렌지〉
신경숙 〈감자 먹는 사람들〉

1997년   민족문학작가회의, 안기부법 개정과 노동관계법 개정을 요구하는 '현시국에 대한 문학인 849명 선언' 발표하다.

시인 박재삼 사망하다(1933년 태어나다).

조정래 대하소설 〈태백산맥〉 100쇄 찍다.

재일동포 작가 유미리 〈가족 시네마〉로 아쿠다가와상 받다.

박상률 〈봄바람〉

1998년   동서문학관 '최남선에서 윤동주까지' 일제하 시인 100인전 개최하다.

김동리문학상 제정하다.

청록파 시인 박두진 사망하다(1916년 태어나다).

박완서 〈그 여자네 집〉

1999년   박경리 문학을 기리는 '토지문학관' 개관하다.

박범신 〈들길〉

2000~2004

2000년   소설가 황순원(1915년 태어나다), 시인 서정주 사망하다(1915년 태어나다).

황석영 출감한 뒤 장편소설 〈오래된 정원〉 발표하다.

《조선일보》 동인문학상의 종신심사위원제 문학권력논쟁 촉발되다.

최인호 〈상도〉를 《한국일보》에 연재하다.

2001년   황석영 〈손님〉

2004년   시인 구상, 아동문학가 어효선 사망하다.

조정래 대하 장편소설 〈한강〉 완간하다.

Book 작품해설

이 작품은 현대 문학사상 최초의 자연주의 작품으로 평가되고 있다. 그러나 사실주의적 경향도 띠고 있어 사실주의적 자연주의 작품이라고도 말할 수 있다. 제목이 암시하는 대로 당시 사회와 인물의 내면까지 해부하듯 날카롭게 파헤친다. 3·1운동을 전후하여 시대적으로 어려웠던 어두운 현실을 냉철히 관찰한 작품으로, 지식인의 고뇌가 잘 드러나 있다.

뛰어난 묘사와 사실성, 의식이나 심리, 관념의 세계를 감각적 표현으로 바꾸어 형상화한 점이 특징이다. 전 10장으로 구성된 이 작품은 1장에서 5장까지, 그리고 마지막 10장은 1인칭으로 되어 있고, 6장부터 9장까지는 3인칭으로 씌어 있다. 말하자면 이 작품의 주인공은 나와 그(김창억)인 셈이다.

줄거리따라잡기

삶의 권태를 느낀 나는 신경이 날카로워진다. 중학교 시절 해부한 개구리의 형상이 떠오르고, 개구리를 해부할 때의 날카로운 메스가 생각나면서 책상 속에 넣어 둔 면도칼이 두려워 잠을 이루지 못한다. 그런데도 이상한 매력과 유혹이 나를 압도한다.

기분 전환을 하기 위해 여행을 생각한 나는 H라는 친구와 평양에 동행한다. 대동강변 능라도에서 어딘가 좀 이상한, 얼굴이 하얀 장발족을 조소하다가 누대 근처에서 죽는 꿈을 꾼 후에, H와 함께 만나려고 했던 Y를 만나러 가게 되고 A라는 사람과 만나게 된다. 술좌석에서 Y와 A가 갔던 정신이 이상한 3층집 사람 이야기를 듣게 되고 흥미가 있어 네 사람은 그(김창억)를 찾아간다. 그의 이야기를 듣고 나는 그의 이상한 언행에 쾌감을 얻는다.

그는 부잣집에서 태어났으며 신동으로 불렸으나 부친이 재산을 날리고 갑자기 죽자 학업을 중단하고 교편을 잡았다. 그러나 부인이 죽게 되고 후처를 얻은 후 불의의 사건으로 감옥에 갇혔다가 무죄로 풀려나니 부인은 이미 도망가고 없었다. 집에 돌아와 있던 그는 정신이 이상해지며 괴이한 행동을 하게 된다. 그러던 중 유곽 근처에 3층집을 짓고 살게 된다.

평양으로 나와서 헤어진 지 2개월 후 Y에게서 그 광인이 집에 불을 지르고 사라졌다는 편지를 받고 마음이 우울해서 돌아다닌다. 어떤 촌에서 사람이 죽게 되면 거쳐 가야 하는 일간두옥一間斗屋 이야기를 생기 있는 젊은 청년한테서 들으며 무서운 공포를 느끼게 되고 김창억과 능라도에서 만났던 장발족의 얼굴을 떠올린다. 그 후, 김창억이 어디로 갔는지는 아무도 모른다. 그러나 김창억은 그가 그토록 싫어하던 평양에 그냥 눌러 살고 있었다. 그는 평양의 보통문 밖 짚더미 속에 살면서 걸식을 하며 돌아다니고 있었던 것이다.

구조분석

- ■ **갈래** 단편소설.
- ■ **배경** 시간 배경은 1920년대 전반기, 공간 배경은 서울 · 평양 · 남포 등 여러 곳.
- ■ **시점** 1인칭 관찰자 시점.
- ■ **주제** 무기력한 청년 지식인의 고뇌.

- **나** 3·1 독립 운동이 실패한 후 심한 좌절감과 신경과민으로 불면증에 시달리는 고뇌하는 지식인.
- **김창억** 보통학교 훈도. 감옥살이를 하는 동안 아내가 가출하여 창녀가 된 사실을 알고 정신 이상자가 되어 몽환의 세계에서 괴이한 행동으로 이상을 펼치려고 하는 인물.

- **발단** 남포로 떠나기 전까지의 나의 정신적 고뇌와 심리적 갈등.
- **전개** 평양에 도착할 때까지의 과정, 대동강변에서 여러 가지 갈등과 분노를 겪는다.
- **위기** 남포에 도착하여 Y와 함께 김창억을 만나고, 그의 인생 내력을 알게 된다.
- **절정** 김창억이 자신의 집에 불을 지르고 종적을 감춘다.
- **결말** 나의 침울한 심정과 김창억의 뒷소식.

만세전
萬歲前

염상섭 1922년, 《신생활》

이 작품은 발표 당시 제목을 "묘지"라고 했는데 이는 당대의 상황을 무덤으로 인식하고 일제 강점기 치하에서 신음하는 우리 민족의 암담한 현실을 냉철히 비판한 작품이기 때문이다. 이 작품은 아내가 위독하다는 전보를 받고 귀국한 주인공이 아내와 사별하고 다시 서울을 떠나는 장면에서 끝을 맺는다. 귀국 길에서 목격하고 관찰하는 식민지의 현실과 몰락해 가는 중산 계급, 그 속에서 비참하고 절망적으로 살아가는 우리 민족의 모습을 사실적으로 그려 내고 있다.

 ## 줄거리따라잡기

조선에 만세 운동이 일어나기 전 해 겨울, 동경 유학생이던 나는 갑자기 귀국하게 된다. 아내가 위독하다는 전보를 받았기 때문이다. 기차 탈 시간까지는 여유가 있었다. 그래서 단골로 다니던 카페의 시즈꼬靜子를 찾아갔다. 나는 그녀와 술을 마시며 목도리를 선물한다. 나는 아내가 위독하다는 소식을 듣고도 그리 놀라지 않았다. 기차 시간이 되어 하숙집에 들렀다가 정거장에 나갔더니 시즈꼬가 기다리고 있었다. 차 속에서 그녀에게 선물 받은 보자기를 끌러 보니 술과 함께 편지가 들어 있었다.

나는 시즈꼬가 영리한 여자여서 카페 접대부로는 아깝다고 생각한 적은 있었지만 그 이상 어떻게 해 보겠다고 생각한 적은 없었다. 시즈꼬는 나의 이러한 생각에 불만이 많았었다. 시즈꼬는 시모노세키까지 동행했다. 나는 시모노세키에 내리자 그저 조선 사람이라는 이유만으로 트집을 잡는 형사들에게 한바탕 시달려야 했다. 나는 여기서부터 조선 사람이란 것을 절실하게 느끼게 된다. 연락선에 탔을 때 사방에서, 특히 일본인들에게서 식인종食人種이라며 조롱하는 소리와 경멸의 눈초리를 받게 되었다. 부산에 내려서도 또 형사에게 시달렸다. 나는 기진맥진했다. 이윽고 거리로 나왔을 때 나는 조선 사람의 집을 찾았다. 그러나 그런 집은 없었다. 기차가 김천 역에 도착했을 때, 서울 집에 있을 것으로 생각했던 김천 형이 금테모자에 망토를 두르고 역에 나와 있었다. 소학교 훈도인 형의 덕택으로 김천에서는 형사의 수작을 받지 않아도 되었다.

형님 댁에는 새 형수가 한 사람 와 있었다. 형수가 아들을 낳지 못해서 새로 맞아들였다는 것이다. 어떻든 한 번은 내 의견을 꺼내 놓아야 직성이 풀리는 나는 기어코 못마땅한 어조로 한바탕 불만을 터뜨렸다. 정말 딱한 일이었다. 형은 내 아내가 죽으면 묻을 묘지 걱정을 시작했다. 총독부 법에 의해서 지금부터 무덤은 공동묘지밖에 쓸 수 없기 때문이다. 얼마나 할 일이 없기에 산 사람 묻을 구멍부터 염려를 하고 있는가 하고 생각하니 어이가 없었다.

그날 밤, 나는 다시 기차를 탔다. 차 속에서 나는 옛날 우리 집에 자주 드나들던 협잡꾼 김의관과 비슷한 사람을 보았다. 나는 한동안 그의 생각을 했다. 영동역에서 어떤 젊은 갓장수가 탔다. 그 역시 공동묘지 일에 대해서 걱정하고 있었다. 차가 김천에 닿자 헌병이 타더니, 차 안을 수색하였다. 그는 갓장수를 데리고 내려갔다.

서울역에 내렸다. 나는 인력거로 곧 집으로 갔다. 인력거 속에서 비로소 가죽만 남은 아내의 얼굴이 떠올랐지만 가엾다는 생각은 들지 않았다. 집에 들어가니, 혼수 상태에 빠져 있던 아내가 슬며시 눈을 뜨고 생긋 웃는 듯 눈물을 흘렸다. 사나흘 집에 들어박혀 세월을 보냈다. 아버지는 아침을 들자마자 술 모임에 나가신다. 아내에게 양약을 쓰라고 권하면 펄쩍 뛰시는 아버지다. 때문에 나는 술이나 마시며 아내의 죽음을 기다릴 수밖에 도리가 없었다. 그 사이 시즈꼬에게서 편지가 왔다. 그녀는 집에 돌아가서 새로운 생활을 하여 대학에 진학하겠다는 뜻을 전해 왔다. 얼마 후, 돈 백 원을 넣어서 회답을 했다. 시즈꼬와의 관계를 끊기로 한 것이다.

아내가 세상을 떠나자, 나는 급히 장례를 치르고 집을 떠나기로 했다. 서울역에 오니, 친구 병화와 형이 나와 주었다. 차가 떠나려고 할 때 형이 내게 다가와서는 내년에 재혼을 하라고 권했다. 그러나 나는 겨우 무덤에서 빠져나왔을 뿐이었다.

구조 분석

- **갈래** 중편소설.
- **배경** 시간 배경은 3·1 운동 전해인 1918년 겨울, 공간 배경은 동경과 서울.
- **시점** 1인칭 주인공 시점.
- **주제** 지식인의 관점에서 본 식민지 조선의 암담한 현실.

등장인물

- **나(이인화)** 당대의 현실을 '공동묘지'로 인식하고 지나치게 자학적이고 감상적으로 살아가는 인물. 당대 지식인의 전형적인 인물이며 정적인 인물.
- **시즈꼬** 사귀던 남자와 헤어진 충격으로 술집 여급이 된 여인. 동적인 인물.
- **아내** 전통적인 한국의 여인상 같은 인물.
- **김천 형님** 소학교 훈도. 보수적인 인물.
- **아버지** 전형적인 구시대 성격의 소유자.
- **김의관** 사기꾼. 일본인 앞잡이로 변신하는 인물.

할머니의 죽음

현진건 1923년, 《백조》

이 작품은 할머니의 임종을 맞아 한사코 죽음을 거부하는 할머니의 허망한 몸짓과 이를 지켜보는 가족들의 이기적이고 작위적인 행동을 통해 인간의 부끄러운 모습을 날카롭게 포착하고 있다.

 ## 줄거리따라잡기

3월 그믐날, 나는 시골 본가에 계신 할머니가 위독하다는 전보를 받고 급히 시골로 내려간다. 다른 가족들도 나처럼 전보를 받고 모여들었다. 곡성이 들릴 듯한 사립문을 들어서니 할머니의 병세는 이미 악화될 대로 악화되어 있었다. 여든을 둘이나 넘은 할머니는 연로한 나이 탓에 작년 봄부터 기운이 쇠잔하여 정신이 자주 가물가물했었다. 멀리 떠나 있는 친척들이 모두 모여 긴장된 며칠을 보내는 가운데 집안 내의 효부로 알려진 작은어머니는 할머니 곁에서 연일 밤을 새워가며 할머니를 간호하고 빨리 기운을 회복하길 빌며 염불을 외었다. 그러나 가족 중에서 어느 한 사람 진심으로 할머니가 쾌차해서 일어나기를 비는 사람은 없다. 그저 체면을 차리려고 마지못해 병석을 지키고 있을 뿐이었다.

지극한 효성을 보이는 작은어머니의 행동마저 나의 눈에는 도덕적으로 우월한 지위를 차지하려는 속셈에 지나지 않는 것으로 보인다. 할머니가 겪는 죽음의 고통과는 달리 어서 빨리 할머니가 죽어 주기를 은근히 바라는 자손들은 직장 때문에 무작정 눌러 있을 수도 없어 한의원을 불러 진맥을 시킨다. 그러나 오늘내일을 넘기기 힘들다는 의원의 진단과는 달리 하루하루가 무사히 지나자 양의洋醫를 불러 다시 진찰을 시킨다. 그러나 할머니의 병세는 호전되었고, 몇 주일은 염려 없다는 말에 한숨을 돌린 가족들은 먹고 사는 일이 바쁘다는 핑계로 모두 떠난다.

나 역시 할머니에게 곧 완쾌되실 거라 위로하고 서울로 올라온다. 그러나 어느 화창한 봄날, 나는 우이동으로 벚꽃놀이를 하러 막 외출하려는 시간에 "오전 3시 조모주 별세"라는 전보를 받게 된다. 결국 할머니는 임종을 지키는 사람 하나 없는 가운데 외롭게 돌아가신 것이다.

구조 분석

- **갈래** 단편소설.
- **시점** 1인칭 관찰자 시점.
- **배경** 시간 배경은 1920년대, 공간 배경은 어느 시골 마을.
- **주제** 인간의 허위 의식과 그에 대한 풍자.

등장인물

- **나** 이야기를 풀어 가는 주인공이며 화자.
- **할머니** 죽음을 거부하는 허망한 몸짓으로 가족간의 갈등을 일으키는 인물.
- **작은어머니** '효'를 수단으로 자신의 위치를 지나치게 드러내기 때문에 다른 가족의 반감을 사는 인물.

플롯

- **발단** 나는 "조모주 병환 위독"이라는 전보를 받는다.
- **전개** 극진한 효성으로 자신의 위치를 드러내려고 작은어머니는 과장된 행동을 한다.
- **위기** 죽음을 거부하는 할머니의 허망한 몸짓과 계속되는 고통.
- **절정** 이기적인 자식들은 할머니가 빨리 돌아가시기를 바란다.
- **결말** 할머니는 외로운 죽음을 맞는다.

화수분

전영택 1925년, 《조선문단》

이 작품은 '화수분'이라는 이름을 가진 행랑아범과 그 가족의 비극을 자연주의 수법으로 그린 단편소설이다. '화수분'이란 제목은 특정한 사람의 이름을 가리키는 고유명사인 동시에 써도 써도 자꾸만 재물이 생겨서 아무리 써도 줄지 않는다는 보통명사의 의미로도 사용되고 있다. 그러나 화수분은 부모가 잘살라고 지어 준 '화수분'이라는 이름과는 반대로 가난을 숙명으로 받아들이며 살아가는 피동적 인물이다. 그러므로 '화수분'이라는 제목은 강력한 아이러니反語인 셈이다.

 ## 줄거리따라잡기

나는 어느 초겨울 추운 날 밤, 행랑아범의 흐느끼는 소리를 듣는다. 그해 가을에 아범(화수분)은 아내와 어린 계집애 둘을 데리고 행랑채에 들어와 있었다. 그들은 지독한 가난에 찌든 모습이었다. 어멈에게서, 바로 어제 아는 사람의 소개로 겨우 아홉 살 난 큰아이를 강화도로 보내 버렸다는 말을 듣고 아범이 슬피 우는 것이었다.

그런 어느 날, 화수분은 발을 다쳤다는 형의 소식을 듣고 양평으로 간다. 어멈은 아범이 쌀 말이라도 마련하여 돌아올 것이라는 실낱같은 희망을 안고 기다렸으나 아범은 추운 겨울이 되도록 돌아오지 않았다. 어멈은 어린것을 업고 남편에게로 떠났다. 그 후 어느 날, 나는 출가한 여동생 S에게서 그들의 후일담을 전해 들었는데 다음과 같았다.

화수분은 어멈의 편지를 받고 서울로 올라오는 길이었다. 그는 어떤 높은 고개에 이르렀을 때 희끄무레한 물체를 발견하였다. 그것은 어멈과 그의 딸 옥분이었다. 어멈은 눈을 떴으나 말을 하지 못하고 있었다. 이튿날 아침, 나무장수가 지나가다가 젊은 남녀가 껴안고 죽은 시체와 이제 막 자다 깬 어린애가 등에 따뜻한 햇볕을 쬐고 앉아서 시체를 툭툭 차고 있는 것을 발견하고는, 어린것만을 소에 싣고 갔다는 것이었다.

구조 분석

- ■ **갈래**　단편소설. 자연주의 소설.
- ■ **배경**　시간 배경은 1920년대, 공간 배경은 서울·양평 등.
- ■ **시점**　전체적으로는 1인칭 관찰자 시점이지만 1, 2, 4, 5장은 부분적으로 1인칭 주인공 시점이며 3장은 부분적으로 전지적 작가 시점.
- ■ **주제**　가난한 부부의 사랑과 어린아이의 생명에 바탕을 둔 휴머니즘.

등장인물

- ■ **화수분**　주인공. 나의 집에 세들어 사는 행랑아범. 한때는 부유한 집안 출신. 극심한 가난에 시달리면서도 선한 인품을 지녔고 우애가 돈독하고 부부애가 강한 인물.
- ■ **어멈**　가난하지만 착한 행랑아범 화수분의 아내.
- ■ **귀동이, 옥분이**　화수분의 딸들.
- ■ **나**　서술자로서 집주인. 화수분네 가족에게 연민을 품지만 적극적으로 도와주지는 못한다.

플롯

- ■ **발단**　화수분 부부에 대한 소개.
- ■ **전개**　화수분 부부는 찢어지게 가난해서 자식을 양자로 보내 놓고는 슬프게 운다. 나는 그 울음소리에 착잡한 생각이 든다.
- ■ **위기**　화수분은 쌀을 얻으러 양평 형님댁으로 찾아가지만 소식이 없다.
- ■ **절정**　화수분 아내는 말리는 나를 뿌리치고 남편을 찾아 나선다.
- ■ **결말**　추운 겨울날, 화수분과 아내는 고개 언덕에서 만나지만 너무 추워 얼어 죽는다. 지나가던 나무장수가 살아남은 아이를 발견한다.

고향

현진건 1926년,《조선일보》

이 작품은 일제 강점기 때 일제에 의해 농토를 빼앗기고 소작인으로 전락하거나 날품팔이로 전전하며 유랑의 길을 걷는 농민들의 이야기이다. 당시 우리 농민의 비참한 생활상을 낱낱이 고발한 작품으로, 치열한 작가 정신이 돋보이는 작품이다.

 줄거리따라잡기

나는 서울행 열차 속에서 기이한 얼굴 모습의 그와 마주 앉게 된다. 좌석에는 한국, 중국, 일본 등 국적이 서로 다른 사람들이 앉아 있다. 나는 처음에는 그에 대하여 특별한 흥미를 느꼈으나 이내 싫증을 느껴 그를 외면하려고 한다. 나는 그의 딱한 사연을 듣게 되자 차츰 연민의 정을 느끼고 술까지 함께 마시며 정처 없이 유랑하는 실향민 신세가 된 그의 내력을 듣는다.

그는 원래 평화로운 농촌의 농민이었다. 그러나 동양척식주식회사에 강제로 농토를 빼앗긴 후 간도間島로 떠났으나 그곳에서 부모가 굶어 죽고 일본 구주 탄광을 거쳐 다시 폐허가 된 고향으로 돌아온 인물이다. 고향은 사람이 살 수 없을 만큼 변해 버렸다고 했다. 그는 고향에서 20원에 유곽에 팔려 갔다가 병과 빚만 잔뜩 안고 돌아온 옛 연인과 해후했다. 그는 지금 괴로운 심정으로 일자리를 찾아 경성으로 올라가는 중이다. 그는 술에 취해 어릴 때 부르던 아픔의 노래를 읊조린다.

- ■ **갈래** 단편소설.
- ■ **배경** 시간 배경은 1920년대 일제 강점기 때, 공간 배경은 서울행 열차 안.
- ■ **시점** 1인칭 관찰자 시점.
- ■ **주제** 일제의 식민지 정책으로 피폐해진 우리 농민의 비참한 삶.

등장인물

- ■ **나** 그와 우연히 한 열차에 동승하여 그를 관찰하고 그의 이야기를 전달하는 화자이자 관찰자. 애써 현실을 외면하려던 지식인이었지만 조선의 현실을 재인식하고 그에게 공감하는 인물.
- ■ **그** 주인공. 일제 때 박해당하는 농민의 전형적 인물. 초반에는 현실 수용적인 나약한 인물로 그려지지만, 후반으로 가면서 현실에 대한 비판 의식과 저항성을 보여 주는 인물.
- ■ **그녀** 농촌에서 먹고살 수 없어 20원에 유곽에 팔려 가는 젊은 여성.

플롯

- ■ **발단** 서울로 향하는 기차 안에서 기이한 차림새를 한 그를 만난다.
- ■ **전개** 나와 그의 대화. 그의 사람됨, 그의 개인적 사정을 알게 된다.
- ■ **위기** 농토를 잃고 고향을 떠나 유랑 생활을 하던 그의 과거를 듣는다.
- ■ **절정** 옛 연인과 불행한 재회를 한다.
- ■ **결말** 술에 취하여 노래를 부른다.

홍염

최서해 1927년, 《조선문단》

이 작품은 1920년대 백두산 서북쪽 서간도 땅 바이허白河를 배경으로, 중국인 지주 인가殷哥에게 착취당하는 조선인 소작농들의 궁핍하고 억눌린 삶을 그리고 있는 신경향파 소설이다. 따라서 빈곤과 민족적 대립의 문제가 중심 갈등 요인으로 묘사되고 있다. 작품 결말 부분의 방화와 살인은 신경향파 소설의 전형적인 문제 해결 방식을 드러낸다.

 줄거리따라잡기

문 서방은 원래는 경기도에 살던 소작인이었다. 10여 년 소작인 생활에 지친 그는 온 가족을 이끌고 백두산 서북쪽 서간도 땅 바이허 마을로 이주한다. 그러나 생활은 나아지지 않는다. 겨우 중국인 지주인 인가의 소작인이 된 것이다. 겹친 흉년으로 소작료를 납부하지 못하자 인가는 그것을 빌미로 딸 용례를 욕심낸다. 결국 문 서방은 빚 대신 외동딸을 빼앗기고 만다.

문 서방 내외는 절망에 빠졌고, 아내는 화병으로 몸져 눕고 용례를 한 번이라도 만나 보고 싶어한다. 죽어 가는 아내의 소원을 들어주려고 문 서방은 인가를 찾아간다. 그러나 인가는 용례를 만나게 하지도 않고 지전紙錢 몇 장을 손에 쥐어 주며 야박하게 내쫓는다. 집에 돌아온 문 서방 앞에서 아내는 용례의 이름을 부르다가 피를 토하고 죽는다. 아내가 죽은 이튿날 밤, 인가의 집에 문 서방이 나타난다. 그는 달려드는 개들을 먹이로 달래 놓고 집 뒤에 쌓아 놓은 보릿짚 더미에 불을 지른다. 치솟아 오르는 홍염紅焰을 바라보며 문 서방은 쾌감에 젖는다. 곧 이어 불 붙은 집에서 인가가 뛰쳐나오고 문 서방은 그를 도끼로 찍어 죽인다. 마침내 문 서방은 딸을 품에 안는다.

구조 분석

- **갈래**   단편소설.
- **배경**   시간 배경은 1920년대, 공간 배경은 서간도의 조선인 이주민 마을.
- **시점**   3인칭 전지적 작가 시점.
- **주제**   일제 강점기 치하 조선인의 비참한 삶과 저항.

등장인물

- **문 서방**   서간도로 이주하여 중국인 지주의 땅을 부치는 소작농.
- **문 서방의 처**   딸을 빼앗긴 후 울화증으로 죽는다.
- **용례**   문 서방의 외동딸. 빚 때문에 인가에게 잡혀 간다.
- **인가**   문 서방의 사위. 중국인 지주. 탐욕스럽고 악독한 인물.

플롯

- **발단**   문 서방은 서간도로 이주하여 인가의 소작인이 된다.
- **전개**   소작료를 내지 못한다.
- **위기**   인가에게 외동딸 용례를 빼앗기고 아내가 화병으로 죽는다.
- **절정**   인가의 집 부근에 문 서방이 나타난다.
- **결말**   문 서방은 인가의 집에 불을 지르고 뛰쳐나온 인가를 도끼로 살해한다.

김동인은 예술지상주의 작가로 알려질 정도로 미에 대한 관심이 많았다. 그는 심지어 "미美도 미이고 미의 반대 것도 미이다. 사랑도 미, 미움도 미, 선도 미, 악도 미"라고 했다. 그는 삶의 현실과 윤리적 관점에 위배되느냐 위배되지 않느냐에 관계없이 미를 예술적 최고의 가치로 내세웠다.

줄거리따라잡기

나는 사회 교화자 K씨에게 정신병원에 있는 백성수의 이야기를 하며 예술에 대한 의견을 묻는다. 광기 어린 음악가였던 백성수의 아버지 친구인 나는 어느 날 교회에서 멀지 않은 곳에서 화재를 목격하게 된다. 나는 방화범으로 보이는 한 젊은이가 교회 피아노에 앉아 야성적 음향으로 곡을 치는 것을 듣고 그의 천재적인 음악성에 놀라게 된다. 나는 그가 광기 어린 음악가 친구의 아들임을 알게 되어 집으로 데려와 '광염 소나타'의 악보를 만들고 백성수의 과거 이야기를 듣게 된다.

어머니는 정성스레 그를 돌보았고 그는 광기를 감추고 정상적으로 지냈다. 그러다가 어머니가 아프게 되어 가세가 기울었는데, 어머니가 중태에 빠진 어느 날 의사를 부를 돈이 없어 가겟방의 돈을 훔치다 주인에게 걸려 사정을 하게 된다. 그러나 결국 감옥으로 가게 되고 어머니는 감옥에 있는 동안 돌아가신다. 그는 어머니의 묘를 찾다가 교회로 뛰어든 것이었다.

나는 여기까지 이야기를 하고 K씨를 집으로 데려와 백성수의 편지를 보여 준다. 앙갚음으로 가겟방에 불을 놓았는데 그 불길을 본 백성수는 야성적 음악성이 살아난다. 그 후로 작곡이 안 될 때는 자극을 받기 위해 불을 놓게 되고, 불이 자극을 주지 못하자 시체를 던져 온몸이 터지게 하거나 죽은 여인의 시체를 강간하고 살인을 하기도 한다. 광기를 불러일으키는 자극을 받아야 불후의 명곡이 나오는 것이다. 나는 예술가로서 예술을 위해 저지른 모든 행위는 죄악이 아니라고 K씨에게 말한다.

구조 분석

- **갈래** 단편소설.
- **배경** 시간 배경은 지금부터 몇십 년 후, 공간 배경은 지구상의 어느 곳.
- **시점** 1인칭 관찰자 시점과 1인칭 주인공 시점이 혼재되어 있음.
- **주제** 미에 대한 광기 어린 동경.

등장인물

- **백성수** 천재적 음악가. 작곡의 동기를 광기狂氣에서 얻다가 결국 파멸에 이르는 인물. 예술을 위해서라면 방화, 살인, 시체 강간 등도 죄악이 아니라는 생각을 가지고 있다.
- **K씨** 백성수의 후견인. 음악 평론가. 백성수의 천재성을 이끌어 낸다.
- **사회 교화자 모씨** K씨의 대담 상대 역할. 윤리 도덕을 앞세우는 대표적인 인물.

플롯

- **발단** 나는 사회 교화자 K씨에게 정신병원에 있는 백성수의 이야기를 하며 예술에 대한 의견을 묻는다.
- **전개** 백성수의 아버지 친구인 나는 어느 날 교회 부근에서 불이 나는 것을 목격하고

그곳에서 방화범으로 보이는 젊은이가 열정적으로 치는 피아노 곡을 듣는다.

■ **위기**   백성수는 어머니가 위독하자 치료비를 마련하려고 가게 방의 돈을 훔치다 주인에게 걸려 사정을 했지만 감옥으로 가게 된다.

■ **절정**   가게 방에 불을 놓는 백성수. 그것을 보며 백성수는 야성적 음악성이 살아난다.

■ **결말**   나는 예술가로서 예술을 위한 백성수의 행위는 죄악이 아니라고 K씨에게 말한다.

'어느 반일半日의 기록'이라는 부제副題가 말해 주듯이 서술자인 소설가 '나'의 반일 동안의 생활을 서술하고 있는 작품이다. 나는 거리로 나와 돌아다니며 보고 듣고 느낀 점을 서술한다. 이 작품은 고현학考現學 (modernologe : 현대적 일상생활의 풍속을 면밀히 조사, 탐구하는 행위)의 창작 방법을 통해 심리소설을 시도하고 있다는 점에 주목할 필요가 있다. 따라서 이 작품은 그의 대표작 "소설가 구보씨의 일일"의 원형이 된다.

 ## 줄거리따라잡기

나는 다방 안에서 글을 쓰다가, 창틀에 매달려 안을 엿보는 소년을 발견하고 상념에 빠진다. 그러다가 앞에 앉은 서너 명의 청년들이 조선 문단의 침체를 비판하는 것을 듣고는 거리로 나온다. 그들은 춘원과 이기영을 들먹이며 온갖 문인들을 매도하고 있었다.

M신문사 앞에 이른 나는 누구를 만나보고 갈까 망설이다가 접수구 앞에 놓인 면회자 명부에 여러 가지를 기록해야 하는 것이 번거로워 그냥 돌아선다. D신문사 앞에 이르러서는 문을 밀고 들어가려다가 시계를 보고 전화를 걸기로 한다. 그러나 내가 찾는 편집국장은 자리에 없었다. 회사 안에는 있지만 자리에는 없다는 편집국장의 행방불명을 생각하며 거리로 나와 배회한다. 버스를 타고 노량진으로 향하지만 노량진에 볼 일이 있는 것은 아니다. 버스 안의 사람들과 거리의 사람들을 보면서 여러 가지 상념에 잠기면서 암담한 현실과 인생의 피곤함을 절감한다. 한강의 삭

피_로

박태원   1933년,《여명》

막한 겨울 풍경을 보며 우울해진다. 한강 다리를 놓아두고 다리 밑 얼음 위로 강을 건너는 사람들을 보며 또 다른 것을 연상한다. 다시 '낙랑 다방'으로 돌아와 엔리코 카루소의 엘레지를 들으며 쓰다 만 원고를 생각한다.

구조 분석

- **갈래**   단편소설. 세태소설.
- **배경**   시간 배경은 1930년대 어느 하루, 공간 배경은 '낙랑 다방' 안과 서울 거리.
- **시점**   1인칭 주인공 시점.
- **주제**   식민지 상황, 그리고 현실적 피로.

등장인물

- **나**   작중 화자이자 주인공. 스물다섯 살의 소설가.
- **노마**   '낙랑 다방'의 종업원. 열다섯 살.
- **교환수**   D신문사의 전화 교환수. 나의 질문에 사무적으로 대답한다.

플롯

- **발단**   외출하는 나.
- **전개**   M신문사와 D신문사를 찾아간다.
- **위기**   버스를 타고 노량진으로 간다.
- **절정**   한강의 삭막한 겨울 풍경.
- **결말**   '낙랑 다방'으로 돌아온다. 쓰다 만 원고를 생각한다.

작가의 실제 생활을 묘사한 자전적自傳的 소설이다. 일제 강점기인 1930년대 지식인의 무기력한 자의식을 형상화함으로써 발표 당시 새로운 형식의 소설이란 격찬을 받았다. 목적 없이 집을 나선 작가(구보)가 다시 집으로 돌아오기까지 도중에 우연히 부딪히게 되는 단편적인 여러 가지 사실들과 그것들을 보면서 촉발되는 두서 없는 생각들을 마치 수필을 쓰듯 담담하게 기록하고 있다.

 **줄거리따라잡기**

　　구보는 정오에 집을 나와 광교, 종로를 걸으며 귀도 잘 들리지 않고 시력에도 문제가 있다는 신체적 불안감을 느낀다. 무작정 동대문행 전차를 타고는 전차 안에서 전에 선을 본 여자를 발견한다. 일부러 모른 체하고 있다가 그녀가 전차에서 내리고 난 후 후회한다. 혼자 다방에 앉아 차를 마시면서 자기에게 여행비만 있으면 행복할 것 같다고 생각한다. 그리고 고독을 피하려고 경성역 3등 대합실로 가지만, 오히려 온정을 찾을 수 없는 냉정한 눈길들에 슬픔을 느끼며, 거기서 만난 중학 시절 열등생이 예쁜 여자와 동행하는 것을 보고 물질에 약한 여자의 허영심을 생각한다. 다시 다방에서 만난, 시인이며 사회부 기자인 친구가 돈 때문에 매일 살인강도와 방화범의 기사를 써야 한다는 사실을 애달파하고, 즐겁게 차를 마시는 연인들을 바라보면서 질투와 고독을 동시에 느낀다.
　　다방을 나온 구보는 동경에서 있었던 옛사랑을 추억하며 자신의 용기 없는 약한 기질로 인해 여자를 불행하게 만들었다는 죄책감을 느낀다. 또 전보를 배달하는 자동차가 지나가는 것을 보며 오랜 벗에게서 한 장의 편지를 받고 싶다는 생각에 젖는다. 여급이 있는 종로 술집에서 친구와 술을 마시며 세상 사람들을 모두 정신병자로 간주하고 싶은 충동을 느끼기도 하고, 하얀 소복을 입은 아낙이 카페 창 옆에 붙은 '여급 대모집'에 대하여 물어 오던 일을 생각하고 가난에서 오는 불행에 대하여 생각한다. 새벽 두 시의 종로 네거리, 구보는 제 자신의 행복보다 어머니의 행복을 생각하고 이제는 어머니가 권하는 대로 결혼을 하여 생활도 갖고 창작도 하리라고 다짐하며 집으로 향한다.

구조 분석

- **갈래** 중편소설. 세태소설.
- **배경** 시간 배경은 1930년대 어느 날 하루. 서울 거리는 현실적 공간 배경으로, 어린 소년기와 동경 유학 시절은 의식 속의 공간 배경이 되어 있다.
- **시점** 3인칭 전지적 작가 시점.
- **주제** 1930년대 무기력한 문학인의 눈에 비친 일상사.

등장인물

- **구보** 세태를 관찰하는 주체. 26세 미혼, 무직의 소설가.
- **어머니** 구보의 어머니. 아들의 늦은 귀가와 결혼을 염려한다.

플롯

이 작품은 '발단-전개-위기-절정-결말'이라는 일반적인 소설의 구성 방식을 따르지 않고 있다. 주인공인 '구보'가 집을 나서서 다시 집으로 돌아오기까지(집→천변 길→종로 네거리 →화신상회→전차 안→조선은행 앞→다방→거리→경성 역→조선은행 앞→다방→거리→다방→거리→식당→ 거리→다방→거리→술집→카페→종로 네거리→집) 하루 동안, 길거리에서 만나게 된 여러 가지 일들 속에서 반응하고 있는 구보의 의식 세계가 주요 내용이다.

1930년대 일제 식민지 치하의 농업 진흥책이 갖는 허구적 성격과 농민들의 현실 자각 과정을 현실감 있게 포착해 낸 작품이다. 작가 박영준은 초기에는 농촌에 사는 가난하고 불행한 사람들을 취재한 작품을 많이 발표했기 때문에 농촌 작가라는 평가를 받고 있다.

줄거리따라잡기

길서는 마을에서 유일하게 보통학교를 졸업한 젊은이로서, 성두의 여동생 의숙의 애인이다. 그는 군郡의 농사 강습회 요원으로 선발되어 서울로 떠난다. 마을 사람들은 이러한 길서를 부러워한다. 김매러 갔다 돌아오는 길에 의숙은 얌전이를 만나 길서와의 관계를 놀림받고 얼굴이 빨개진다.

서울로 갔던 길서가 돌아왔다. 그날 밤, 길서는 마을 사람들에게 호경기가 곧 온다고 하니 부지런히 일하자고 말한다. 다음날 저녁 그는 서울에서 산 비누를 의숙에게 선물한다. 한편, 의숙의 오빠 성두와 어머니는 빚 걱정이 태산이다. 길서는 면사무소에 들른다. 뚱뚱보 면서기는 일본 시찰단에 뽑히도록 힘써 줄 테니 한턱내라고 하며, 길서는 그러겠노라고 대답한다. 면서기는 또 호세戶稅를 좀더 내야겠다고 길서에게 말하지만 길서는 애매한 대답을 한다.

병충해로 수확이 반감될 것을 예상한 마을 사람들은 수심에 가득 차서 길서에게 지주를 찾아가 감세減稅를 교섭해 달라고 부탁하지만 못 들은

읽자읽자 우리 소설

박영준 1934년,《조선일보》

척한다. 마을 사람들은 길서의 논 앞에서 '모범경작생'이라고 쓴 팻말을 원망스럽게 쳐다본다. 길서는 시찰단으로 뽑혀 일본으로 떠나고, 동네 사람들은 지주를 찾아가 감세를 사정하나 거절당한다. 뽕나무 묘목 값은 엄청나게 비싸지고 호세도 크게 오른다. 모두가 길서의 짓이었다는 걸 알게 된 마을 사람들은 누구 하나 그를 좋게 이야기하지 않는다.

　일본에서 돌아온 길서는 자기 논에 있던 '모범경작생' 팻말이 쪼개져 길에 흩어져 있는 것을 보고 놀란다. 길서는 의숙을 찾아가지만 그녀는 그를 못 본 체한다. 충혈된 얼굴로 뛰어든 성두를 피하여 길서는 뒷문으로 도망친다.

구조 분석

- **갈래**　단편소설. 농민소설.
- **배경**　시간 배경은 1930년대, 공간 배경은 궁핍한 어느 농촌.
- **시점**　3인칭 전지적 작가 시점.
- **주제**　일제 치하 농촌 현실의 부조리와 가난한 농민들의 삶의 애환.

등장인물

- **길서**　마을에서 유일하게 보통학교까지 나온 청년. 동네 사람들의 어려운 생활은 모른 체하고 오로지 자신의 출세와 이익만을 좇는 기회주의자.
- **의숙**　성두의 여동생. 길서의 애인.
- **성두**　농사지을 땅도 없고 장가 밑천으로 키우던 돼지도 판다. 북간도 이주를 해야 할 딱한 형편에 놓인 인물.

플롯

- **발단** 들판에는 모내기가 한창이다. 성두네 논에서도 모내기가 바쁘다.
- **전개** 의숙과 사랑하는 사이인 길서는 농사 강습회 요원으로 서울을 다녀온다. 길서는 개인적 이익을 추구하기 위해 친일 관료를 돕는다.
- **위기** 수심에 가득 찬 농민들은 길서가 지주와 친일 관료들의 협력자임을 알게 된다.
- **절정** 길서의 본심을 알게 된 농민들은 길서의 논에 일제가 박아놓은 '모범경작생' 이라는 팻말을 쪼갠다.
- **결말** 길서는 성두에게 쫓겨 도망친다.

광화사
狂畵師

김동인 1935년, 《야담》

유미주의적 경향이 짙은 작품이다. 예술지상주의 작가 김동인의 취향이 작중 인물 솔거를 통해 표출되고 있다. 솔거의 예술에 대한 열정도 그렇지만, 대상을 향한 심미안, 밤을 지내고 난 소경 처녀의 눈빛에 일어난 변화, 그에 대한 안타깝고 절망적인 분노는 그런 경향을 극명하게 보여 주고 있다. 소경 처녀가 죽으면서 엎은 벼루의 먹물이 튀어 그림의 눈동자를 이루고, 그 눈동자가 죽은 처녀의 원망의 눈으로 나타나며, 결국 화공이 미치게 되는 마지막 부분은 거의 악마적인 분위기를 느끼게 한다.

 줄거리따라잡기

　솔거는 천재 화가이다. 그러나 얼굴이 너무 추하게 생겼다. 그래서 세상에서 버림받고 산속에 들어와 숨어 살며 그림에만 정진한다. 일찍이 열여섯 살에 결혼을 하였으나 결혼한 처녀가 결혼한 다음 날 아침 솔거의 흉한 얼굴을 보고 도망갔다. 또다시 장가를 들었으나 이번에도 역시 떠나고 말았다. 솔거는 절세미인이었던 어머니의 얼굴을 그리려다가 곧 마음을 바꾸어 아내로서의 미인도를 그리기로 한다. 솔거는 그림 그리기에만 모든 정열을 쏟는다. 미인도를 그리려는 것이다. 미인도 모델이 될 만한 미녀를 찾아다니지만 마음에 드는 미인의 모습을 찾지 못하던 중, 어느 날 우연히 산속에서 산이 아름답다는 말을 듣고 찾아온 소경 처녀를 만나게 된다.

　이 소경 처녀의 용모를 보자 솔거는 한없는 매력을 발견한다. 솔거는 용궁 이야기로 소녀를 유혹해 오막살이로 데려온 다음 용궁 이야기를 들으며 이야기에 빠져든 소경 처녀의 동경에 찬 신비로운 눈빛에서 자기가 찾던 미인의 모습을 보게 된다. 솔거는 처녀를 모델로 그림을 그리기 시작하고 눈동자 부분만을 남겨 놓은 채 마지막 밤을 맞는다. 그날 밤, 두 사람은 그림 옆에서 부부의 연緣을 맺는다. 다음날 솔거가 그림의 눈동자를 완성하려고 하지만 남녀의 즐거움을 맛본 처녀의 눈은 이제 한낱 지어미의 눈, 애욕의 눈으로 변해 있었다. 용궁 이야기로 다시 이전의 신비로운 눈빛을 되살려 보려 하지만 소경의 눈은 전날의 황홀한 아름다움을 드러내지 못한다. 애욕의 눈일 뿐이었다. 격분한 솔거는 저주의 말을 퍼부으며 소경의 먹을 잡고 흔들다 놓는다. 소경 처녀는 그만 벼루에 넘어져 죽는다. 그녀가 넘어지는 바람에 먹물 방울이 튀어 미인도의 눈동자가 완성된다. 그러나 그 눈동자에는 먹을 잡혔을 때의 원망의 눈빛이 서려 있었다. 이때 미쳐 버린 솔거는 며칠 후부터 괴상한 여인 화상을 들고 다니며 광인으로 불리다가 어느 눈보라 치던 날 미인도를 품은 채 돌베개를 베고 쓸쓸히 죽는다.

구조 분석

- **갈래** 단편소설. 액자소설.
- **배경** 시간 배경은 조선왕조 세종 때, 공간 배경은 한양의 인왕산.
- **시점** 외부 이야기(1인칭 주인공 시점), 인왕산에 산책을 나온 여가 공상에 잠겨 이야기를 만들어 낸다. 내부 이야기(3인칭 전지적 작가 시점), 화공의 이야기.
- **주제** 한 화공의 미에 대한 광적인 동경.

등장인물

■ **여(余)** 작품 속 화자.

■ **솔거** 얼굴이 너무 추해서 두 번이나 결혼에 실패한 광적인 화가. 30년간 숨어 살면서 잘났다고 믿는 사내들을 깔보아 주려고 광적으로 미인도를 그리려는 인물.

■ **소경 처녀** 미인으로 순박한 여자였으나, 경치가 아름답다는 산에 올라와 화공과 동침하게 되어 애욕을 체험한다.

플롯

■ **발단** 추한 모습의 천재 화가 솔거.

■ **전개** 솔거는 미인도 제작에 열정을 바친다.

■ **위기** 솔거는 눈동자 그리기에 실패하고 분노한다.

■ **절정** 소경 처녀가 죽는다. 저절로 찍힌 눈동자.

■ **결말** 늙은 광인 솔거도 죽는다.

이 작품은 여섯 살짜리 소녀 옥희의 눈을 통해 홀로 사는 젊은 어머니와 남편의 옛 친구인 사랑방 손님 사이에 벌어지는 미묘한 연정과 심리적 갈등을 그리고 있다. 어린 소녀가 관찰자이기 때문에 자칫 통속적 사랑으로 빠지기 쉬운 이야기를 신선하게 살려 내고 있다.

줄거리따라잡기

남편과 사별하고 과부가 된 어머니와 단둘이 살고 있는 우리 집에 아버지의 친구였다는 아저씨가 하숙을 하게 된다. 이 동네 학교 선생님으로 부임한 것이다. 아버지가 쓰던 사랑에 기거하게 된 아저씨는 나와 금방 친해진다. 아버지가 없는 나는 아저씨가 아버지가 되어 주었으면 좋겠다는 생각도 하게 된다. 그래서 어느 날, 아저씨에게 불쑥 그 말을 꺼냈더니 아저씨는 까닭 없이 얼굴을 붉히며 몹시 떨리는 목소리로 "못쓴다" 하고 말한다. 또, 어머니를 기쁘게 하려고 유치원에서 살짝 뽑아온 꽃을 어머니에게 내밀며 아저씨가 갖다 주라고 했다며 말했더니 어머니 얼굴도 빨개진다.

달빛이 밝은 어느 날 밤, 어머니는 장롱 속에 간직했던 아버지의 옷을 꺼내 보신다. 어린 나로서는 잘 알 수 없지만 아저씨나 어머니는 모두 깊은 시름에 빠진 것 같다. 어머니가 나에게 아저씨 손수건을 갖다 주라고 하신 며칠 뒤, 아저씨는 예쁜 인형을 나에게 선물하고 영영 우리 집을 떠나 버린다. 어머니는 나의 손을 잡고 뒷동산으로 올라가 아저씨가 탄 기차가 멀어져 가는 것을 멀리서 바라보신다. 요즈음 어머니는 풍금도 치시지 않는다. 그리고 찬송가 책갈피에 끼워 놓았던 마른 꽃송이도 버렸다. 그리고 어머니는 매일 사던 달걀도 이제는 사지 않는다.

구조 분석

- **갈래**   단편소설.
- **배경**   시간 배경은 1930년대, 공간 배경은 시골의 작은 읍.
- **시점**   1인칭 관찰자 시점.
- **주제**   애정과 전통적 인습 사이의 갈등.

등장인물

- **어머니**   주인공. 젊은 미망인. 사랑 손님을 사랑하면서도 두려워하여 사랑을 이루지 못하는 여인.
- **나(옥희)**   관찰자. 어머니와 아저씨 사이의 사랑을 관찰한다.
- **아저씨**   또 다른 주인공. 옥희 아버지의 옛 친구. 사랑에 하숙을 든다.

플롯

- **발단**   어머니와 내가 살고 있는 집에 아저씨가 하숙을 든다.
- **전개**   나는 아저씨와 친해진다. 맛있는 반찬과 달걀을 마음껏 먹을 수 있어서 좋다.
- **위기**   아저씨가 어머니에게 관심을 가지지만 어머니는 항상 망설인다.
- **절정**   내가 거짓말을 하며 어머니에게 꽃을 주자 어머니의 마음은 흔들린다.
- **결말**   아저씨는 떠나고, 어머니는 말라 버린 꽃을 나에게 주며 갖다 버리라고 한다.

'만무방'이란 원래 '염치없이 막돼 먹은 사람'이란 의미이다. 이 작품은 힘
들게 살아가는 응칠, 응오 두 형제의 부랑(浮浪)하는 삶의 이야기가 중심이지만 노동
보다는 도박판에 뛰어드는 농촌 청년들의 파행적인 행태도 실감나게 제시되어 있
다. 특히, 추수를 해도 아무런 수확도 돌아오지 않는 소작농(동생 응오)이 제 논의 벼
를 도둑질하는 사건은 작가의 날카로운 비판 의식을 보여 주는 대목이기도 하다.

줄거리따라잡기

　깊은 산골 어느 가을날, 전과자요 만무방인 응칠이는 송이 파적이나
하고 있다가 남의 닭을 잡아먹는다. 숲 속을 빠져나온 응칠은 성팔이를
만나 응오네 논의 벼가 도둑맞았다는 이야기를 듣고 성팔이를 의심해 본
다. 응칠도 5년 전에는 처자식이 있었던 성실한 농군이었다. 그러나 빚
갚을 능력이 없어 야반도주했던 것이다.

　응오를 찾아간 응칠은 동생이 병을 앓아 반쯤 송장이 된 아내에게 먹
일 약을 달이기도 하고 산치성을 올리려고 하자 극구 말린다. 그러나 응
오는 대꾸도 하지 않고 반발한다. 응칠은 오늘밤 도둑을 잡은 후에 이곳
을 뜨기로 결심한다. 도둑을 잡으러 산고랑 길을 오르는데, 바위굴 속에
서 노름판이 벌어졌기에 잠시 끼었다가 서낭당 앞 돌에 앉아 덜덜 떨며
도둑을 잡기 위해 잠복한다. 이윽고 복면을 한 도적이 나타나자 응칠은
몽둥이로 허리께를 내리쳐서 복면을 벗기니 응오임이 밝혀진다. 눈물을
적시며 응칠은 황소를 훔치자고 동생을 달랬지만 부질없다는 듯 형의 손

을 뿌리치고 달아나는 동생을 보고 응칠은 대뜸 몽둥이질을 하여 쓰러뜨린 뒤 아우를 등에 업고 내려온다.

구조 분석

- **갈래** 단편소설.
- **배경** 시간 배경은 1930년대 가을, 공간 배경은 강원도 어느 산골 마을.
- **시점** 3인칭 작가 관찰자 시점.
- **주제** 식민지 농촌 사회에 가해지는 상황의 가혹함과 그 피해상.

등장인물

- **응칠** 가난에서 벗어나기 위해 도박과 절도로 일확천금의 허황된 꿈을 꾸는 인물.
- **응오** 진실하고 모범적인 소작농. 자신이 가꾼 벼를 자기가 도적질해야 하는 상황을 고민한다.
- **성팔, 기호, 용구, 머슴, 상투쟁이** 도박으로 일확천금을 꿈꾸며 농촌을 떠나려는 소작 농들.

플롯

- **발단** 응칠이는 한가롭게 송이로 요기를 하고 닭을 잡아먹는다.
- **전개** 응오네 벼가 도둑맞은 사실을 듣고 응오네 집에 들렀다가 살벌해진 현실에 개탄한다.
- **위기** 응칠이는 그믐날 캄캄한 밤에 산꼭대기 바위굴에서 노름을 하고 도둑을 잡기 위해 잠복한다.
- **절정** 도둑을 잡고 보니 동생임을 알고 어이가 없어 한다.
- **결말** 황소 훔칠 것을 거절하는 동생을 몽둥이질 하여 등에 업고 산을 내려온다.

몰락한 양반의 행위를 통해 민족적 정신을 되새기게 하는 작품이다. 해학적인 표현으로 어두운 일제 시대를 살아야 했던 한국인의 모습에 냉소하면서도 어찌할 수 없는 따뜻한 동정이 스며 있는 작품이다.

 줄거리따라잡기

어느 날 숙부님께서 '조선의 심벌' 이라는 황 진사를 나에게 인사시켰다. 거무스레한 두루마기에 얼굴이 누르퉁퉁한 황 진사는 나이가 60가량 되는 노인이었다. 가을이 깊어 갈 즈음, 완장 어른(숙부)을 찾아온 황 진사는 '쇠똥 위에 개똥 눈 흙가루' 를 약이라고 우기면서 비굴하게 끼니를 해결하려고 한다. 그 일이 있은 지 사흘 만에, 그는 친구 책상을 팔아서 밥값을 해결하려고까지 한다. 이러면서도 황 진사는 몰락한 양반 자손이라 자처하며 과거에 대한 향수와 긍지를 버리지 않는다. 그는 끼니가 곤란할 만큼 가난했지만 솔잎 한 줌과 낡은 주역 책을 전대 속에 차고 다니며 지략과 조화를 부리려 했던 것이다. 항상 눈물을 흘리며 혈육이 없음을 안타까워하던 숙모님과 나는 황 진사의 중매를 서게 된다. 그러나 그는 젊은 과부를 거부한다. 뼈대 있는 가문의 직계 자손이 어찌 한 번 출가했던 여자에게 장가를 드느냐는 것이었다.

해가 바뀌고 새해가 되어 완장 어른께 인사를 드리러 왔다는 황 진사는 두루마기를 빨아 입은 위에 시커먼 안경을 끼고 있었다. 그 후로 오랫동안 소식이 없다가 숙부님이 '대종교 사건' 에 연루되어 피검되었을 때,

화랑의 후예

김동리 1935년《중앙일보》

나는 자기 조상도 모르고 지내다가 비로소 옛 조상을 찾아낸 황 진사를 길에서 만난다. 그는 자신의 옛 조상이 화랑이라며 좋아한다. 그러고 나서 두 달 후, 나는 숙모님과 함께 곰 쓸개나 오리 혀, 지렁이 오줌과 두꺼비 기름 등으로 만든 약을 불구자와 병신들에게 속여 팔다가 순사에게 잡혀가면서도 점잔을 떠는 황 진사를 보게 된다. 황 진사는 초조하고 경황이 없는 나를 붙들고 아주 중대한 사실 한 가지를 발견했노라고 한다. 그 '지극히 중대한 사실' 이란 다름 아니었다. 그가 최근 어느 서적을 뒤지다가 그의 윗대 조상이 신라 시대의 화랑이었음을 확인했노라는 것이었다.

구조 분석

- **갈래** 단편소설.
- **배경** 시간 배경은 일제 시대, 공간 배경은 서울.
- **시점** 1인칭 관찰자 시점.
- **주제** 식민지 현실 속에서 민족정신을 통한 새로운 인간성의 발견.

등장인물

- **나** 서술자. 숙부집에 살면서 황 진사의 삶을 지켜보는 작중 관찰자. 근대적이고 합리적인 사고방식을 지닌 인물.
- **황 진사** 60세가량 된 몰락한 양반. 시대착오적 관념에 사로잡힌 인물.

플롯

- **발단** 나와 황 진사와의 만남.
- **전개** 황 진사의 성격이 설명된다. 황 진사는 몰염치하고 과시하기 좋아하고 시대착오적인 성격이다.
- **위기** 과부 중매로 인한 황 진사의 분노와 비통.
- **절정** 절정으로 치닫는 황 진사의 가벌 의식과 웃기는 행동.
- **결말** 연행되는 황 진사의 태연한 태도.

계용묵은 물질적 소유욕과 지나친 이념 때문에 인간성을 상실한 사람들의 이야기를 즐겨 다루는 작가이다. 이 작품 역시 물질적 풍요와 인간적인 삶 중에서 어느 것이 행복의 근거가 되는지를 극명하게 대비해 다루고 있다. 수롱이로 대변되는 물질적 소유의 집념과 아다다로 대변되는 인간 행복에 대한 순수한 집념이 선명하게 제시된다. 그러나 순수한 아다다는 끝내 죽음이라는 비극에 이른다. 아다다가 백치이기에 이런 결말 처리는 더욱 강렬한 비극미를 표현하고 있다.

 줄거리따라잡기

괜찮은 집안에서 태어난 아다다는 벙어리에다 백치이다. 그래서 시집을 가지 못하다가 가난한 노총각에게 논 한 섬지기를 딸려 보내진다. 처음에는 가난한 집안에 먹고 살 것을 가져왔기 때문에 시집 식구들은 아다다를 따뜻하게 대했으나 차츰 경제적인 여유가 생기자 남편의 구박이 시작된다. 급기야 남편은 딴 여자를 얻게 되고 아다다는 쫓겨나고 만다.

친정으로 쫓겨 온 아다다는 친정어머니에게도 구박을 당하다가 평소에 관심을 보여 온 노총각 수롱이를 찾아간다. 너무 가난해서 여태 장가를 들지 못했던 수롱이는 아다다를 데리고 사람들의 눈을 피해 신미도라는 섬으로 간다. 수롱이는 모아둔 돈 150원을 자랑스럽게 내보이며 밭을 사자고 한다. 수롱이의 돈을 본 아다다는 경제적인 여유가 생긴 후 남편의 구박이 시작되고 소박맞게 된 과거를 떠올리며 그 돈이 자신의 행복을 빼앗아 갈 것이라고 믿고는 수롱이가 잠든 틈을 타서 새벽녘에 바다로 나

백치
아다다

계용묵 1935년,《조선문단》

가 돈을 바다에 던져 버린다. 뒤늦게 이 사실을 안 수룡이가 아다다를 발길로 차서 아다다는 물에 빠져 죽는다.

구조 분석

- **갈래** 단편소설.
- **배경** 시간 배경은 1930년대, 공간 배경은 평안도 어느 마을과 신미도.
- **시점** 3인칭 전지적 작가 시점.
- **주제** 물질적 풍요보다는 정신적 행복을 희구하는 한 여인의 삶과 그 비극적 운명.

등장인물

- **아다다** 벙어리이며 백치. '확실이'라는 이름이 있으나 '아다다' 소리밖에 할 수 없기에 아다다로 불린다.
- **수룡** 가난한 노총각. 아다다를 꾀어 신미도에 가서 함께 사는 인물.
- **어머니** 아다다의 어머니.

플롯

- **발단** 아다다가 그릇을 깨뜨린 뒤 친정에서 쫓겨난다.
- **전개** 아다다는 5년 전 시집에서 쫓겨 온 장면을 회상하며 수룡이를 찾아간다.
- **위기** 수룡이와 신미도로 가서 살림을 시작한다. 수룡이가 밭을 사겠다고 나선다.
- **절정** 밭 살 돈 150원을 바닷물에 던져 버린다.
- **결말** 수룡이가 아다다를 죽인다.

우리의 토속 신앙인 무속巫俗의 세계가 기독교라는 새로운 변화의 충격 앞에서 쓰러져 가는 과정을 그린 작품이다. '무녀도'라는 그림에 담긴 한 무녀의 삶과 죽음을 중심 소재로 해서 소멸해 가는 것을 마지막까지 지키려는 인간의 비극적인 모습을 형상화한 것이라고 할 수 있다.

　　이 작품에서 작가는 주인공 모화의 죽음, 자식을 죽이는 행위 등 보통의 상식으로는 이해하기 힘든 극단적인 사건들을 통하여 초월적인 힘 때문에 발생하는 어쩔 수 없는 운명론적인 세계관을 보여 주고 있다. 따라서 작품의 핵심적 갈등인 무속과 기독교의 갈등 구조도 그 운명론을 드러내기 위한 하나의 장치일 뿐이었다. 이 작품은 훗날 《을화》라는 장편소설로 다시 태어난다.

 줄거리따라잡기

　　우리 집에 있는 '무녀도'의 내력은 다음과 같다. 경주에서 10여 리 떨어진 한 집성촌 마을 허름한 집에 사는 모화는 무녀이다. 그녀는 세상 모든 만물에는 귀신이 들어 있다고 믿는다. 그녀의 남편은 마을에서 얼마 떨어지지 않은 곳에 있는 바닷가에서 혼자 해물 장사를 하고 있고, 아들 욱이는 무당의 사생아로서 동네에서 배겨 나지 못하고 벌써 여러 해 전에 마을을 등졌다. 집에는 그녀와 고명딸인 낭이 두 모녀만이 외롭게 살아가고 있다.

　　낭이는 귀머거리 소녀이다. 그러나 그녀는 아버지의 끔찍한 사랑을 받고 있다. 낭이는 언제나 방에 들어앉아 그림만 그렸고 어머니인 모화는 매일 술만 마셨다. 그러나 모화 역시 낭이를 소중히 했다. 모화는 낭이를 낳을 때의 태동으로 짐작해서 낭이를 용신龍神(용왕)이 딸로 태어난 것이라고 믿었다. 그러던 어느 날, 몇 해 동안이나 소식이 없던 욱이가 돌아온다. 모화는 기뻐서 아들 욱이를 안고 운다. 그러나 그녀는 욱이가 예수교에 귀의했다는 것을 알자 너무나 놀란다. 그때부터 그녀는 욱이에게 귀신이 붙었다고 믿고 아들을 위해 주문을 외기 시작한다. 그러나 욱이는 욱이대로 어머니에게 마귀가 붙었다고 걱정하며 마태복음에 적혀 있듯이 낭이가 귀머거리가 된 것도 그 탓이라고 한다. 그는 하느님께 어머니와 누이를 구해 달라고 기도한다. 그는 잠잘 때도 언제나 성경을 가슴에 품고 잔다. 어느 날 밤, 욱이는 잠결에 가슴이 허전함을 느낀다. 깨어 보니 성경이 없었다. 때마침 부엌에 불이 밝혀져 있었는데, 어머니가 주문을 외고 있었다. 그녀는 벌써 성경 첫 장을 불에 태우고 있었다. 욱이는 부리나케 뛰어 나가 성경을 뺏으려고 한다. 그때 머리 위로 식칼이 날아든다. 그녀의 눈에는 욱이가 예수 귀신으로 보인 것이었다. 욱이는 칼을 맞고 넘어진다. 그날부터 모화는 두문불출하고 아들을 간호한다.

그 사이, 마을에는 교회가 들어서고 예수교가 퍼지기 시작한다. 그리고 신자들은 무속을 비방하며 돌아다닌다. 교회는 욱이가 목사에게 부탁해서 세운 것이었다. 욱이는 결국 소생하지 못한다. 그녀는 예수 귀신이 욱이를 잡아갔다고 말하면서 매일같이 귀신 쫓는 주문을 외운다. 달포가 지났을 때, 그녀는 물에 빠져 죽은 젊은 여인의 혼백을 건지는 굿을 맡게 된다. 그녀는 그날따라 어느 때보다 정숙했다. 외아들을 잃은 데다가 예수교도들로부터 박해까지 받고 사는 모화의 모습 같지가 않았다. 그녀는 정말 예쁘게 보였고 신명나게 굿을 했다. 그녀는 이제 이 괴로운 세상을 떠나 용신에게 귀의할 결심을 하고 있었다. 그날 밤 그녀는 여인의 혼백을 건지기 위해 여인이 죽은 못 속으로 넋대를 쥐고 하염없이 들어간다. 그녀는 마침내 꼭지물이 가까운 곳까지 가서는 구슬픈 노래를 부른다. 봄철에 꽃 피거든 낭이더러 찾아 달라는 것이 모화가 남긴 마지막 말이었다. 그녀는 기어코 물속으로 사라지고 말았다. 모화가 죽은 지 열흘이 지난 어느 날, 낭이 아버지가 나귀를 몰고 모화의 집으로 온다. 그는 낭이를 나귀에 태우고 길을 떠나려고 한다. 이때부터 그들은 여러 지방을 전전하기 시작한다. 낭이는 무녀의 그림을 그려 주고 아버지는 낭이에 대한 내력을 얘기하고는 그 대가를 사례로 받아 들고는 또 정처없이 길을 떠난다.

구조 분석

- **갈래**   단편소설. 액자소설.
- **배경**   시간 배경은 개화기 어느 때, 공간 배경은 경주 부근 마을.
- **시점**   외부 이야기는 1인칭 관찰자 시점, 내부 이야기와 후일담은 3인칭 전지적 작가 시점.
- **주제**   변화의 충격 앞에서 소멸해 가는 것을 지키려는 한 인간의 비극적인 운명.

등장인물

- **모화**   신령님만 믿고 의지하는 무녀. 기독교를 인정하지 않는 무속적·신령적 세계관의 소유자.
- **욱이**   모화의 외아들. 일찍이 모화가 절로 보냈는데 한동안 소식이 없다가 기독교인이 되어 돌아와 모화와 대립하는 인물.
- **낭이**   모화의 딸. 욱이와 의붓남매. 그림을 잘 그린다. 언어 장애자.

플롯

- **도입 액자(프롤로그)**   무녀도의 그림 내용과 내력을 소개한다.
- **발단**   무당 모화와 딸 낭이의 인물을 묘사한다.
- **전개**   욱이의 귀향과 그로 인한 갈등.
- **위기**   갈등이 고조된다. 욱이가 모화의 칼에 찔린다.
- **절정**   욱이가 죽는다. 마을에 교회당이 들어선다.
- **결말**   모화의 마지막 굿과 죽음.
- **종결 액자(후일담)**   아버지가 낭이를 데려간다.

저주받은 육신과는 상관없이 모성애의 극치를 보여 주면서 인간의 소망과 구원을 다루고 있는 작품이다. 즉 영험의 성소聖所라는 복바위로 상징되는 토속적인 샤머니즘을 바탕으로, 아들과의 재회라는 비원悲願을 이 바위에 기구하면서 천형天刑을 감내하며 살다간 한 문둥이 여인의 한스러운 일생을 형상화하고 있다.

 **줄거리따라잡기**

　읍내에서 가까운 기차 다리 밑에는 한 떼의 병신과 거지들과 함께 문둥이들이 모여 살고 있다. 이 중에서 가장 신참자인 아주머니 문둥이는 이곳에 오기 전에는 영감과 아들과 함께 단란하게 살았었다.

　아들은 장가 밑천으로 저축했던 돈을 어머니의 약값으로 다 써 버리게 되자 집을 나가 버린다. 영감은 아들이 떠난 뒤 아내를 구박하다가 아내를 죽이려고 독약을 넣은 떡을 먹이지만 목숨은 모진 것, 여인은 살아서 집을 나온다. 여인은 노숙과 구걸 행각 끝에 기차 다리 옆에 있는 '복바위' 돌을 갈면 소원을 성취한다는 말을 듣고 그날부터 복바위를 갈기 시작한다. 그렇게 한 지 보름 만에 아들을 만나게 되지만 아들은 사나흘 뒤에 온다는 말만 남기고 사라진다. 아무리 기다려도 아들이 돌아오지 않자 밤낮으로 복바위를 갈던 여인은 마을 사람들에게 폭행을 당한다. 아들은 죄를 짓고 징역형을 선고받아 돌아오지 못하는데, 여인이 다시 복바위에 갔을 때는 자기의 토막이 불타고 있었다. 그녀는 불타는 토막을 바라보며 복바위를 안고 죽어 간다. 이튿날 마을 사람들은 아줌마 문둥이가 복바위를 더럽혔다며 죽은 여인을 향해 욕을 퍼붓는다.

구조 분석

- **갈래** 단편소설.
- **배경** 시간 배경은 1930년대, 공간 배경은 거지와 문둥이들이 모여 사는 경상도 어느 지방 작은 도시의 다리 밑.
- **시점** 3인칭 전지적 작가 시점.
- **주제** 어머니의 지극하고 본원적인 모성애.

등장인물

- **술이 어머니(아주머니)** 주인공. 모성애를 보여 주는 전형적인 인물.
- **술이 아들** 근면하고 효성이 지극한 인물.
- **술이 아버지(영감)** 거친 성격, 술에 절어 사는 인물. 아내를 독살하려고 한다.

플롯

- **발단** 기차 다리 밑에 사는 문둥이 여인의 삶(현재).
- **전개** 단란하게 살던 여인이 문둥병에 걸려 가정이 파탄되고 아들과도 헤어진다(과거).
- **위기** 아들 만나기를 소원하는 여인의 모성애적 기원(현재).
- **절정** 아들과 재회한 여인에게 닥쳐온 시련(현재).
- **결말** 복바위를 안고 죽는 여인(현재).

이 작품은 자연과 친화하고 교감함으로써 행복을 느끼고 그 생활에 스스로 만족하는 인간형을 서정적인 문체로 묘사하고 있다. 어떤 의미에서 이 작품의 진정한 등장인물은 '나무'일 것이다. 산오리나무, 물오리나무, 가락나무, 참나무, 줄참나무, 박달나무, 사스레나무, 떡갈나무 등……. 주인공 중실은 이 모든 나무들을 한가족처럼 인식하고 있다. 그는 나무들이 마을의 인총人總보다도 많고 사람의 성姓보다도 흔하다고 생각한다. 즉 나무들의 세계를 인간 세계로 여기고 자신을 나무처럼 여기는 것이다.

줄거리따라잡기

중실은 머슴살이 7년 만에 빈손으로 주인집에서 쫓겨난다. 김 영감의 첩 둥글개를 건드렸다는 오해를 받고 그 집을 나오게 된 것이다. 그는 갈곳이 없어 빈 지게를 걸머지고 산으로 들어간다. 산은 사람을 배반할 것같지 않았기 때문이다. 중실은 산에서 벌집을 찾아내어 담배 연기를 사용해 꿀을 얻고, 산불 덕택에 불에 타 죽은 노루를 얻어 여러 날 양식으로 사용할 수 있었다. 다만 한 가지 아쉬운 것은 소금이었다. 어느 날, 그는 나무를 팔러 마을 장에 내려와 나무 판 돈으로 감자, 좁쌀, 소금, 냄비를 산다. 그리고 김 영감의 첩이 면 서기와 도망쳤다는 소식도 듣는다. 중실은 지금쯤 머슴을 내쫓고 뉘우치고 있을 김 영감을 위로하고 싶었으나 다시 산이 그리워져 물건들을 지게에 지고 산으로 올라간다. 그는 이웃집 용녀를 생각한다. 그녀와 더불어 오두막집을 짓고 감자밭을 일구며 염소,

산

이효석   1936년, 《삼천리》

돼지, 닭을 칠 것을 상상해 본다. 그리고 낙엽을 잠자리로 삼아 별을 세면서 잠을 청한다. 하늘의 별이 와르르 얼굴 위에 쏟아질 듯싶게 가까웠다 멀어졌다 한다. 별을 세는 동안 중실은 제 몸이 스스로 별이 됨을 느낀다.

구조분석

- **갈래**   단편소설.
- **배경**   시간 배경은 어느 해 가을, 공간 배경은 어느 산.
- **시점**   3인칭 전지적 작가 시점.
- **주제**   한 인간의 소박한 삶과 대자연 사랑.

등장인물

- **중실**   주인공. 머슴. 주인인 김 영감의 오해로 집에서 쫓겨나와 산에 살면서 자연과의 교감으로 행복을 느끼는 인물.
- **용녀**   중실이가 사모하는 여인(실제로는 등장하지 않음).
- **둥글개**   김 영감의 첩(실제로는 등장하지 않음).

플롯

- **발단**   머슴살이에서 쫓겨난 중실은 산속에 들어와 살며 그 자신이 나무가 된 느낌을 갖는다.
- **전개**   중실은 꿀을 따 요기하고 불에 타 죽은 노루를 먹는다.
- **절정**   중실은 나뭇짐을 내다 팔아 생활을 꾸려 간다. 그러던 중 김 영감의 첩 둥글개가 면 서기와 도망쳤다는 소식을 듣는다.
- **결말**   중실은 용녀를 생각하며 잠을 청한다. 별을 세며 자신이 별이 됨을 느낀다.

이 작품은 생활의 기반을 상실한 세 노인이 복덕방에서 소일하는 이야기이다. 노인들에게 뚜렷한 미래는 보이지 않지만 그렇다고 인생을 포기할 수도 없다. 작가는 이들의 꿈과 좌절을 담담하게 그리고 있다. 물론 세 노인을 통해 궁핍한 사회상을 드러냄은 물론 이기적인 딸과 소심한 아버지를 통해 무너져 가는 가족 관계도 잘 보여 주고 있다.

줄거리따라잡기

　복덕방에는 세 노인이 무료한 나날을 보내고 있다. 안 초시는 여러 번 사업 실패로 몰락하여 지금은 서 참의의 복덕방에서 신세를 지고 있다. 무용가로 유명한 딸 경화에게도 그는 짐일 뿐이다. 서 참의는 구한말 훈련원의 참의로 봉직했던 무관이었으나 일제 강점 후 별수 없을 것 같아 복덕방을 차렸다. 그는 안 초시와 달리 대범한 성격의 소유자이다. 중학교에 다니는 아들의 학비를 걱정하며 돈을 많이 벌어야 한다는 생각을 한다. 박희완 영감은 훈련원 시절 서 참의의 친구이다. 재판소에 다니는 조카를 빌미로 대서업代書業을 한다고 일어 공부를 열심히 하는 노인이다. 재기를 꿈꾸던 안 초시에게 박 영감이 부동산 투자에 관한 정보를 일러 준다. 항상 일확천금을 꿈꾸던 안 초시는 딸과 상의하여 투자를 결심한다. 안 초시는 딸이 마련해 준 돈을 몽땅 부동산에 투자한다. 그러나 1년이 지나도 새로운 항구의 건설이라든가 땅값이 오른다든가 하는 기미는 전혀 보이지 않는다. 어느 날, 박 영감에게 부동산 정보를 전해 준 사람이

복덕방

이태준 1937년, 《조광》

자신의 땅을 처분하기 위해 벌인 사기극임이 밝혀진다. 충격을 받은 안 초시는 음독 자살한다. 아버지가 자살하자 자기의 명예가 훼손될 것을 우려한 안 초시의 딸 경화는 서 참의의 권유를 받아들여 장례식을 성대하게 치른다. 장례식에 참석한 서 참의와 박희완은 조문객들의 허세에 마음이 무겁기만 하다.

구조 분석

- **갈래** 단편소설.
- **배경** 시간 배경은 일제 강점기인 1930년대, 공간 배경은 서울에 있는 한 복덕방.
- **시점** 3인칭 전지적 작가 시점.
- **주제** 삶과 죽음을 통해서 바라본 소외된 노인들의 꿈과 좌절.

등장인물

- **안 초시** 서 참의의 복덕방에서 소일하는 노인.
- **서 참의** 복덕방 주인. 구한말 훈련원 참의를 지낸 인물.
- **박희완 영감** 서 참의의 친구. 복덕방에 자주 들른다.
- **안경화** 안 초시의 딸. 유명한 무용가이다.

플롯

- **발단** 복덕방에 모이는 세 노인이 소개된다.
- **전개** 안 초시의 야박한 딸과 안경 다리 하나 고칠 돈이 없는 안 초시.
- **위기** 안 초시는 땅값이 오를 것이라는 말만 믿고 딸의 돈을 빌려 땅을 산다. 얼마 후 그것이 사기임을 알게 된다.
- **절정** 안 초시는 죽음을 맞는다.
- **결말** 안 초시 장례식을 전후한 안 초시 딸의 행태에 두 노인은 분개한다.

단편소설의 귀재 이태준의 작품 중에서도 아주 특이한 작품이다. 혼탁한 사회에서 초라하게 밀려난 존재인 소설가와 교사의 위치를 부각하였다. 이 점에서 예술의 가치를 세속적인 가치보다는 우위에 놓는 한편, 예술을 존중하는 주제 의식이 등장인물 '김'으로 대변되는 현실 사회의 기성 가치 체계에 정면으로 반기를 든다는 점에서 특이한 작품이다. 이태준은 현실에서 패배한 주인공 '현'을 통하여 저항의 목소리를 높인다.

줄거리 따라잡기

소설가인 현은 10년 만에 평양을 찾는다. 교사로 있는 친구 박의 좋지 않은 소식을 듣고 위로하러 내려온 것이다. 평양 시내에 새로 들어선 경찰서와, 머릿수건 쓴 여인들이 사라진 것과, 변한 대동강가 풍경을 보고는 사라져 가는 것에 대한 쓸쓸함을 느낀다. 친구들을 반가운 마음으로 만나지만 결국은 이야기하던 끝에 부회 의원인 김과 의견이 맞선다. 사상의 전환을 하라는 김의 말에 현은 예술가적 자존심이 허락하지를 않는다. 김과 싸우고 나와 대동강을 바라보는 현의 마음은 착잡하기만 하다.

구조 분석

- **갈래**   단편소설.
- **배경**   시간 배경은 1930년대, 공간 배경은 평양 대동강가.

패강랭

이태준   1938년,《삼천리문학》

- ■ **시점**   전지적 작가 시점.
- ■ **주제**   식민지 시대를 살아가는 예술가의 비애.

등장인물

- ■ **현**   옛것에 대한 향수를 버리지 못하고 사라져 가는 풍물에 애착을 가지는 소설가.
- ■ **박**   현의 친구. 조선어 교사.
- ■ **김**   부회 의원. 친일파로 출세한 인물.

플롯

- ■ **발단**   부벽루 다락은 고요하기만 하고 대동강 물은 차갑기만 하다. 10년 만에 평양을 찾은 현은 조선의 자연은 왜 이다지 슬퍼 보일까 하고 생각한다.
- ■ **전개**   정거장에 마중 나온 박은 수염도 깎지 않았고 냉소적인 미소를 짓는다. 자동차 차창으로 본 평양 거리는 많이 달라져 있었다.
- ■ **위기**   대동강가에서 현의 친구 박과 부회 위원 친일파 김을 만난다.
- ■ **절정**   김이 댄스를 추자고 하나 현은 댄스를 추는 것에 혐오감을 표한다. 그러자 김이 실속을 차리라고 충고한다. 화가 난 현이 김의 얼굴에 컵을 던지는 바람에 술판이 깨지고 만다.
- ■ **결말**   다시 현은 대동강가를 걷는다.

이 작품은 일제 강점기 때의 지주이며 고리대금업자인 윤직원 집안이 몰락해 가는 과정을 그리고 있다. 주인공 윤직원은 일제 상업자본주의에 편승하여 부를 쌓은 부정적 인물형이다. 작가는 이 윤직원의 일대기를 통해 당시의 왜곡된 세태와 인물들을 조롱하고 있다.

줄거리따라잡기

윤직원 영감은 이름난 부자이며 노랑이이다. 인력거를 타고 와서 턱없이 요금을 깎고 자동차를 타고서도 요금을 주지 않는다. 그는 가족들에게도 사사건건 참견을 한다. 며느리들에게도 상스런 욕을 퍼부을 정도이다. 그는 고리대금으로 부를 축적해 간다. 어느 날, 그는 올챙이에게서 첩을 얻으라는 권유를 듣고 올챙이에게, 사실은 전에 첩이 있었는데 그 첩이 다른 남자와 배가 맞아 재산을 몽땅 털어 도망쳤다고 실토한다. 첩이 도망간 후 춘심을 유혹해 보지만 실패한다. 그러던 어느 날, 손자 윤종학이 일본 경시청에 사상범으로 검거되었다는 전보를 받는다. 영감은 손자 윤종학이 사회주의자가 되었다는 그 한 가지 사실 때문에 몹시 분개한다. 그는 "오죽 좋은 세상이여? 오죽……. 이 태평 천하에……. 그놈이, 만석꾼 집 자식이 세상 망쳐 놓을 사회주의 불한당패에 찬성을 하여? 으응 죽일 놈! 죽일 놈!" 하고 울화통을 터뜨리며 소리친다.

태평천하 太平天下

채만식 1938년,《조광》

구조 분석

- **갈래** 중편소설. 풍자소설. 가족사소설.
- **배경** 시간 배경은 1930년대, 공간 배경은 서울.
- **시점** 3인칭 전지적 작가 시점.
- **주제** 일제 치하 경제적 부를 쌓은 한 인간을 통해 왜곡된 사회상을 풍자.

등장인물

- **윤용규**(제1대) 윤직원의 부친. 화적 떼에 피살되는 인물.
- **윤직원**(제2대) 이 작품의 중심 인물. 거액의 치부를 한 지주. 고리대금업자.
- **윤창식**(제3대) 윤직원의 장남. 인텔리이나 삶의 가치관을 상실하고 향락만을 추구하는 타락한 인물.
- **윤종수**(제4대) 윤직원의 장손이자 윤창식의 장남. 향락만을 추구하며 살아가는 인물.
- **서울 아씨** 윤직원 딸. 30대 과부.
- **기생 춘심** 윤직원 집에서 돈을 우려내려고 하는 여인.

플롯

- **발단** 윤직원 영감이 인력거 요금을 깎으려고 한다.
- **전개** 윤직원 영감 집안의 내력과 치부 과정이 설명된다.
- **위기** 윤직원의 아들 창식과 큰손자 종수는 타락하고 방탕한 생활을 한다.
- **절정 · 결말** 둘째 손자 종학이가 사상 관계로 일본 경시청에 검거되었다는 전보에 윤직원 영감은 충격을 받는다.

이 작품은 도시에서 살던 한 농촌 출신 지식인이 도시 생활이 싫어져서 귀향하여 농촌 생활에 적응해 나가는 과정을 섬세하게 묘사한 농민소설이다. 주인공은 처음에는 농촌 생활에 적응하지 못하여 회의에 빠지기도 하고 자신을 패배자라고 스스로 탄식하기도 하지만, 소작 제도의 모순에 울분을 터뜨리기도 하면서 철저한 농민이 되려고 온 힘을 기울인다.

줄거리따라잡기

주인공 수택은 가족과 함께 이삿짐을 싣고 신작로를 따라 시골로 돌아온다. 수택은 열두 살 때 고향을 떠나 타향에서 중학교에 다녔다. 중학교에 다니던 어느 해 겨울, 집에 도둑이 들어온 적이 있다. 마침 시골집에 와 있던 그는 유도 실력을 발휘하여 도둑을 때려눕힌다. 그런데 아버지는 잃어버린 물건도 없는데 도둑에게 몰인정하게 했다고 오히려 수택을 때린다. 그 후, 수택은 동경 유학을 다녀와서 귀국한 후 경성에서 신문사 기자로 취직하여 잘 지내 왔었다. 수택은 농촌에서 흙투성이로 사는 아버지를 경멸하여 결혼식 때도 알리지 않았다. 수택은 월급 80원을 받는 당당한 샐러리맨이자 소설가로서도 상당한 명예를 얻는다. 그러나 신문사 일에 쫓겨 학생 때부터 쓰고 싶던 소설을 쓰지 못하게 되자 삶에 회의를 느낀다. 수택은 신문사를 쉬면서 얼마 동안은 하는 일 없이 빈둥빈둥 지낸다. 그러다가 S라는 동료와 함께 청량리에 가게 되는데 그곳에서 매캐한 흙냄새를 맡고는 마침내 고향으로 내려가야겠다고 결심하게 된다. 그는

이무영 1939년,《인문평론》

농촌 생활에 적응하기 위해 아버지가 시키는 대로 꼴도 베고 밭일도 열심히 한다. 아버지는 수택에게 좋은 논 여덟 마지기를 주고 집도 한 채 지어 준다. 그러던 어느 날, 새벽에 수택은 아내의 울음소리를 듣고 일어난다. 아내는 시골에 온 날부터 보리밥만 먹다가 자신과 아이들이 줄곧 설사를 해 온 사실을 이야기한다. 가을이 되자 수택은 들판을 보며 농촌 생활의 보람을 느낀다. 그러나 소작료를 제하고 비료대와 지세地稅를 내고 나니 남는 것이 거의 없었다. 착잡한 심정을 금하지 못하고 있는 수택에게 아버지는 거친 목소리로 지게를 짊어지라고 한다. 처음으로 지게를 진 수택은 눈과 콧속이 화끈거리면서 넘어진다. 아버지는 호통을 친다. 수택은 코피를 쏟으면서 지게를 지고 비틀비틀 걸어간다.

구조 분석

- **갈래** 단편소설. 농민소설. 귀향소설.
- **배경** 시간 배경은 1930년대 후반기, 공간 배경은 새터 마을.
- **시점** 3인칭 전지적 작가 시점.
- **주제** 흙에 대한 애정과 농촌의 현실.

등장인물

- **김수택** 흙냄새를 맡으려고 귀농한, 농촌이 고향인 지식인이지만 도시 생활을 청산하고 농민과 같아지려고 노력하는 인물.
- **김 노인** 수택의 아버지. 평생을 오로지 흙만 만지며 살아온 전형적인 농민.
- **아내** 농촌 생활에 적응하려고 애쓰는 수택의 아내.

- **발단** 이삿짐 싣고 시골로 귀향하는 수택.
- **전개** 신문 기자 생활 시절의 회상. 시골로 떠나려는 수택의 결심과 그의 집안 소개.
- **위기** 힘겨운 농촌 생활.
- **절정** 농촌 생활의 괴로움과 이에 적응하는 수택.
- **결말** 농촌 생활에 잘 적응하지 못하는 수택이 진짜 농군이 되려고 안간힘을 쓴다.

별

황순원 1941년, 《인문평론》

어렸을 때 죽은 어머니의 이미지를 찾아 헤매는 한 소년의 마음의 방황을 그린 작품이다. 이 소년은 항상 현실 속에서 어머니의 이미지를 찾으려는 집념을 버리지 못한다. 그것은 실현될 수 없는 꿈이다. 인형, 누이, 어느 소녀 등 현실 속의 그 어떤 것도 어머니의 아름다운 이미지와 비교할 수 없다. 심지어 밤하늘의 별도 마찬가지라고 생각하는 소년의 애환을 통해 인간이 영원성에 대해 품고 있는 소망을 그리고 있다.

 줄 거 리 따 라 잡 기

소년은 어느 날, 동네 과부 할머니에게서 자기의 못생긴 누이가 죽은 어머니를 닮았다는 말을 듣고 충격을 받는다. 소년의 환영 속에 남아 있는 죽은 어머니의 모습은 이 세상 그 누구보다도 아름답고 예쁜 어머니였다. 단지 죽은 어머니와 누이가 닮았다는 이유만으로 소년은 누이의 애정을 거부하기 시작한다. 소년은 지금까지 예뻐 보이던 누이의 각시인형도 갑자기 누이처럼 미워져 땅에 묻는다. 누이도 자신을 꺼리는 소년의 거동을 알게 된다. 그러다가 소년은 열네 살이 되고, 누이는 어떤 사업가의 막내아들에게 아무 불평도 없이 시집을 간다. 결혼식 날, 가마 앞에서 무던히도 슬프게 울면서 자신을 찾던 누이를 소년은 피하고 시집간 누이는 얼마 후 죽는다. 소년은 누이가 준 인형을 생각해 낸다. 그러나 인형은 보이지 않는다. 소년은 누가 누이를 죽였느냐며 울부짖는다. 소년은 하늘의 아름다운 별을 보면서 누이의 별이라고 생각하다가 고개를 젓는다. 아무

래도 누이는 어머니와 같은 아름다운 별이 되어서는 안 된다는 생각이 들고 눈물을 흘린다.

구조 분석

- **갈래**   단편소설. 성장소설.
- **배경**   시간 배경은 가을, 공간 배경은 대동강가 어느 마을.
- **시점**   3인칭 전지적 작가 시점.
- **주제**   누이의 죽음을 통하여 인간의 운명적 관계를 파악하는 소년의 의식의 성장 과정.

등장인물

- **소년**   주인공. 어머니를 여읜 후 어머니의 영상을 찾아 방황하는 인물. 미성숙한 소년에서 성숙한 인물로 성장한다.
- **누이**   소년을 진심으로 사랑하는 어머니와 같은 존재. 어머니처럼 소년을 보살펴 주고 동시에 그를 성숙한 인간으로 이끄는 인물.

플롯

- **발단**   소년은 죽은 어머니에 대하여 절대적인 사랑을 하고 있다.
- **전개**   소년은 누이가 하는 행동마다 반발한다.
- **위기**   소년은 누이의 경솔한 행동을 미워하나 누이는 소년에게 변함없는 애정을 보임.
- **절정**   누이가 죽었다는 연락을 받고 소년은 누이가 준 인형을 통하여 애정을 깨달음.
- **결말**   소년은 누이가 죽지 않았다고 부정한다.

돌다리

이태준   1943년, 《국민문학》

서구의 물질적 가치와 전통의 정신적 가치가 교차되는 당시의 사회 현실을 한 가족간의 갈등을 통해 보여 준 소설이다. 이 당시는 일제 강점기라는 특수한 상황 외에도 일본을 통해 서구적인 가치관이 물밀 듯이 들어옴으로써 전통적인 가치관이 붕괴되던 때였다. 이런 상황 속에서 전통적인 가치관의 소중함을 일깨워 준다는 점에서 의의가 있는 작품이다. 특히 '돌다리'라는 제목은 큰 의미를 함축하고 있다. 아버지는 '돌다리'를 단순한 다리가 아닌 가족사家族史의 일부로 보고 있는 것이다. '돌다리'는 아버지가 글을 배우러 다니던 다리이자 어머니가 시집올 때 가마 타고 건너온 다리이다. 또한 조상의 상돌을 옮긴 다리인 동시에 아버지 자신이 죽어서 건널 다리이기도 하다. 즉 과거와 현재, 그리고 미래를 연결해 주는 매개체의 의미를 지녔다고 볼 수 있다.

 ## 줄거리따라잡기

창섭은 농업학교로 진학하라는 아버지의 뜻을 어기고 서울로 올라가 의전醫專에 입학해 의사가 된다. 그는 열심히 노력하여 맹장 수술 분야에서 최고의 권위자가 되고 병원을 운영하여 성공한다. 창섭은 병원을 확장하기로 하고 모자라는 돈은 고향 땅을 팔아 마련하고, 부모를 서울에서 모시리라고 결심하고 고향으로 내려오지만, 그 계획은 의외로 부친의 완강한 반대에 직면한다. 창섭의 부친은 동네에서 근검하기로 소문난 인물이다. 그는 부지런히 일할 뿐만 아니라 논과 밭을 가꾸는 일에 모든 정성을 들이고 아들 학비로 동네 길들은 물론 읍내 길과 정거장 길까지 닦는

사람이다. 창섭이 고향에 도착했을 때 부친은 장마에 내려앉은 돌다리를 보수하고 있었다. 부친은 함께 서울로 올라가자는 창섭의 제안을 단호하게 거절한다. 부친은 창섭이 땅을 허술히 생각하고 있는 것에 가슴 아파한다. 창섭은 자기 세계와 아버지 세계와의 거리감을 느끼고 그대로 서울로 돌아간다. 아버지는 다음 날 새벽이 되자마자 보수한 다리로 나가 세수를 한다.

구조 분석

- **갈래** 단편소설.
- **배경** 시간적 배경은 1930년대, 공간적 배경은 평범한 시골 마을.
- **시점** 전지적 작가 시점.
- **주제** 서구적인 물질주의 가치관에 대한 비판.

등장인물

- **아버지** 일생 동안 농사만 지은 농부. 땅에 대해 강한 애착심을 지닌 인물.
- **어머니** 아들과 함께 살기를 바라는 평범하고 소박한 촌부.
- **창섭(아들)** 서울에 살고 있는 의사. 서구적 물질 지향의 가치관을 가진 인물.

플롯

- **발단** 창섭은 아버지의 뜻을 어기고 의사가 된다.
- **전개** 의사가 된 창섭이 어느 날 갑자기 고향을 찾아온다.
- **위기** 창섭은 아버지에게 땅을 팔아 병원을 확장하자고 제의한다.
- **절정** 아버지는 아들의 제의를 거절한다.
- **결말** 새벽같이 부친은 돌다리 보수 작업을 한다.

논이야기

채만식   1946년, 《해방 문학 선집》

8·15 해방 직후, 극도로 사회가 혼란했던 시절의 국가의 농정을 풍자한 소설이다. 작품 속에는 두 개의 중심 사건이 기둥이다. 지식인으로서 당대 농민의 참상을 관찰하여 객관적으로 폭로하는 것이 그 하나이고, 농민을 수탈하는 사회제도에 대한 날카로운 비판과 개혁 의지가 냉소적인 태도로 묘사된 것이 다른 하나이다. 이것은 채만식이기에 가능한 독특한 풍자적 세계이다.

 ## 줄거리따라잡기

해방이 되자 일본인들이 재산을 그대로 버리고 달아나게 되었다는 이야기를 들은 한 생원은 어깨가 우쭐하였다. 그들에게 팔아넘긴 땅을 되찾을 수 있다니 꿈만 같았다. 한 생원네는 아버지의 부지런함으로 장만한 열서너 마지기와 일곱 마지기의 두 자리 논이 있었다. 그런데 피와 땀이 어린 그 논을 겨우 5년 만에 고을 원에게 빼앗겨 버렸던 것이다. 동학東學에 가담하였다는 누명을 쓰고 말이다. 잡혀간 지 사흘 만에 열서너 마지기의 논을 바치고야 풀려났다. 일제 강점 바로 이듬해, 한 생원은 나머지 논 일곱 마지기도 불가불 팔지 않으면 안 될 형편이었다. 마침 일본인 요시카와가 인근의 땅을 시세보다 갑절이나 더 주고 산다기에, 그 돈이면 빚도 갚고 남은 돈으로 다른 논을 사리라 생각하고 모두 팔았다. 그러나 이미 부근 땅값이 모두 올랐기 때문에 빚만 갚고 논은 살 수가 없었다. 그로부터 36년 후 해방이 된 것이었다. 한 생원은 요시카와에게 팔아넘긴 일곱 마지기 논을 보러 나섰다. 그런데 한 생원이 그곳에 이르렀을 때는 한창 나무를 베고 있는 중이었다. 사람들은 요시카와 농장 관리인 강태식

한테서 돈을 주고 샀다는 대답이었다. 잇속에 밝은 무리들이 일본인 농장이나 재산을 부당 처분하여 배를 불린 일이 있었는데, 이 산판도 그런 것 가운데 하나였다. 그 뒤, 일본인의 재산을 조선 사람에게 판다는 소문이 들렸다. 돈을 내고 사야 한다는 것이다. 한 생원은 그럴 재력도 없거니와 도대체 전 임자가 있는데 그것을 아무에게나 판다는 것은 불합리한 처사였다. 한 생원은 구장에게 달려갔다. 구장의 설명을 들은 한 생원은 "독립됐다구 했을 제, 내 만세 안 부르기 잘했지"라고 중얼거린다.

구조분석

- **갈래** 단편소설. 풍자소설. 농민소설.
- **배경** 시간 배경은 동학혁명─일제 강점기─8·15 광복 직후, 공간 배경은 군산 부근의 농촌.
- **시점** 3인칭 전지적 작가 시점.
- **주제** 잘못된 국가 농업 정책에 대한 비판과 이에 대한 농민 의식.

등장인물

- **한 생원** 21살 때 고을 원에게 논을 빼앗긴 쓰라린 기억을 평생 지니고 있는 인물. 자신에게 아무런 이익도 주지 않는 국가 권력에 대하여 지독히 냉소적이다. 헤프고 허황된 성격의 소유자.

플롯

- **발단** 한 생원은 광복 직후 땅을 되찾겠다는 기대를 갖는다.
- **전개** 구한말 때 빼앗긴 땅에 대한 회상.
- **위기** 한 생원이 일본인에게 땅을 팔아넘긴 과거사.
- **절정** 가난한 소작농으로 살아온 한 생원.
- **결말** 나라의 농정農政에 대한 불만 토로.

채만식   1946년, 《협동문고》

이 작품은 작가 채만식이 박지원의 〈허생전〉과 이광수의 〈허생전〉, 그리고 설화로 전해 오는 이야기를 참고하여 집필한, 패러디 스타일의 기법이 돋보이는 작품이다. 작가는 허생이 제주도로 떠나기 위해 모이는 집결지를 강경으로 잡고, 도적의 가족들을 조직적으로 집단화하는 등 사건이나 인물 설정에서 현실성과 구체성을 중시하였다. 박지원의 허생은 혼자 행동하지만 이 작품에서 허생은 먹쇠를 등장시켜 따라다니도록 하고 있다. 또 박지원의 작품에는 제주도가 이상국을 세우기 위하여 '빈 섬'으로 가는 경유지에 불과했었지만 이 작품에서는 제주도에 이상사회를 건설한다. 또 변 진사와 이완은 박지원의 작품에서는 희화적인 인물로 등장하지만, 여기서는 신뢰감이 가는 인물로 등장한다. 또한 북벌의 목적도 박지원은 병자호란 때 겪은 국치國恥를 씻기 위한 것이라고 했지만 이 작품에서는 옛 우리 민족의 땅을 되찾기 위한 것으로 설정했다.

줄거리따라잡기

허생은 부인의 성화에 못 이겨 집을 나간다. 그리고 변 진사에게 돈 만 냥을 빌린다. 그는 안성 장의 과일을 매점하여 석 달 만에 열 배의 이문을 남긴다. 허생이 쌀을 매점하라는 강선달의 권유를 물리친 후 도적들이 돈을 훔치러 온다. 허생은 도적들을 굴복시켜서 새 달 보름까지 강경 장터로 모이라고 지시하고 돈을 준다. 허생은 변 진사에게 빌린 돈을 갚고, 강경 장터에서 숱한 물건들을 사들이고 조직을 갖추어 4천여 명의 사람들을 배에 싣고 강경을 떠난다. 허생은 제주 목사의 횡포를 듣고 계략을 꾸며 그를 제주에서 추방한다. 허생은 3년 동안 제주에서 낙원을 세운 후 사람들에게 잘 살아가는 도리를 가르쳐 준 다음 제주를 떠난다. 변 진사가 이완을 데려오자, 허생은 이완에게 장기적인 북벌 계획을 제시한 후 사라진다.

구조 분석

- ■ **갈래** 단편소설. 패러디소설.
- ■ **시점** 전지적 작가 시점.
- ■ **배경** 시간적 배경은 17세기 후반, 공간적 배경은 서울 · 강경 · 제주 등 여러 곳.
- ■ **주제** 무능한 사대부 계층에 대한 비판.

등장인물

- ■ **허생** 국가를 경영하는 야망을 품은 인물.
- ■ **먹쇠** 허생의 충직한 하인. 언제나 그림자처럼 따라다니며 수발을 든다.
- ■ **변 진사**   허생에게 선뜻 1만 냥이라는 거금을 빌려 주는 통 큰 상인.
- ■ **이완** 북벌 계획을 세우는 장군.

플롯

- ■ **발단** 아내의 성화에 못 이겨 허생은 집을 나간다.
- ■ **전개** 변 진사에게서 빌린 돈으로 돈벌이에 나선다.
- ■ **위기** 4천 명을 데리고 제주에 도착하니 제주 목사의 횡포가 기다리고 있다.
- ■ **절정** 제주에 이상 낙원을 세운다.
- ■ **결말** 허생은 이완에게 북벌에 대한 의견을 제시한 후 사라진다.

목넘이 마을의 개

황순원 1948년, 《개벽》

이 작품은 전편이 휴머니즘을 바탕으로 한 일종의 우화소설이다. 마을 사람들 때문에 죽을 위기에 몰린 개 신둥이와 이 개를 도망치게 도와주는 한 노인의 이야기를 통하여 우리 민족의 수난을 암시하고 있다. 작품 속에는 고난을 극복할 수 있는 것은 다름 아닌 휴머니즘뿐이라는 작가의 메시지가 들어 있다. 소설 구성 형식은 노인이 들려주는 이야기를 다시 주인공인 '나'가 전해 주는 액자식 구성 방식이다.

 줄거리따라잡기

어느 날, 목넘이 마을에 신둥이(흰둥이) 개 한 마리가 흘러 들어온다. 지저분하고 다리까지 저는 이 개는 주인이 내버린 개로 보인다. 신둥이는 마을 방앗간과 동장네 집을 돌아다니며 주인집 개들이 먹다 남긴 밥을 찾아 먹는다. 마을 사람들이 미친개라고 잡아 죽이려고 하자 신둥이는 도망친다. 그러나 간난이 할아버지만은 신둥이는 미친개가 아니라고 믿는다. 다시 신둥이가 마을에 나타나자 사람들은 신둥이를 잡으려고 한다. 그러나 간난이 할아버지는 신둥이가 새끼를 밴 것을 알고 차마 죽이지 못하고 도망치게 하여 살려 준다. 얼마 후, 간난이 할아버지는 산에 나무하러 갔다가 신둥이가 낳은 새끼들을 발견한다. 새끼들이 어느 정도 자라자 이 새끼를 사람들 모르게 가져와 다른 동네에서 얻어 온 강아지라고 속여 동네 사람들과 옆 마을에 나누어 준다. 그래서 인근 마을의 개들도 신둥이의 피를 이어받게 된다. 이것은 내가 중학 시절 외가가 있는 목넘이 마을에 가서 그 간난이 할아버지에게서 직접 들은 이야기이다.

- **갈래** 단편소설. 액자소설.
- **배경** 시간 배경은 일제 강점기 때, 공간 배경은 평안도 어느 마을.
- **시점** 3인칭 전지적 작가 시점(결말 에필로그 부분은 1인칭 관찰자 시점).
- **주제** 강인한 생명력과 그 생명력에 대한 외경심.

등장인물

- **신둥이** 주인을 잃고 목넘이 마을로 와서 갖은 구박을 당하는 개.
- **간난이 할아버지** 신둥이를 이해하고 생명에 대한 외경심을 지닌 노인.
- **큰 동장, 작은 동장** 신둥이를 박해하고 죽이려 하는 마을 사람들.

플롯

- **발단** 목넘이 마을에 신둥이가 흘러 들어온다.
- **전개** 신둥이가 큰 동장네 검둥이와 작은 동장네 바둑이의 밥그릇을 핥는다.
- **위기** 마을 사람들은 신둥이를 미친개로 생각하고 죽이려고 한다.
- **절정** 신둥이가 새끼 밴 사실을 안 간난이 할아버지가 신둥이를 살리려고 한다.
- **결말** 간난이 할아버지는 신둥이가 낳은 새끼를 마을 사람들에게 나눠 준다.

두 파산

염상섭 1949년,《신천지》

해방 직후, 혼탁한 시대를 살아가고 있는 두 여인을 대비시켜 그들이 살아가는 모습을 보여 주고 있는 작품이다. 정례 어머니로 대변되는, 건강하게 살아가는 소시민은 열심히 살려고 노력하는데도 불구하고 몰락하고, 대신 옥임이로 대표되는 예전 친일파들은 해방의 소용돌이 속에서도 치부를 위해 날뛴다. 이런 과정을 치밀하게 묘사하여 당대의 현실을 정확하게 재현해 주고 있는 것이다.

 ## 줄거리따라잡기

학교 앞에서 문방구를 하는 정례 어머니한테 교장을 지낸 영감이 이자를 받으러 온다. 그는 밀린 이자 중 한 달치만을 받아 가면서 김옥임이 진 빚 20만 원도 갚으라고 한다. 이 20만 원은 동업하면서 썼던 10만 원이 빚으로 둔갑한 것이다. 정례 어머니는 생활이 어렵자 남편을 졸라 집을 잡히고 30만 원을 은행에서 얻어 문방구를 하다 돈이 모자라 동경 유학 시절 친구인 김옥임에게 손을 벌린다. 남편은 마지막 남은 땅을 팔아 택시를 운영하며 도리어 문방구의 돈을 돌려쓰고 갚지 못하게 된다. 그러자 교장 영감에게서 50만 원을 빌려 쓰고 만다. 그러나 김옥임은 이익금으로 20만 원을 챙기고도 동업자금을 빚으로 만들어 버리고 교장과 손을 잡고 문방구를 빼앗으려 든다. 1주일 후 정례 어머니는 정류장에서 옥임을 만나게 되고 길거리에서 창피를 당하게 된다.

김옥임은 동경 유학 후 일제 시대 도지사였던 남편의 첩으로 들어가 호강을 하다가 해방 후 반민법이 국회를 통과하는 날 중풍으로 누운 남편과 살고 있었다. 옥임은 앞날이 불투명해지자 고리대금업자로 나선다.

　얼마 후 옥임의 말을 듣고 온 교장에게 정례 어머니는 자신은 물리적 파산자이고 옥임은 정신적 파산자라고 말하며 20만 원 수표와 현금 20만 원을 옥임에게 주라고 한다. 두 달 후 교장의 빚은 갚았으나 석 달째 문방구는 교장의 딸에게 넘어가게 되고 그 과정에서 옥임은 값을 더 얹어 이익을 보았고 정례 어머니는 한 푼도 건지지 못한다. 그 일이 있은 후 정례 어머니는 앓아 눕게 되고 남편은 자기가 대신 옥임에게 보복하겠다며 아내를 위로한다.

구조 분석

- **갈래**　단편소설. 세태소설.
- **배경**　시간 배경은 1940년대 후반 해방 직후, 공간 배경은 서울의 황토현 부근.
- **시점**　3인칭 작가 관찰자 시점.
- **주제**　해방 직후 혼란한 사회상과 물질적·정신적으로 파산한 인간상.

등장인물

- **정례 모친**　일본에 유학한 여인. 정치가 지망의 남편을 믿지 못해 구멍가게를 차려 놓고 생계를 유지하려고 하지만 결국 남편의 사업 실패 등으로 친구에게 가게를 넘기고 망해 버리는 물질적 파산자.
- **김옥임**　동경 유학생 시절 신여성임을 부르짖으며 문학과 예술을 사랑했던 인물. 그러나 돈을 인생 최고의 가치로 삼고 고리대금하는 데서 삶의 재미를 찾아 친구까지도 저버리는 정신적 파산자.
- **정례 부친**　생활 능력이 없는 낙천적인 인물. 나라를 위해 정치가가 되려고 한다.
- **옥임 남편**　친일파 고위 관리.

■ **교장**   옥임에게 받을 돈이 있는 교장은 옥임의 부탁으로 정례에게서 받을 돈을 대신 받아 가라는 말을 듣고 정례 모친을 조르는 인물.

평생을 독 굽는 일에 바쳐 온 한 노인의 좌절을 그린 단편소설이다. 노인은 젊은 아내가 자신을 배신하고 떠난 후, 독을 굽는 일마저 실패하자 좌절한다. 결국 노인은 자신이 온 생애를 바쳐 온 일터인 가마에서 비장한 최후를 맞는다. 전통적인 가치의 붕괴를 겪는 세태에 대항하려고 하는 노인의 집념과 좌절을 보여 줌으로써 격변하는 사회의 한 단면을 재현하고 있는 작품이다.

줄거리 따라잡기

송 영감은 늙고 병이 들었다. 그런데 젊은 아내는 어린 아들 당손이를 남겨둔 채 조수와 눈이 맞아 도망쳤다. 송 영감은 조수가 구워 놓은 독을 보자 울화가 끓어올라 당장 때려 부수고 싶었지만 그걸 팔아야 연명할 수 있기에 참는다.

송 영감은 독을 굽기 위해 몸을 추슬러 일어나 독을 짓기 시작하나 손놀림이 예전 같지 않다. 신열 때문에 독을 짓다가 몇 번씩이나 쓰러지고, 쓰러졌다 다시 일어나고 하는 동안 어린 아들은 밥을 달라고 칭얼댄다. 이들 부자父子를 따뜻하게 돌보아 주는 앵두나무집 방물장수 할머니가 찾아와 마땅한 집이 있으니 어린 아들 당손이를 입양시키자고 권한다. 송 영감은 버럭 화를 내면서 가마에 독을 넣고 불을 지핀다. 며칠 동안 송 영감은 이 불길을 지켜보는데 마지막 단계에서 독이 튀는 소리가 난다. 자신이 만든 독이 깨지고 있다는 것을 안 송 영감은 그 자리에 쓰러지고 만다.

독 짓는 늙은이

황순원 1950년, 《문예》

　　이튿날, 송 영감은 눈물로 당손이를 방물장수 할머니에게 딸려 보낸 다음 가마 속으로 기어 들어간다.

구조 분석

- **갈래**　단편소설.
- **배경**　시간 배경은 가을, 공간 배경은 어느 시골 마을.
- **시점**　3인칭 전지적 작가 시점.
- **주제**　전통을 일으켜 세우려는 한 노인의 집념과 좌절.

등장인물

- **송 영감**　주인공. 평생 독을 지은 노인. 장인 정신에 투철한 인물.
- **당손이**　송 영감의 아들.
- **앵두나무집 할멈**　방물장수. 인정 많은 할머니. 당손이를 맡아 기를 집을 소개시켜 준다.

플롯

- **발단**　조수와 함께 아내가 달아난다.
- **전개**　쇠약해진 송 영감이 자꾸 쓰러진다. 앵두나무집 할머니가 당손이를 다른 집에 입양하자고 제의한다.
- **위기**　송 영감이 자주 앓아 눕자 당손이를 입양하자는 앵두나무집 할머니의 채근이 심해진다.
- **절정**　송 영감이 독을 굽다가 쓰러진다.
- **결말**　당손이를 데려가게 하고 송 영감은 독 조각 위에 꿇어앉는다.

인간 생명의 존엄함을 추구한 작품이다. 액자식 구성을 통하여 사냥꾼 부부가 겪는 특이한 체험을 보여 줌으로써 생명에 대한 외경심을 일깨우고 있다. 특히 〈목넘이 마을의 개〉, 〈이리도〉 같은 작품과 마찬가지로 이 작품에서도 동물에 비유하여 인간사를 풍자하는 작가의 솜씨가 탁월하다. 이 작품에서 작가는 생명에 대한 외경심을 말하고 있다. 주인공 나가 마지막으로 아이들에게 하는 행동이 그것을 암시하고 있다.

줄거리따라잡기

1·4 후퇴 직후로 추정되는 어느 날, 피난지 대구에서 이사 온 날 저녁에 바깥주인이 인사를 겸해 술상을 차려 놓고 부른다. 그는 화제를 사냥 이야기로 돌린다. 바깥주인은 전문 사냥꾼으로 보이는데, 사냥 이야기를 하면서 자꾸만 아내의 눈치를 살핀다.

원래 그는 이름난 사냥꾼이었다. 그런데 6년 전에, 결혼 후 뒤늦게 아이를 가진 부부는 임산부에게 좋다는 노루나 사슴피를 먹기 위해 함께 사냥 길에 나선 적이 있었다. 이튿날 쉽게 노루를 잡아 노루 피를 마시기는 했지만 고기를 먹으려고 몰이꾼들이 노루의 배를 갈라 보니 새끼 밴 노루였다. 이 사실을 알게 된 아내는 갑자기 구역질과 함께 피를 토한다. 그날 밤 아내는 노루의 애절한 울음소리를 듣고 무서워 남편을 깨운다. 남편은 낮에 잡은 노루의 수노루일 것이라고 생각하고 총을 들고 나서고, 아내는 이를 말리다가 그만 아이를 유산하고 만다. 유산한 이후, 아내는 남편의 사냥 도구들을 없애 버린다.

황순원 1952년, 《신천지》

어둠 속에 찍힌 판화

  이야기를 마친 바깥주인은 감추었던 사냥 총알을 담은 상자를 가져와 자랑을 하지만 그의 아내의 기척에 즉시 그것을 감추어 버린다. 사실 그의 아내는 남편이 무엇을 감추었는지 알고 있지만 모르는 척하고 있었다고 나에게 얘기한다. 순간 나는 어둠 속에서 조그만 상자를 들고 그것을 감출 장소를 찾는 중년 사내의 모습이 담긴 판화가 머릿속에 떠올랐다.

구조 분석

- **갈래**　단편소설.
- **시점**　1인칭 관찰자 시점.
- **배경**　시간 배경은 6 · 25 전쟁 때, 공간 배경은 피난길 대구.
- **주제**　생명에 대한 외경.

등장인물

- **나**　이야기의 서술자이자 관찰자.
- **바깥주인**　전문 사냥꾼. 사냥에 얽힌 비극적인 과거 때문에 현재는 사냥을 못하고 있지만 미련을 버리지 못하는 인물.
- **바깥주인의 아내**　사냥 때문에 유산한 과거가 있어 남편의 사냥을 한사코 말리는 여인.

플롯

- **발단**　이사 온 날 저녁 나는 바깥주인과 마주 앉아 술을 주고받는다.
- **전개**　바깥주인이 예전에 유명한 사냥꾼이었음을 알게 된다.
- **위기**　2, 3일 뒤 다시 바깥주인의 과거를 듣는다.
- **절정**　사냥에 대한 미련을 버리지 못한 주인 사내가 감추어 둔 사냥 총알을 보여 준다.
- **결말**　아내가 들어오자 바깥주인은 황급히 그것을 감추기 위하여 밖으로 나가고 그의 아내는 남편의 이런 행동을 모두 알고 있다고 이야기한다.

이 작품의 공간적 배경인 '갯마을'은 사회 현실과 두절된 공간이다. 문명이 미치지 않는 갯마을은 해순이의 두 번째 남편(상수)을 앗아간 '징용' 이야기만 아니라면 시대조차 짐작하기 어려운 초시간적 공간이기도 하다. 또 여주인공 해순海順은 이름이 암시하듯이 바다의 여자이고 바다의 일부이다. 그녀는 이 갯마을의 과부들 중에서도 가장 젊다. 이 작품의 특징은 서정성抒情性에 있다. 때문에 사회적인 문제나 윤리의 문제가 들어설 자리가 없다. 자연과 동화된, 혹은 자연의 일부로 파악된 순수한 인간의 원형이 작품을 살리고 있다고 보인다.

 줄거리따라잡기

동해안에 있는 조그만 갯마을 H. 이 마을에 사는 해순이는 스물세 살 청상 과부이다. 해녀의 딸인 해순이는 갯냄새에 절어서 성장한 갯여인이다. 열아홉 살 되던 해 성구에게 시집가자 어머니는 자신의 고향인 제주도로 가 버린다. 그러나 해순이를 아끼던 착한 성구가 칠성네 원양선을 타고 고등어잡이를 나갔다가 영영 돌아오지 않자, 해순이는 물옷을 입고 바다로 나가 시어머니와 시동생을 부양한다.

어느 날 밤, 잠결에 상고머리 사내에게 몸을 빼앗긴 해순이는 그것이 상수였음을 알게 된다. 그는 2년 전 상처喪妻하고 고향을 떠나 떠돌아다니다가 이모네 후리막에 와서 일을 거들고 있었다. 해순이와 상수가 그렇고 그런 사이라는 소문이 돌고 다시 고등어 철이 와도 칠성네 배는 소식조차 없다. 시어머니는 성구 제사를 지내고 해순이를 상수에게 개가改嫁시킨다.

갯마을

오영수   1953년, 《문예》

　　해순이가 떠난 쓸쓸한 갯마을에 고된 보릿고개가 지나고 또다시 고등
어 철이 돌아온다. 성구의 두 번째 제사를 앞두고 해순이는 시어머니를
찾아온다. 상수가 징용으로 끌려간 뒤 산골 생활을 견디지 못하고 바다가
그리워 돌아온 것이다. 달음산 마루에 초아흐레 달이 걸리고 달 그림자를
따라 멸치 떼가 든다. 드물게 보는 멸치 떼였다.

구조 분석

- ■ **갈래**　단편소설.
- ■ **배경**　공간 배경은 동해안에 있는 갯마을.
- ■ **시점**　3인칭 전지적 작가 시점.
- ■ **주제**　자연과 부딪히며 융화하는 한 여인의 삶.

등장인물

- ■ **해순이**　해녀의 딸. 순박하고 젊은 과부.
- ■ **성구**　해순이의 착실한 첫 남편. 고기잡이 나갔다가 실종됨.
- ■ **시어머니**　과부가 된 며느리를 안타까워한다.
- ■ **상수**　해순이의 두 번째 남편. 징용에 끌려간다.

플롯

- ■ **발단**　갯마을 여인들의 인정 어린 삶. 해순이 첫 남편이 행방불명된다.
- ■ **전개**　해순이는 상수와 재혼한다. 상수가 곧 징용에 끌려간다.
- ■ **절정**　해순이 두 번째 남편 상수가 징용으로 끌려간다.
- ■ **결말**　해순이 갯마을로 다시 돌아온다.

이 작품은, 아주 친한 두 친구가 6·25 전쟁을 겪으면서 서로 반대 입장에 서게 되지만 끝끝내 인간미를 잃지 않고, 친구로서 인간으로서 동질성을 회복해 가는 내용을 다룬다. 제아무리 높은 이념의 장벽도 순수한 우정이나 진정한 인간애만은 파괴할 수 없음을 보여 준다. 휴머니즘의 냄새가 물씬 풍기는 작품이다.

 줄거리따라잡기

　6·25 전쟁의 막바지. 주인공 성삼은 국군이 진격하자 오랜만에 치안 대원 자격으로 수복된 고향 마을로 돌아온다. 고향 마을에 들어서자 어린 시절 기억이 되살아났지만 지금의 고향은 옛날의 고향이 아니었다. 사람들은 경계하는 눈초리로 성삼을 맞는다. 뜻밖에 덕재가 농민동맹 부위원장으로 끌려와 있는 것을 발견한 성삼은 몹시 씁쓸해진다. 덕재는 성삼의 어렸을 적 단짝 친구이다. 덕재의 호송을 맡은 성삼은 호송 도중 덕재가 부득이한 사정으로 부위원장 직책을 맡았다는 것을 알게 되면서 조금씩 마음을 열게 된다. 덕재가 어릴 적 여학생 친구 꼬맹이와 결혼했다고 말하자 웃기까지 한다. 결정적으로 덕재가 도망치지 않은 이유가 농토를 버릴 수 없었기 때문이었다는 사실을 알고는 성삼은 덕재에 대한 신뢰를 완전히 회복한다.
　산길을 가다가 때마침 날아오르는 학 떼를 보게 된 성삼은 그 옛날 어른들 몰래 학을 풀어 주던 때를 생각하고 학 사냥이나 하자며 슬며시 덕

학 鶴

황순원   1953년,《신천지》

재를 도망치게 한다.

구조 분석

- **갈래**   단편소설.
- **배경**   시간 배경은 1950년 6 · 25 전쟁 때의 가을, 공간 배경은 38선 접경 지역 북쪽 마을.
- **시점**   3인칭 작가 관찰자 시점(부분적으로 3인칭 전지적 작가 시점).
- **주제**   사상과 이념을 초월한 인간애의 회복.

등장인물

- **성삼**   덕재와 한마을에서 자란 친구로 전쟁과 함께 치안대원이 됨.
- **덕재**   6 · 25 전쟁 때, 단지 가난한 농민이라는 이유만으로 농민동맹 부위원장이 된 인물. 순박하고 선량한 마음씨를 지닌 농부.

플롯

- **발단**   황폐해진 마을에 공포 분위기가 감돈다.
- **전개**   덕재 때문에 성삼은 갈등한다. 결국 덕재를 호송하는 일을 자청해서 맡음.
- **위기**   자신의 이념적 결백을 주장하는 덕재와 우정을 회복시키려고 애쓰는 성삼.
- **절정**   학 사냥을 하던 어린 시절의 아름다운 추억을 회상한다.
- **결말**   성삼이 학 사냥을 제의하며 덕재의 포승줄을 풀어 준다.

이 작품은 전후 한국 현대문학의 실존주의 문학을 대표하는 단편소설로서 작가 자신이 사르트르의 소설 〈구토嘔吐〉를 읽고 그 영향으로 썼다고 말했다. 이 작품은 거제도에 수용되어 있던 전쟁 포로 누혜가 철조망에 목을 매고 죽기까지의 생애를 다루고 있다. 이 작품의 중심 문제는 '인간에게 진정한 자유는 가능한가'이다. 자유를 획득하기 위한 마지막 시도로 주인공은 자살을 택한다. 이러한 인간의 고뇌가 6·25 전쟁과 포로수용소를 배경으로 전개되고 있는 것이다.

 줄거리따라잡기

이 작품은 크게 네 부분으로 짜여져 있다. 토끼의 우화는 서序, 상上은 동호의 1인칭 서술에 의한 내적 독백, 중中은 누혜의 죽음과 그 동기가 동호의 의식 속에서 드러나며, 하下는 누혜의 유서이다.

1. 토끼의 우화

옛날 깊은 산속 굴에 토끼 한 마리가 살고 있었다. 어느 날 토끼는 바깥 세계를 동경하기 시작하였으나 나갈 구멍을 찾을 수 없었다. 얼마 후, 자기 생일날 토끼는 창 쪽으로 발돋움해 그쪽으로 손을 대었다. 그러자 무지개 빛이던 방 안이 까맣게 되며 토끼는 그 자리에 쓰러지고 말았다. 며칠 동안 일어나지 못하던 토끼는 그 창을 통해 나갈 수 없을까 하는 위험한 생각을 품게 되었다. 토끼는 온몸이 피투성이가 되면서 창을 통해 바깥으로 기어 나가기 시작했다. 이윽고 토끼

는 최초로 바깥 세계를 보게 되었다. 그러나 토끼는 태양 광선을 견딜
수 없어 눈이 멀어 쓰러져 버렸다. 토끼는 그 후 죽을 때까지 그 자리
를 뜨지 않았다. 고향으로 돌아갈 길을 영영 잃을까 봐 두려웠던 것이
다. 그 토끼가 죽은 후 그 자리에 버섯이 났고 후예들은 그것을 '자유
의 버섯'이라고 부르며 그것에 제사지냈다.

2. 상

나(동호)는 누혜의 어머니가 살고 있는 판잣집으로 찾아간다. 포로
수용소에서 나는 누혜를 만나고, 잠자리를 같이 하는 벗이 된다. 누
혜가 죽은 뒤로 나는 배가 오기만을 기다렸지만 자유는 또 다른 포로
수용소의 문에 지나지 않았다. 판잣집 같은 삶을 유지하고 있는 중풍
걸린 누혜의 어머니는 너무 굶은 나머지 고양이가 잡아다 주는 쥐를
먹으며 연명하고 있었다. 나는 쥐를 빼앗아 고양이의 면상에 팽개치
곤 노파의 가슴으로 엎어져 노파의 손목에 매달려 어린애처럼 어머
니를 부른다. 노파의 식은 피가 내 혈관으로 흘러든다. 이윽고 누혜
의 이름을 부른 후 노파는 죽는다.

3. 중

누혜는 괴뢰군이었다. 그는 누워서 푸른 하늘을 쳐다보기를 좋아
했고, 봉황새나 용이 되어 하늘로 날아가고 싶어했다. 수용소 생활은
두 번째 전쟁과 같았다. 인민의 영웅이었던 누혜는 타락한 인민의 적
으로 몽둥이질과 발길질을 당한다. 어느 날 누혜는 "나의 열매는 익
었다. 그러나 내가 나의 열매를 감당할 만큼 익지 못했다. 영원히 익

지 못할 것이다! 내게는 날개가 없다."라고 말한 후 철조망에 목을 매 자살한다.

4. 하

누혜의 유서가 파란 두 눈으로 나를 보고 있는 듯하다. 다음과 같은 내용이다.

"생을 살리는 오직 하나의 길은 자유가 죽는 데 있다." "자살은 하나의 시도요, 나의 마지막 기대이다. 거기에서도 나를 보지 못한다면 나의 죽음은 소용없는 것이 될 것이고, 그런 소용없는 죽음이 기다리고 있는 것이 생이라면 나는 차라리 한시바삐 그 전신을 꾀하여야 할 것이 아닌가." 어둠 속에서 고양이는 아직도 나를 노리고 있다. 자기를 잡으려는 나의 손을 피해 고양이는 고목 가지 위로 올라간다. 나뭇가지에 웅크리고 앉은 고양이의 윤곽이 까만 동화처럼 달 속에 걸려든다.

구조 분석

- **갈래** 단편소설.
- **배경** 시간 배경은 6 · 25 전쟁 전후, 장소는 거제 포로수용소, 그리고 가상의 공간.
- **시점** '상'과 '하'는 1인칭 주인공 시점. '중'은 3인칭 서술자 시점. 서술에 따라 시점이 바뀌고 있음.
- **주제** 극한 상황 속에서의 인간의 실존적 자각.

- **동호**   1인칭 화자. 자의식이 강한 젊은이. 이 작품 전체의 서술자. 의용군으로 참전했다가 포로가 된다. 수용소에서 석방된 후 수용소에서 만난 누혜의 집을 찾아가 모친의 임종을 지킨다.
- **누혜**   동호가 수용소에서 만난 여인. 공산주의 신봉자. 인민군 최고훈장을 받은 인민군 출신의 여자 포로.
- **노파**   누혜의 어머니. 고양이가 잡아 주는 쥐를 먹고 연명하다가 죽음을 맞음.

플롯

- **서(序)-토끼의 우화**   토끼의 우화를 통해 전체의 내용을 암시.
- **상(上)-1인칭 시점**(주인공은 동호)   누혜의 친구인 동호가 내적 독백을 통해 6 · 25 전쟁 체험을 드러낸다.
- **중(中)-3인칭 시점**   누혜의 죽음의 동기를 동호의 상상으로 인식한다.
- **하(下)-1인칭 유서 형식**   누혜의 유서 내용이 소개되면서 그의 실존적 고통이 밝혀진다.

이 작품은 6·25 전쟁 당시 부산을 배경으로 피난 온 실향민들의 애환을 그리고 있다. 그러므로 '귀향소설'로 볼 수 있다. 그러나 이 작품에서 가장 주목되는 것은 피난민의 고통스러운 삶만이 아니다. 오히려 고향을 잃은 것에 대한 한탄에서 벗어나 스스로의 삶을 개척할 길을 찾고 있는 실향민의 진정한 모습을 그리고 있는 점이 주목된다. 결말에서 이 작품의 주인공 나는 돌아갈 기약이 없는 고향을 그리워하며 눈물만 짜고 있는 친구를 떠나기로 결심한다. 작품 제목처럼 '탈향'을 감행한 것이다. 나는 이로써 현실과 정면으로 마주하게 된다. 이러한 나의 모습은, 전후 소설이 소박한 휴머니즘과 비장한 영탄조에 이끌리는 것에서 벗어나 객관적이고 구체적인 현실 탐구로 나아가기 시작했음을 보여 주고 있다.

줄거리따라잡기

중공군의 참전으로 피난민이 대규모로 1·4 후퇴를 할 당시, 나는 엉겁결에 LST에 올라타고 한마을에서 함께 월남한 광석, 두찬, 하원과 함께 부산에서 궁핍한 피난살이를 시작한다. 이들은 부산 부두 하역장에서 날품을 팔아 간신히 끼니를 잇는다. 이들에게는 기거할 방이 없다. 그래서 이들은 정차되어 있는 화차火車에 숨어들어 잠깐씩 잠을 청한다. 이들의 생활은 이처럼 극도로 어렵지만 이들은 서로 고향으로 돌아갈 때까지 함께 이 고통을 이겨 내자고 맹세한다. 그러나 생활이 극도로 어려워지면서 나이가 많은 두찬과 광석은 나와 하원을 귀찮게 생각한다. 하원은 입만 열면 고향 이야기를 하면서 눈물을 흘린다. 급기야 광석이 화차에서 실족

탈향
脫鄕

이호철 1955년, 《문학예술》

하여 죽는 사건이 일어난다. 이를 계기로 이들의 관계는 점차 소원해지기 시작한다. 세 사람은 양심의 가책에 시달리며 점차 자신의 삶을 되돌아본다. 마침내 두찬은 광석이 죽은 후 이들을 버리고 도망했으며, 이젠 나 역시 하원을 버리고 도망할 궁리를 한다.

구조 분석

- **갈래** 단편소설. 귀향소설.
- **시점** 1인칭 주인공 시점과 1인칭 관찰자 시점이 혼재하고 있다. 1인칭 시점인 나의 관점에서 인물과 정황들을 묘사하고 있지만 나의 주관적 평가는 그다지 두드러지지 않고 객관적인 관찰과 묘사에 가깝다.
- **배경** 시간적 배경은 6·25 전쟁 중, 공간적 배경은 부산역과 부산 부두 근처.
- **주제** 월남 실향민의 애환과 비애, 또는 고통.

등장인물

- **두찬** 나이에 걸맞지 않게 조숙한 인물. 사교성이 없고 말이 없는 성격. 진중한 성격을 가지고 있으나 융통성이 없고 무뚝뚝하다.
- **광석** 두찬과 동갑. 두찬과는 달리 사리 판단이 민첩하고 사교성이 있으며 말이 많고 타향에 대한 적극적인 적응 행동을 보이는 것이 옳다고 생각하는 인물.
- **하원** 18세. 여리고 순수하며 의타적依他的인 인물.
- **나** 19살 청년. 홀로 월남하다 같은 고향의 광석, 두찬, 하원을 만나 부산역 근처의 화차 칸에서 살아가고 있는 인물. 냉철한 성격의 소유자.

플롯

- **발단** 부산에 피난 와서 화차 칸을 전전하며 위험하게 살아가는 광석, 두찬, 하원과 나 네 사람.

- **전개** 성격 차 때문에 광석과 두찬 사이가 벌어진다.
- **위기** 광석이 출발한 화차에서 뛰어내리다 죽게 된다.
- **절정** 광석의 죽음으로 괴로워하던 두찬마저 나와 하원을 버리고 떠난다.
- **결말** 남은 두 사람이 잘 살아가자고 말하는 하원을 버리고 나는 떠날 생각을 한다.

바비도

김성한 1956년,《사상계》

15세기 영국의 역사에서 소재를 취하고 있는 작품이다. 당시 교회의 조직과 제도의 횡포에 맞서서 진정한 신앙, 인간의 존엄성과 정의를 지키려고 한 재봉공 바비도의 삶을 통하여, 현대라는 시대 상황에서 지식인이 무엇을 해야 하는가를 상징적으로 형상화하고 있다.

줄거리따라잡기

15세기 초, 헨리 4세 치하의 영국. 재봉공 바비도는 영역英譯 성경 비밀 독회에서 돌아와 깊은 생각에 잠긴다. 교회의 사제들은 성경의 해석을 독점하고 평범한 빵과 포도주를 성찬이라고 하면서 온갖 구실을 붙여 제 뱃속만 차리기에 급급하다. 자신의 권위가 훼손되는 것을 두려워하는 교회 세력은 민중들을 의식화하는 영역 복음서를 이단으로 규정하고, 순회 종교재판소를 열어 저항 세력을 처단하고 있었다. 성경 모임의 지도자라는 사람들조차 재판정에서는 죽음이 두려워 자신들의 과오를 회개하며 목숨만 부지하려고 하였다. 바비도는 이들의 이러한 비겁한 모습에 분개한다. 바비도는 진리를 독점하려는 교회 세력들에게서 거대한 위선을 보았고, 마침내 교회 조직과 자신의 차이는 옳고 그름의 문제가 아니라, 순전히 힘이 있고 없는 차이에 불과하다는 것을 깨닫는다. 바비도는 분을 참지 못해 어느 귀족이 주문한 옷에 오줌을 갈긴다.

재판정에서, 사교는 겉으로는 온유한 체하며 바비도에게 죄과를 인정하고 뉘우칠 것을 요구한다. 그러나 바비도는 이 더러운 세상에서 더 이상 살 이유가 없다며 스스로 '인간 폐업'을 선언한다. 형장에는 바비도가 분형焚刑당하는 모습을 구경하려는 사람들로 인산인해를 이룬다. 약하고 몽매한 민중들은 세상에 대한 그들의 원망과 증오를 바비도에게 모조리 퍼붓는다. 그들은 바비도에게 발길질을 하고 침을 뱉으며 욕설을 한다. 이때 태자 헨리가 나타나 바비도에게 말을 건넨다. 그는 바비도를 구해 주겠다며 죽기 전에 죄를 씻을 것을 권유한다. 그러나 바비도는 "지옥에 서 기다리겠노라"라고 빈정댄다.

사형대에 올라 불을 지피는 순간, 태자는 돌연 불을 끄고 바비도를 내 리라고 명령한다. 바비도의 용기와 신념에 감동하여 바비도를 무조건 살 려 주겠다고 제안하는 것이었다. 그러나 바비도는 태자의 동정을 뿌리치 고 당당히 분형을 당한다.

구조 분석

- **갈래** 단편소설. 역사소설.
- **배경** 시간 배경은 15세기 헨리 4세 시대, 공간 배경은 교회 권력의 독선과 억압이 횡 행하던 영국.
- **시점** 3인칭 전지적 작가 시점(부분적으로 1인칭 주인공 시점이 섞여 있음).
- **주제** 불의한 권력에 굴복하지 않는 정의로운 인간의 삶.

등장인물

- **바비도** 주인공. 하찮은 재봉공에 불과하지만 양심과 신념에 따라 행동한다. 실제로 1401년 이단으로 지목되어 분형을 받은 영국의 재봉공. 태자 헨리를 감동시 키지만 끝내 죽음을 선택한다.

- **사교** 부패한 종교와 교단의 앞잡이. 기회주의적이고 도덕과 양심이 마비되어 약한 자에게는 강하고 강한 자에게는 약한 전형적인 인물.
- **태자** 바비도를 회유하는 태자. 헨리 4세의 아들.

플롯

- **발단** 바비도는 비밀 성경 독회에서 돌아와 불의와 비겁만이 판을 치는 사회 현실에 분개한다.
- **전개** 바비도는 죽음의 공포에 사로잡혔다가 정의와 권리란 것이 힘 있는 자들만을 위한 특권임을 깨닫는다.
- **위기** 바비도는 종교 재판정에서 '인간 폐업'을 선언하며 사교의 비리를 폭로하고 교리의 허구성을 공격, 회개를 거부한다.
- **절정** 몽매한 민중들의 저주 속에 형장에 도착한 바비도에게 헨리 태자가 나타나 죄를 씻고 영혼을 구제받기를 회유한다. 바비도는 거절한다.
- **결말** 바비도의 용기와 신념을 아까워한 태자는 무조건 살려 주겠다고 제안한다. 그러나 바비도는 당당하게 죽는 길을 택한다.

일제 말기부터 6·25 전쟁까지를 시대 배경으로, 고난과 폐허 속에서도 삶의 희망을 버리지 않고 꿋꿋하게 살아가는 인간상을 그리고 있는 작품이다. 이 작품에서 학鶴은 주제를 표출하는 가장 중요한 매개물이다. 즉, 학이 날아오는 때는 평화를, 학이 오지 않는 시대는 일제 식민지, 학이 다시 날아오는 상황은 광복을, 학의 새끼가 죽는 것은 동족 상잔의 비극을, 학이 짝을 잃고 떠나는 것은 남북 분단을, 사람들이 학을 기다리는 것은 통일의 열망을 상징하고 있다. 말하자면 학은 넓게는 민족이나 국가의 운명을, 좁게는 학마을 사람들의 운명을 상징하는 것이다.

줄거리따라잡기

학마을 사람들은 학을 신처럼 믿어 왔다. 왜냐하면 학은 길흉吉凶의 전달자이기 때문이다. 학이 날아온 해는 길운이, 그렇지 않은 해는 액운이 찾아왔다. 일제 강점기 말에 이장 영감과 박 훈장의 손자들이 징용으로 끌려가던 해는 학이 날아오지 않았고, 광복이 되고 손자들이 돌아온 해에는 어김없이 학이 날아왔다. 그러던 어느 해 나무에서 새끼 학 한 마리가 떨어져 죽었다. 6·25 전쟁이 일어난 것이다. 마을 사람들은 전쟁의 사회적·정치적 배경에 대해서는 아무것도 모르지만, 학이 흉조凶兆를 보였다는 사실만으로 마을에 들어온 인민군을 경계한다. 학은 동족 상잔이라는 6·25의 성격을 마을 사람들에게 보여 주었고 마을 사람들은 조금도 의심하지 않고 학이 보여 준 바를 믿는 것이었다. 바우는 마음에 두고 있던 봉네가 자기를 버리고 덕이와 결혼하자 마을을 떠났다가 인민군이 되

이범선 1957년—《현대문학》

어 돌아온다. 마을의 신화적 질서에 빠져 있던 그는 마을의 신화를 부정
하며 학을 죽이고, "반동!"을 외치며 돌아다닌다. 바우는 마을 사람들이
인민군을 꺼리는 것이 학이 보인 흉조 때문이라는 것을 알고 학을 총으로
쏘아 죽인다. 그러나 전세가 나빠져서 곧 후퇴한다. 마을 사람들은 피난
을 갔다가 전쟁이 끝날 무렵 돌아온다. 돌아온 지 얼마 되지 않아, 손자
바우를 기다리던 박 훈장이 시체로 발견되고 마을에서 가장 어른인 이장
이 죽는다. 덕이와 마을 사람들이 이장과 박 훈장의 장례를 치르고 마을
로 내려올 때, 봉네의 손에는 조그만 애송나무 한 그루가 들려 있었다.

구조 분석

- **갈래** 단편소설.
- **배경** 시간 배경은 구한말에서 6·25 전쟁 직후까지, 공간 배경은 강원도 어느 두메
  산골.
- **시점** 3인칭 작가 관찰자 시점.
- **주제** 수난을 겪으면서도 희망을 잃지 않는 의지적인 인간의 모습.

등장인물

- **덕이** 이장 영감의 손자. 징용서 돌아와 봉네와 결혼함. 봉네를 사이에 두고 바우와 갈
  등을 빚는 인물.
- **바우** 봉네가 덕이와 결혼하자 홀연히 마을을 떠났다가 공산당원이 되어 돌아온 인물.
- **봉네** 소박하고 순진한 처녀로 덕이와 결혼하는 여인.
- **이장 영감, 박 훈장** 마을의 지도자. 학마을과 학을 믿고 사랑하는 인물들.

플롯

- **발단** 노송老松과 학에 얽힌 전설. 일제 강점 이후 30여 년 동안 학이 오지 않음.
- **전개** 오랜 가뭄과 재난이 이어진다. 청년들은 징용에 끌려간다.
- **위기** 학의 새끼 한 마리가 죽는다. 6·25 전쟁 발발.
- **절정** 바우의 행패. 마을의 수난.
- **결말** 전쟁이 끝난다. 이장과 박 훈장의 죽음. 새로운 애송나무를 심는다.

불꽃

선우휘 1957년, 《문학예술》

3·1 독립 운동부터 6·25 전쟁까지, 30여 년에 걸친 역사적 격동기를 배경으로 3대에 걸친 민족의 수난사를 고현이란 젊은이를 통해 그려 내고 있는 작품이다. 역사에 대한 한국인의 체념과 순응주의를 비판하고 적극적이며 행동적인 삶의 태도를 형상화하고 있다. 이 작품은 발표 당시 적지 않은 반향을 일으켰다. 대부분의 단편소설이 내면적 심리 묘사에 기운 데 비하여 이 작품은 역사적 사실을 작품 속에 과감히 수용하여 서사성敍事性을 회복하고 있기 때문이다. 또한 할아버지와 아버지로 대비되는 두 가지 인간형을 제시하고 그 갈등 속에서 방황하는 손자 고현을 그림으로써 전쟁 직후 한국의 젊은이들이 어떻게 살아가야 하는가를 제시하고 있기 때문이다.

줄거리따라잡기

주인공 고현의 아버지는 독립만세 운동에 앞장섰다가 일본 경찰의 총격으로 죽는다. 현은 유복자로서 아버지가 죽은 후 아홉 달 만에 태어난다. 목에 혹이 나서 혹부리라고 불리는 현의 할아버지는 P고을에서 싸전을 운영하며 오직 자신만을 위해 살아온 인물이다. 아들을 잃은 할아버지는 젊은 여자를 재취로 맞아들이고, 며느리인 현의 어머니에게는 현을 놓아두고 친정으로 돌아가 재혼하라고 말한다. 그러나 현의 어머니는 시아버지 말에 따르지 않고 현을 키우며 홀몸으로 살아간다.

농사를 짓는 어머니 밑에서 현은 5년제 중학교를 마친다. 고등학교나 전문대학으로 진학하는 동급생이 적지 않았으나 현은 어머니를 도와 농사지을 생각으로 진학을 포기한다. 그러나 2년 뒤 어머니의 권유로 일본 유학을 떠난다. 현이 일본에서 공부한 지 3년이 지난 어느 날, 일본이 진주만을 기습해 태평양 전쟁을 일으키고, 전선 확대로 병력이 부족해지자 일본인 학생뿐만 아니라 조선인 학생마저 동원해 가기 시작한다. 현도 동원되어 중국 전선으로 나간다. 하지만 식민지 군대에 혐오를 느낀 현은 보초를 서다가 어둠을 틈타 탈출한다.

대륙을 헤매 다니던 현은 전쟁이 끝나자 고향으로 돌아와 여학교에서 교편을 잡게 된다. 여학교에서 그는 따뜻한 마음을 가진 조 선생을 만나게 되고, 그녀에게 사랑의 감정을 느낀다. 그러나 기쁨도 잠시. 6·25 전쟁이 일어나고 북한군이 남침하여 P고을을 정복한다. 북으로 넘어갔던 현의 어릴 적 친구 연호는 공산당 골수분자가 되어 돌아와 현을 설득한다. 그리고 반동분자를 즉결 처형하는 인민재판을 벌이고, 현에게 참석토록 권유한다. 인민재판에 참석한 현은 그 야만성에 분노해 총을 빼앗아 처형 집행자를 사살하고, 그 옛날 아버지가 죽음을 맞았던 인근 부엉산 산마루 동굴로 피신한다.

연호는 현의 할아버지를 앞세워 부엉산을 수색한다. 지금까지 자신의 이익만을 위해 살았던 할아버지는 마지막 순간 자신은 죽더라도 자신의 손자는 살려야겠다는 생각을 하고, 동굴에 숨어 있는 현에게 도망가라고 소리를 친다. 결국 할아버지는 연호의 총에 맞아 죽고, 총소리를 들은 현은 동굴에서 뛰쳐나온다. 연호와 현은 서로에게 총을 쏜다. 연호의 총알은 현의 어깨를 스쳐 가고, 현의 총알은 연호의 가슴을 뚫는다. 저 멀리 유엔군의 포성이 가까워지고 있었다.

- **갈래** 중편소설.
- **배경** 시간 배경은 3 · 1 독립운동 때부터 6 · 25 전쟁 때까지, 공간 배경은 P고을.
- **시점** 3인칭 전지적 작가 시점.
- **주제** 민족 수난사의 비극적 갈등을 극복하고 자기 개혁을 실천하는 한 인간의 결의.

등장인물

- **고현** 할아버지와 아버지 사이에서 방황하다가 현실 참여라는 새 차원의 삶을 시도하는 인물.
- **할아버지** 보수적이고 폐쇄적인 인물. 숙명론자이자 철저한 현실주의자. 아버지와 정반대형의 인물.
- **아버지** 민족적 신념에 불타는 현실 참여주의자, 저항주의자.
- **연호** 고현의 친구. 열성 공산주의자. 현과 혁명에 대한 열띤 토론을 벌인다.
- **조 선생** 민족보다는 가문을, 가문보다는 가족을, 가족보다는 자신을 우선으로 삼는 인물.

플롯

- **발단** 동굴 속에 피신하고 있는 현.
- **전개** 현의 과거 회상.
- **위기** 고현은 공산주의자가 된 연호를 주먹으로 치고 동굴로 피신한다.
- **절정** 할아버지의 죽음과 현의 탈출.
- **결말** 고현은 삶에 대한 강렬한 의지를 갖게 된다.

이 작품은 6·25 전쟁으로 미망인이 된 한 여성이, 전쟁 후 걷잡을 수 없는 사회적 혼돈과 부조리한 상황 속에서 정신적·경제적으로 살아가기 힘든 모습을 그리고 있다. 그녀는 아들의 죽음을 통해 겪는 사회악과 종교인의 위선을 치열하게 고발하며 이들에 대해 공격적 충동을 보이고 있다. 이는 무자비하게 자신을 괴롭히는 외적 상황에 대해 개인이 대응할 수 있는 일종의 자학 행위이기도 하다. 동시에 당대의 부조리한 시대적 상황을 보여 주는 것일 수도 있다.

줄거리따라잡기

6·25 전쟁 중 9·28 서울 수복 전날 밤, 남편이 폭사하여 과부가 된 진영은 그 상처가 아물기도 전에 의사의 실수로 외아들 문수를 잃는다. X 레이도 찍지 않고 마취도 제대로 하지 않은 채 뇌수술을 잘못해서 아이를 죽게 만든 것이다. 도살장 망아지처럼 허무하게 죽어 간 자식의 울음소리를 잊기 위해 진영은 종교에 매달린다. 먹고 살 길도 막연한 살림살이 속에서 푼돈을 마련해 미사도 올리고 절에 가서 재도 올려 주었다. 그러나 그녀가 종교에서 발견한 것은 시주받은 쌀을 착복하는 중과 도둑맞을까 봐 신발을 싸들고 예배드리는 신도들뿐이었다. 그들의 추악한 계산이 아이의 영혼까지 모독하는 것을 본 진영은 인간에 대한 그런 처사에 대해 견딜 수 없는 분노를 느낀다. 진영은 그 부당함에 항거하고 그 악을 고발하는 것만이 살아남은 자신의 의무라고 생각하며 죽은 아이의 사진을 절에서 빼와 불사르고 산을 내려온다.

불신 시대

박경리 1957년,《현대문학》

등장인물

- **진영** 남편과 아들을 잃어버린 여인. 세상 이치를 하나씩 깨달을수록 전후의 현실이 부조리하고 부패하기 짝이 없는 것임을 알게 된다.
- **어머니** 남편과 외아들마저 잃고 오직 딸 진영이 하나만을 의지한 채 무기력하게 살아가는 여인. 삶의 고난과 불행을 종교에 의존하려고 한다.
- **아주머니** 독실한 천주교 신자. 진영네의 불행에 대해서 위로하고 걱정하는 일을 잊지 않는 자상한 여인이지만 계주 노릇을 하면서 남의 돈을 떼어먹고 자기의 실속만을 차리는 이중적 성격의 인물.

구조 분석

- **갈래** 단편소설. 사회소설.
- **배경** 시간 배경은 9 · 28 수복 직후 1950년대의 혼란기, 공간 배경은 전쟁 직후의 서울.
- **시점** 3인칭 전지적 작가 시점.
- **주제** 사회 혼란기의 부정적 사회에 대한 분노와 고발.

플롯

- **발단** 6 · 25 전쟁 통에 남편과 사별한 진영에게 아들 문수가 유일한 희망이다. 그런 문수가 의사의 무성의한 치료로 죽는다.
- **전개** 진영은 교회, 병원, 절 등이 모두 부패하고 타락했다는 것을 차례차례 경험한다.
- **위기** 사회에 대한 진영의 불신이 더욱 증폭된다.
- **절정** 아들의 명복을 위해 절에 맡겼던 문수의 사진과 위패를 되찾아 태움으로써 사회에 대한 진영의 증오는 절정에 달한다.
- **결말** 진영은 아들의 위패를 태우고 돌아오면서 불신 시대에 정면으로 대처하겠다는 의지를 갖게 된다.

인간은 무수한 형태의 대립을 겪으면서 살고 있다. 그러나 이 모든 대립은 스스로의 인간적 의지보다는 그와 같은 대립을 요구하는 외부적 상황 때문에 생기는 경우가 더 많다. 이 작품은 이런 미묘한 대립적 인간 관계를 통하여 비극의 본질과 그 책임의 소재를 탐구해 본 작품이라고 할 수 있다. 인간 세상에는, 우리의 의사와는 관계없이 인간의 삶에 개입하여 그 관계를 미묘한 방향으로 전개시키는 어떤 비밀스러운 힘이 있지 않을까? 작가는 이런 의문을 던지고 있는 듯하다.

줄거리따라잡기

나는 병원에서 눈을 떴다. B와의 마지막 대결을 회상하며 어쩌면 지금도 자신이 B에게 지고 있다고 생각하는 것이다.

B와의 첫 대결은 우연히 이루어졌다. 선생님이 말끝마다 습관적으로 내는 '엠' 소리를 세다가 서로의 뺨을 때리는 벌을 받게 되었다. 서로의 뺨을 때리다가 선생님에 대한 반감이 B에게 옮겨지며 손에 힘을 더하게 되고, 나는 B의 손에 맞아 코피를 흘렸다. 중학교 때 한반 친구인 나와 B는 실력 경쟁에서도 치열했다. 또한 나와 B는 모두 경희를 좋아했다. 졸업반이 되던 해 B는 나의 책갈피에서 경희의 편지를 찾아냈다. 나는 경희와의 관계를 B에게 고백했다. 그러나 B는 양보하지 않고 대결을 택했다. 상대방을 나무 옆에 세워 놓고 귀 높이 되는 나무통 복판을 공기총으로 정확하게 맞혀 이기는 쪽이 경희를 차지하기로 했다. 나는 헛방을 쏘았지만 그는 목표물을 명중시켰다.

전광용 1959년, 《현대문학》

6·25 전쟁이 나서 모두들 흩어지고 나는 새로 전속된 부대에서 B를 다시 만난다. 내가 경희의 소식을 묻자 B는 모른다고 말한다. 그러나 휴가 중 B의 아내가 된 경희를 만난다. 결국 나는 B에 대해서는 배신감을, 나 자신에 대해서는 패배감을 맛보게 된다. B가 이적 혐의로 구속되었다는 신문 보도를 본 후 나는 경희를 찾아간다. 나는 그간 B와의 대결은 의식적인 적대 행위가 아니었고, 환경적인 조건 때문에 벌인 불가피한 운명 때문이었다고 생각하게 된다. 그래서 나는 B의 구명救命 운동을 시작한다. 그러나 허사였다. B의 사형집행 사수로 나를 비롯한 다섯 명이 지목된다. B를 데리고 달아날 수 없을까 생각하면서 마지막으로 허공에 총을 쏘고 의식을 잃는다.

구조 분석

- **갈래** 단편소설.
- **배경** 시간 배경은 6·25 전쟁 전후, 공간 배경은 병원·학교 등 회상의 장소.
- **시점** 1인칭 주인공 시점.
- **주제** 인간과 인간 사이에 운명적으로 잠재되어 있는 대결 의식.

등장인물

- **나** 어린 시절부터 친구 B와 끝없는 대결 상황을 맞는 인물. 오지 B와의 대결 속에서 이겨야 한다는 강박관념을 지니고 있는 인물.
- **B** 나의 영원한 맞수.
- **경희** 나의 연인. 그러나 후에는 B의 아내가 되는 여인.

플롯

- **발단** 나가 깨어나면서 과거를 회상하기 시작한다.
- **전개** '곰'이라는 별명의 선생님께 벌을 받게 되면서 첫 대결을 벌인다.
- **위기** 경희를 차지하기 위한 공기총 대결. 이 대결에서도 나는 패배한다.
- **절정** 6·25 전쟁 중 B를 다시 만나고, 경희가 B의 아내가 되었음을 알게 된다.
- **결말** B는 이적 혐의로 구속되고, 나는 B의 사형집행 담당 사수가 된다.

오발탄

이범선 1959년,《현대문학》

이 작품은 6·25 전쟁 직후의 암담한 현실 속에서 한 가족이 겪는 여러 가지 사건을 통해 주인공이 혼란에 빠지는 과정을 그리고 있다. 짙은 허무주의가 팽배한 시대를 배경으로 고향을 떠나온 월남 피난민 가족의 비참한 삶의 단면을 보여 주는 작품으로, 이들의 가난과 고통, 그리고 편안한 삶을 방해하는 비정한 현실을 심도 깊게 묘사하고 있다. 이러한 가족들의 비극적인 삶이 결국 주인공 철호를 방향 감각을 잃은 오발탄과 같은 인간으로 바꾸어 놓은 셈이다.

 줄거리따라잡기

송철호는 음악대학 출신의 아내와 제대한 지 2년이 되도록 취직을 하지 못하고 방황하는 동생 영호, 그리고 양공주가 된 여동생 명숙 등과 함께 어렵게 산다. 그의 집은 해방촌 산비탈에 있는 다 쓰러져 가는 판잣집이다. 퇴근하여 집에 들어서니 전쟁통에 정신이상이 된 어머니가 외치는 "가자! 가자!" 하는 목소리가 들려온다. 철호는 어머니에게 38선 때문에 고향에 돌아갈 수 없다고 수없이 말하지만 어머니는 알아듣지 못한다. 동생 영호가 집에 들어오자 철호는 성실하지 못한 삶의 태도를 나무란다. 영호는 자기 인생은 자기의 방법대로 살겠다고 말한다. 철호의 아내는 10여 년 전 대학 시절의 아름답던 모습을 연상하다가 이제 아무런 희망도 없다는 것을 알고 우울해하고, 동생 영호는 대상 없는 분노를 터뜨리면서 눈물을 흘린다. 골목 밖에서 명숙의 발자국 소리가 요란하게 들려온다. 그녀는 아무도 거들떠보지 않은 채 아랫방으로 가서 누워 버린다. 고향으

로 돌아가자고 외쳐 대는 어머니의 절규는 밤중에도 계속된다. 다음 날, 경찰한테서 영호가 강도 혐의로 붙잡혔다는 이야기를 듣는다. 경찰서에서 나와 집으로 돌아간 철호는 아내가 위독하다는 말을 듣고 명숙에게 돈을 받아 병원으로 간다. 그러나 아내는 이미 시체로 변해 있다. 철호는 택시를 잡아타고 해방촌으로 가자고 했다가 다시 경찰서로 행선지를 바꾼다. 혼란에 빠진 철호는 방향 감각을 잃고 횡설수설 한다. 운전사는 '오발탄'과 같은 손님이 걸려들었다고 투덜거린다. 차는 목적지도 없이 차량 행렬 속으로 끼어들고 철호는 입에서 피를 흘린다.

구조 분석

- **갈래** 단편소설.
- **배경** 시간 배경은 6 · 25 전쟁 직후, 공간 배경은 서울 남산 부근 해방촌.
- **시점** 3인칭 작가 관찰자 시점.
- **주제** 전후를 살아가는 인간들의 비극적인 삶과 혼란스러운 사회상.

등장인물

- **철호** 직업은 계리사 사무실 서기. 열악한 환경 속에서도 성실히 살아가려고 애쓰는 인물.
- **영호** 철호의 동생. 사회적 모순에 반발하여 한탕주의로 살아가려는 인물.
- **어머니** 전쟁통에 정신이상이 된 비극적 여인.
- **명숙** 철호의 여동생. 양공주 생활을 한다.
- **아내** 명문 여대 음악과 출신. 가난으로 죽는다.

플롯

- **발단** 철호의 무기력한 일상생활. 혼란과 무질서가 횡행하는 해방촌 일대의 주변 환경.
- **전개** 철호 일가의 비참한 삶의 모습.
- **위기** 영호의 권총 강도 행각과 아내의 죽음.
- **절정** 가족의 비극적 삶으로 인한 극도의 방황.
- **결말** 방향 감각을 잃은 철호. 피를 흘린다.

1870년 조선 말기부터 1945년 광복 때까지, 만주 북간도로 이주했던 우리 민족의 수난사를 그린 작품으로, 4대에 걸친 북간도 이주민의 가족사를 통해 조선 농민의 수난과 끈질긴 생명력을 그리고 있다. 그래서 이 작품은 개인의 운명을 다루었다기보다는 우리 민족의 운명을 다룬 서사시적敍事詩的 성격을 지니고 있다. 우리의 근대사를 배경으로, 간도를 개척하고 삶의 근거지를 마련했던 이주민들이 자신들을 보호해 줄 정부를 가지지 못한 탓에 망국인으로서 겪어야 했던 통한이 처절하게 서술된다. 농토를 두고 청나라 사람들과 계속 갈등을 겪어야 했고, 일본의 세력이 간도까지 미치면서 다시 새롭게 일본과의 갈등과 충돌을 겪어야 했다. 그런 가운데서도 민족혼을 지키기 위하여 고심하는 모습이 리얼하게 전개된다.

 줄거리따라잡기

이한복은 두만강 건너편 비옥한 토지를 개간하여 죽음을 무릅쓰고 북간도에서 농사를 짓는다. 어느 날 밤, 몰래 감자를 가져온 그는 아들 장손 때문에 관가에 잡혀가서 신관 사또에게 당당히 북간도의 현실을 말하다가 곤장 열 대를 맞고 풀려난다. 한편, 사또는 이한복을 다시 불러 함께 백두산 정계비를 확인하고, 이후 정부의 협조로 북간도의 이주가 시작된다. 이런 사실을 안 청나라에서는 조선인들의 생존권을 위협한다. 그러나 이한복을 중심으로 한 비봉촌 사람들은 끝까지 항거한다.

어느 날, 창윤이 청나라 사람 지주의 밭에서 감자를 캐다가 잡혀 머리를 깎인 채 청나라 사람 모습을 하고 돌아온다. 이한복은 손자의 변발을

북간도 北間島

안수길   1959년, 《사상계》

가위로 자르다가 너무 분해서 쓰러져 죽는다. 비봉촌에서 차츰 청나라 사람 지주 동복산의 앞잡이로 변하는 사람들이 생기고 결국에는 그의 송덕비를 세우기에 이른다. 그날 밤 송덕비 비각이 불타고, 창윤은 용정으로 도망가서 사포대私砲隊에 지원한다. 얼마 후 다시 고향에 돌아와서 살지만, 자식 정수의 교육과 지주의 잦은 압력으로 용정으로 이사한다. 정수는 신명 학교에 다니면서 좋은 성적을 내고, 창윤은 기와 굽는 일이 잘되어 가는데 1차 세계대전이 터진다. 정수는 자신에게 항일 의식을 길러 준 교사 주인태와 같이 독립 선언서를 인쇄하고 만세를 부르짖는다. 김좌진 장군 휘하에 있는 정수는 일본군과 교전交戰도 하였으나 주위의 설득과 애인 영애의 권유로 자수, 형刑을 살고 나온다. 옥에서 나온 정수는 우여곡절 끝에 직장을 가지게 되지만 다시 잡혀 옥에 간힌다. 1945년 8월 15일, 정수는 영애의 마중을 받으면서 출옥한다.

구조 분석

- **갈래**   장편소설. 역사소설.
- **배경**   시간 배경은 1870년 조선 왕조 말기부터 광복까지, 공간 배경은 만주 북간도.
- **시점**   3인칭 전지적 작가 시점.
- **주제**   땅에 대한 간도 유민들의 강한 애착과 강렬한 민족의식 및 자주 정신.

등장인물

- **이한복**(1대)   간도 이주 1세대. 자주 정신이 강한 인물. 어려운 가운데서도 서당을 차려 손자를 가르친다. 민족주의자이며 이상주의자.
- **장손**(2대)   청국인 지주地主 송덕비 제막에 협조하지 않는다.

- **창윤(3대)** 송덕비 비각을 불사르고 용정으로 가 사포대에 가입하고 사포대를 조직하는 인물.
- **정수(4대)** 4대 중 공부를 가장 많이 했고 독립군에 가담하여 활동하기도 하는 인물.
- **최칠성** 현실주의자.
- **장치덕** 현실주의자도 아니고 이상주의자도 아닌, 중간적 인격자.

플롯

- **제1부** 이한복 일가는 북간도 비봉촌으로 이주하여 청국 관헌과 토호들의 횡포를 겪으며 고난에 찬 삶을 산다.
- **제2부** 1909년 간도 협약으로 삶은 더욱 악화된다.
- **제3부** 청나라 사람들의 압력으로 비봉촌을 떠나 용정에 정착하지만 용정 대화재로 기와 부업이 활발해진다.
- **제4부** 1914년 1차 세계대전이 발발하여 청나라 사람들의 배일 감정이 고조되고 조선인 이주민들은 독립 운동을 한다.
- **제5부** 독립군은 일본군에 대항하고 정수는 이에 활약한다. 1945년 일본의 패배와 함께 정수는 출옥한다.

이 작품은 6·25 전쟁의 참상과 전쟁의 후유증으로 고통받는 사람들의 모습을 형상화했다. 전쟁을 통해 인간의 공포와 본능, 상처와 고독을 사실주의적 수법으로 잘 그리고 있다.

 줄거리따라잡기

동호와 현태, 그리고 윤구 세 사람은 전쟁터에서 살아남았다. 동호는 전쟁의 후유증으로 자신의 순수성과 꿈을 상실하고 방황하다가 충동적으로 술집 작부 옥주에게 동정을 바친다. 그리고 옥주에 대하여 외곬으로 몰입한다. 그러나 옥주가 단지 육체적 쾌락을 위해 매음賣淫하며 애인이 따로 있다는 사실을 알고 그들을 살해하고 자기 자신도 자살한다.

현태는 아버지 회사에서 근무하던 중 어느 날 자신이 전쟁터에서 무고하게 죽인 여인과 비슷한 행색의 모녀를 발견하고 죄의식에 시달린다.

두 사람과 달리 현실주의자인 윤구는 전쟁에서 체득한 냉혹한 성격으로 현실생활에 잘 적응한다. 가정교사로 자신이 가르치던 주인집 딸을 임신시키고 그녀가 무리한 중절 수술을 받다가 죽게 되자 저 혼자만 살 길을 모색한다.

한편 동호의 순결한 옛 애인 숙이는 동호의 죽음에 의문을 품고 이를 추적하려다가 현태에게 성폭행당하고 임신한다. 현태가 술집 작부 자살 방조죄로 구속되자 뱃속 아기를 낳을 때까지 현태 친구 윤구에게 의지하려고 하지만 윤구는 이를 냉정하게 뿌리친다.

- **갈래** 장편소설. 전후소설.
- **배경** 시간 배경은 1953년~1958년 사이, 공간 배경은 최전방 지역과 서울·인천 등 여러 곳.
- **시점** 3인칭 전지적 작가 시점.
- **주제** 전후의 파괴 상황을 감당하고 극복해 나가는 원초적인 생명력.

등장인물

- **동호** '시인'이란 별명을 가진 이상주의자. 전쟁의 중압감을 이기려고 술집 작부 옥주를 만나 위안을 삼지만 옥주의 변심으로 옥주를 죽이고 자살하게 된다.
- **현태** 동호의 군대 친구. 현실에 적응하지 못하고 방황하는 인물.
- **숙이** 반도 호텔 내 독일상사의 타이피스트. 동호의 애인. 동호의 자살 동기를 추적하다가 현태의 아이를 임신함.
- **윤구** 현실주의자. 미란의 가정교사.
- **석기** 권투에 미친 인물. 전쟁 중에 눈을 다침.
- **옥주** 결혼한 지 보름 만에 남편의 전사 통지서를 받고 술집 작부가 된 여인. 한때 동호의 애인이었으나 변심함.
- **미란** 아버지는 재무부 고위 관리. 윤구의 아이를 가져 낙태 수술을 하다가 죽는다.

플롯

- **발단** 동호, 현태, 윤구는 최전방 상황을 수색한다.
- **전개** 숙을 사랑하는 동호는 순수성과 꿈을 잃고 방황하던 끝에 술집 작부 옥주에게 동정을 바친다. 그러나 동호는 옥주가 육체적 쾌락만을 위해 매음한다는 사실을 알게 되자 자살한다.
- **위기** 전쟁 후 현태는 자살방조죄로 무기 징역을 선고받고, 윤구는 가정교사로 있던 주인집 딸을 임신시킨 후 무리한 중절을 하다가 그녀가 죽는다.
- **절정** 동호의 옛 애인 숙은 동호의 죽음을 추적하다가 동호 친구 현태에게 겁탈당해 임신한다.
- **결말** 숙은 윤구에게 의지하려 하나 윤구는 이를 냉정하게 거절한다.

등신불
等身佛

김동리 1961년, 《사상계》

이 작품은 토속적이고 종교적 색채가 배어 있는 전통적 서정주의 세계를 보여 주는 작가 김동리의 후기 문학세계를 대표한다. 인간의 고뇌와 슬픔을 작가는 액자 이야기 속의 인물 만적의 소신 공양을 통해 종교적으로 승화하고 있다. 액자 소설 형태인 이 작품은 전체적으로는 내부 이야기에 작품의 무게가 실려 있지만 나의 행위와 깨달음에도 상당한 의미를 주고 있다. 주인공 만적이 어떠한 과정을 거쳐서 소신공양燒身供養을 하게 되고 등신불이 되었는가 하는 것을 전지적 작가 시점으로 서술하고 있다. 태평양 전쟁 당시 학병으로 끌려 나간 주인공이 학병에서 탈출하여 불교에 귀의한 사건이 작품 구성의 골격을 이루고 있다.

 줄거리따라잡기

나는 일제 말기 학병으로 끌려가 남경南京에 주둔해 있다가, 대학 선배 진기수의 도움으로 탈출하여 정원사라는 절에 몸을 의탁한다. 그곳에서 나는 금불각의 화려한 외양에 반감을 가지게 된다. 그러던 중 금불각에 안치된 등신불을 보게 되지만 불상 같지도 않은, 인간적인 비원을 담고 있는 모습에서 전율을 느낀다. 그 불상은 옛날 소신공양으로 성불成佛한 만적이라는 스님의 타다 굳어진 몸에 금을 씌운 것이다. 나는 원혜 대사를 통하여 신비로운 성불의 역사를 듣게 된다.

당나라 때, 만적은 자기를 위하여 이복형제를 독살하려는 어머니로 말미암아 큰 갈등을 겪다가 집을 나간 형(신)을 찾아 자신도 집을 나와 불가에 몸을 맡긴다. 10년이 지난 어느 날, 자기가 찾던 이복형이 문둥병이라는 천형天刑에 고통받고 있음을 보고는 충격을 받는다. 그리하여 인간사의 번뇌를 소신공양으로 극복할 것을 결심한다. 그가 1년 동안의 준비 끝에 소신공양하던 날, 여러 가지 이적異蹟이 일어난다. 이때부터 새전賽錢이 모아지기 시작하여 그 새전으로 만적의 타다가 굳어 버린 몸에 금을 씌우고 금불각을 짓게 되었다.

　이런 이야기를 들은 나는 그 불상에 인간적인 고뇌와 슬픔이 서려 있음을 이해하게 된다. 그런데 이야기를 마친 원혜 대사는 나에게, 남경에서 진기수에게 혈서血書를 바치느라 입으로 살을 물어뜯었던 오른손 식지食指를 들어 보라고 한다. 왜 그 손가락을 들어 보라고 했는지, 이 손가락과 만적의 소신공양이 무슨 관계가 있다는 것인지 원혜 대사는 아무 말도 하지 않는다. 그때 정오를 알리는 북소리와 목어木魚 소리가 들려온다.

구조 분석

- **갈래**　단편소설. 액자소설.
- **배경**　시간 배경은 태평양 전쟁 중인 1943년 여름. 내부 액자 배경은 당나라 때. 공간 배경은 중국 양쯔 강 북쪽 정원사.
- **시점**　외부 이야기는 1인칭 주인공 시점, 내부 이야기인 만적 이야기는 3인칭 전지적 작가 시점.
- **주제**　인간 고뇌의 종교적 구원.

등장인물

- **나**　태평양 전쟁 당시 학병으로 끌려가 대학 선배인 진기수의 도움으로 탈출, 불가에 귀의하는 인물.

- **진기수** 나의 대학 선배. 중국의 불교 학자. 나의 탈출을 도와준다.
- **원혜 대사** 정원사의 주지. 나를 거두어 주고 불도로 인도한다.
- **만적** 내부 액자 속의 주인공. 법명은 만적. 속명은 기. 당나라 때 인물이다. 개가한 어머니가 이복형제를 죽이려는 것을 알고 집을 나와 방황하다가 불가에 귀의한다. 정원사에서 소신공양으로 금불각에 모셔진다.

플롯

- **발단** 나는 학병으로 남경에 끌려와서 진기수의 도움으로 탈출한다.
- **전개** 정원사에서 생활하던 중 금불각을 보고 화려한 외양에 반감을 가지게 된다.
- **위기** 등신불을 보고 충격을 받는다.
- **절정** 등신불에 대한 의문과 원혜 대사로부터 들은 만적 선사의 성불 과정.
- **결말** 소신과 단지를 통해 본 인연.

이 작품은 월남할 때 북에 두고 온 맏딸을 매일같이 기다리는 아버지를 중심으로 하여 실향민의 아픔과 고뇌를 그리고 있다. 그러나 모두 아무런 행동을 하지 못하고, 그저 기다림과 무기력 속에 침몰해 간다. 이들을 하나로 묶어 주는 것은 어디선가 꽝당꽝당 울리는 쇳소리뿐이다. 즉 이 작품을 이루는 골격은 '쇠붙이 소리'와 '아버지의 귀먹은 상태'라고 할 수 있다. 영희가 악을 쓰듯 되묻지만 오빠는 굳게 입을 다물고 있다. 이 작품의 제목이 '닳아지는 상태'를 암시한다면 이 오누이의 상황이 의미하는 것은 가족간의 유대감 상실이라고 할 수 있다.

 **줄거리따라잡기**

5월 어느 날 저녁, 밤 열두 시에 돌아온다는 맏딸을 가족들이 모두 언제나처럼 기다리고 있다. 썰렁한 집 안에는 늙은 아버지, 며느리 정애, 그리고 막내딸 영희가 소파에 앉아 있다. 어디선가 꽝당꽝당 쇠를 두드리는 소리가 들려온다. 마침 2층에서 내려온 오빠 성식은 왜들 그렇게 앉아 있느냐고 가시 돋친 말을 한다. 술에 만취한 선재가 들어오자 영희는 그를 부축해 2층으로 올라간다. 시아버지와 며느리 정애는 까닭 없이 불안해지고 갑자기 조급해지는 것을 느낀다. 영희는 선재가 쓰는 초라한 방에서 선재의 품에 안기어 쇠망치 두드리는 소리를 혼자 감당하기 힘들고 무섭다고 말한다. 그녀는 오빠의 방을 찾아가서 지금 막 결혼을 했다고 이야기한다. 그러나 성식은 물끄러미 천장만 쳐다볼 뿐 아무런 반응을 보이지 않는다. 점점 열두 시는 가까워 오고 늙은 아버지는 푸념을 하는 어린애

처럼 코의 사마귀를 만지면서 두리번거린다. 그 순간, 시계가 열두 시를 치고, 모두의 시선이 시계와 노인의 얼굴로 향하는데, 복도로 통하는 문이 열리며 기묘한 웃음을 띤 식모가 나타나 변소에 갔었다고 말한다. 영희는 식모를 가리키면서 언니가 정말 왔다고 소리친다. 아버지는 영희의 부축을 받으면서 허공에 대고 허우적거린다. 꽝당꽝당 하는 쇠망치 두드리는 소리는 밤새도록 이어진다.

구조 분석

- **갈래** 단편소설.
- **배경** 시간 배경은 어느 해 5월 저녁부터 자정까지, 공간 배경은 어느 실향민 가정의 거실.
- **시점** 3인칭 전지적 작가 시점.
- **주제** 전후의 현실에 적응하지 못하는 한 가족의 권태와 비극.

등장인물

- **아버지** 은행장에서 퇴직한 노인. 거의 백치 상태. 북쪽에 두고 온 맏딸을 기다린다.
- **영희** 29살의 노처녀. 가족들의 의미 없는 삶이 불만인 막내딸.
- **성식** 부부 애정을 상실한 채 칩거하는 작곡가 지망생. 현실에 적응하지 못하는 패배주의자.
- **정애** 성식의 아내. 남편에게 정이 없으며 거의 백치가 되어 가는 정적靜的인 여인.
- **선재** 막내딸 영희의 애인. 속물적인 일상인으로 살아가는 인물.

플롯

- **발단** 가족들은 20년이나 돌아오지 않는 맏딸을 기다린다.

- **전개**   막내딸 영희와 오빠 성식이 불화한다.
- **위기**   선재와 영희는 애인 관계로 발전한다.
- **절정**   열두 시를 알리는 종소리와 식모를 가리키며 언니라고 소리치는 영희.
- **결말**   계속해서 들려오는 쇠붙이 두드리는 소리.

환상수첩

김승옥 1962년,《산문시대》

이 작품은 작가의 초기 소설에 해당하는 작품이다. 소설 형식은 친구가 써 놓은 수기를 바탕으로 하여 삶과 죽음의 문제를 그리고 있는 액자소설을 취하고 있다. 낭만주의적 색채를 강하게 띠고 있는 이 작품은 현실과 죽음이라는 양극단 사이의 유혹을 팽팽한 긴장 속에서 그리고 있다. 이 작품이 발표되기 직전 발생한 4·19 혁명의 실패는 당시 작가들로 하여금 자유와 좌절감, 허무를 맛보게 했으며, 이를 극복하기 위해 작가는 환상적 기준에 매달렸다는 평을 받고 있다. 따라서 4·19 혁명의 실패에 대한 자각이 〈환상 수첩〉의 주인공으로 나타났다는 것이다.

줄거리따라잡기

나는 대학생이다. 그런데 현실과 환상 사이에서 괴로워하고 있다. 나의 애인 선애는 삶에 자신감을 잃고 자살한다. 나의 친구 오영빈은 감상적인 성격의 소유자로, 무절제한 생활을 한다. 그는 '자살' 한다는 말을 자주 하지만 죽지는 않을 친구다. 나는 결국 이러한 친구와의 서울 생활에 회의를 느끼고 고향으로 내려가기로 결심한다. 고향에 있는 나의 친구인 윤수는 늘 자살을 생각하고 있고, 폐질환을 앓고 있는 수영은 춘화를 팔아 생활하고 있다. 또한 집에 불이 나 장님이 된 형기는 나에게 바다로 데려다 달라고 조른다. 나는 아버지의 권유로 윤수와 여행을 가게 된다. 우리는 여행 중 서커스 단원들과 한 여관에서 묵게 된다. 나는 그곳에서 서커스 단원 이씨의 죽음을 보고, 생활인으로 살다 간 이씨는 행복한 사람이라고 생각한다. 여행에서 돌아왔을 때, 수영의 동생이 깡패들에게 몰매 맞은 사건이 발생한다. 자신의 화를 이기지 못한 윤수는 깡패들과 싸우다가 죽고, 나 역시 윤수의 죽음을 보면서, 바닷가로 형기를 데리고 가 함께 죽는다.

구조 분석

- **갈래**　단편소설. 성장소설.
- **배경**　시간적 배경은 1960년대, 공간적 배경은 서울 · 순천 · 남해안 일대.
- **시점**　1인칭 주인공 시점. 1인칭 관찰자 시점(액자소설).
- **주제**　현실과 환상 사이에서 방황하는 성장의 고통.

등장인물

- **나(정우)**　상경해서 대학에 다니는 시골 출신 대학생. 방황 끝에 자살하고 마는 인물.
- **윤수**　나의 고향 친구이자 시인. 퇴폐적인 생활을 하다가 나와 남해안 여행을 한다.
- **수영**　법대를 다니다가 폐병으로 낙향해서 요양하는 인물. 작품 속에서 가장 가학적인 인물.
- **형기**　나의 소꿉친구. 장님이 되어 안마사로 일한다.
- **선애**　나의 서울 여자 친구.
- **영빈**　나의 대학 친구 · 냉소적인 인물.

플롯

- **발단**　이 글은 나의 친구가 쓴 수기라는 점이 먼저 소개된다.
- **전개**　나는 서울에서의 하루하루를 너무 힘들게 견디고 있다. 나의 서울 생활이 서술된다.
- **위기**　법대를 다니다 폐병으로 고향에 내려온 친구 수영과 시인으로 등단한 후 퇴폐적인 생활을 하는 윤수는 서로를 혐오한다.

■ **절정**   나는 윤수와 함께 남해안 일대를 여행하게 된다.

■ **결말**   나는 형기와 함께 바다를 찾은 뒤 자살하고 만다. 혼자 살아남은 수영은 나의
　　　　 자살에 대해 평가하는 말을 한다.

경상도 통영을 배경으로 경제적으로 유복한 한 가정이 헛된 욕망과 운명 때문에 몰락해 가는 과정을 그리고 있는 작품이다. 어머니 숙정의 자살이 몰고 온 비극의 사슬로 인하여 김약국과 그의 다섯 딸들의 삶이 철저히 비극으로 끝난다. 작품 전체가 논리적 인과율에서는 이해가 안 되는 '운명의 힘'에 지배당하고 있지만 이 작품은 오히려 이런 점 때문에 살아나고 있다.

선비 같은 고결한 성품을 지닌 김봉제는 김약국의 주인이다. 그는 경제적으로도 넉넉하다. 이에 비해 그의 동생 봉룡은 충동적이고 격정적 성격을 지닌 인물이다. 봉룡은 아내 숙정이 출가 전 그녀를 사모했던 송욱이 찾아오자 극단적으로 시기하여 그를 죽이고 만다. 숙정은 간부姦夫를 두었다는 의심에서 벗어나기 위해 자살을 하고 만다. 이 사태로 봉룡은 처가인 숙정의 집안 식구들의 보복을 피해 집을 나가 자취를 감춘다.

봉제에게 맡겨진 봉룡의 유일한 혈육인 성수는 봉제의 아내인 송씨의 손에서 자라나지만, 죽은 동서에게 항상 열등감을 지녔던 송씨는 그 화살을 성수에게 돌려 심리적으로 괴롭힌다. 사냥터에서 독사에 물려 사망한 봉제 영감의 뒤를 이어 성수는 김약국의 주인이 된다. 성수는 딸 다섯을 두지만 전혀 지식이 없는 어장 사업에 손을 댐으로써 가산이 조금씩 기울게 된다. 장녀 용숙은 일찍이 과부가 되었는데 아들 동훈을 치료하던 의사와 불륜을 저질러 지탄의 대상이 된다. 둘째 용빈은 똑똑하여 교육을 받아 교원이 되지만 애인 홍섭에게 배신을 당한다. 셋째 딸 용란은 관능적 미모를 갖추었으나 지적인 헤아림이 부족해 머슴과 놀아나는 바람에 지탄을 받고, 넷째 딸 용옥은 애정이 없는 남편 기두와 별거하다가 뱃길에서 죽음을 맞게 된다. 용란도 다시 나타난 머슴의 아들 한돌과 함께 있다가 남편인 연학에게 들켜 한돌과 어머니 한실댁이 연학에게 살해당하는 비극적 결과를 맞는다. 그 충격으로 용란은 정신착란자가 된다. 계속되는 집안의 몰락을 지켜보면서도 적극적으로 대처하지 못한 김약국도 결국 위암으로 죽는다.

구조 분석

- **갈래**   장편소설.
- **배경**   시간 배경은 1894년부터 1930년대까지, 공간 배경은 경상남도 통영.
- **시점**   3인칭 전지적 작가 시점.
- **주제**   한 집안을 싸고도는 욕망의 소용돌이와 운명적이고 비극적인 몰락.

등장인물

- **김약국(김성수)**   어머니의 자살과 큰어머니 송씨의 학대가 가져온 정신적 충격으로 현실에 대한 집착도 저항도 하지 않는 정적靜的인 인물. 김약국을 이어받고 난 뒤 딸 다섯을 두지만 전혀 지식이 없는 어장 사업에 손을 댐으로써 가산이 조금씩 기운다. 계속되는 딸들의 불행과 집안의 몰락으로 인한 충격과 위암으로 죽는다.
- **한실댁**   김약국의 아내.
- **김봉제**   김성수의 큰아버지. 선비 성품의 소유자.
- **김봉룡**   김성수의 아버지. 김봉제의 동생. 충동적이고 격정적 성격의 소유자. 아내(숙

정)가 시집 오기 전 그녀를 사모했던 송욱이 찾아오자 극단적으로 시기하여
그를 죽인다.

- **숙정**   김성수의 어머니. 봉룡의 처.
- **김용숙**   첫째 딸. 일찍 과부가 되나 개성이 강하다. 아들 동훈을 치료하던 의사와 불륜
  관계로 사회적 지탄을 받는다.
- **김용빈**   둘째 딸. 의지가 굳고 사려가 깊은 지적인 여성.
- **김용란**   셋째 딸. 관능적인 여인.
- **김용옥**   넷째 딸. 애정이 없는 남편 기두와 별거하다가 뱃길에서 죽음을 맞는다.
- **김용혜**   막내딸. 아버지가 죽자 용빈과 함께 통영을 떠나면서 작품은 끝이 난다.

플롯

- **발단**   어머니 숙정의 자살.
- **전개**   김성수의 성장 과정.
- **위기**   봉제의 죽음. 김약국이 되는 성수.
- **절정**   다섯 딸들의 순탄치 못한 삶.
- **결말**   용빈이 막내 용혜와 통영을 떠나면서 저주의 사슬로부터 벗어나 새로운 출발을
  약속한다.

동행
同行

전상국 1963년, 《조선일보》

이 작품은 신분을 감춘 두 사내가 눈 쌓인 강원도 외야리 마을까지 동행하는 이야기이다. 한 사내는 형사, 다른 한 사내는 살인 용의자이다. 두 사람은 서로의 과거를 이야기하는 가운데 한 사내의 신분이 드러나게 되고, 끝내는 사건의 정점인 구듬치 고개에 도달하여 두 사내는 갈등을 화해로 이끌며 헤어진다. 이러한 만남과 헤어짐의 단순 구조 속에서 작가는 깊게 각인된 역사적 사건인 6·25의 상흔을 치유하는 해법을 제시한다.

줄거리따라잡기

낯선 두 사람이 만나 강원도 산골, 눈 덮인 밤길을 동행한다. 키 큰 사내와 키 작은 사내 억구이다. 두 사람은 춘천 근화동 살인 사건에 대해 이야기를 나누게 되고 어릴 적에 있었던 일들도 말하게 된다. 먼저 키 큰 사내는 토끼 사냥 이야기를 한다. 새끼 토끼를 잡고 어미 토끼는 놓쳤는데, 이때 어미 토끼의 살기에 가득 차고 공포에 질린 모성母性을 확인했었다고 이야기한다. 그 후 소년은 생물 시간에 학생들 앞에서 해부된 후 술안주가 될 뻔한 토끼 새끼를 구하려고 했지만 도덕적 규범 때문에 생물 선생님 댁의 얕은 담을 넘지 못했던 기억이 있다고 말한다.

그러자 다음에는 억구가 어렸을 때 일을 들려준다. 아홉 살 때, 억구는 자신을 멸시하고 자존심을 짓밟는 득수의 장갑 낀 손을 물어뜯어 살점이 드러나게 했고 그 벌로 계모한테 붙들려 광 속에 갇혀 있어야 했던 기억이 있다고 말한다. 그 후 억구는 추위와 어둠의 공포를 강박 관념처럼 갖고 살게 되었다. 어릴 때부터 동네에서 천덕꾸러기로 따돌림당하던 그는 6·25 때 빨갱이 감투를 얻어 쓰고 득수를 죽였다. 그래서 국군이 수복했을 때 억구의 아버지는 득수의 동생 득칠에게 살해당한다. 억구는 극적으로 도망쳐 죽음은 면했지만 힘들게 서른여섯 해를 살아야 했다. 결국 부친을 죽인 득칠을 죽이고 자신도 부친의 무덤에서 죽으려고 지금 구듬치 고개를 오르고 있는 것이다. 억구는 부친의 무덤이 있는 산에 이르자 이미 득칠을 죽인 사실을 실토한다.

그를 놓칠까 경계하던 키 큰 사내(형사)는 토끼 새끼를 구하기 위해 넘으려다 사회 도덕이 무서워 넘지 못한 담을 회상하며, 이제야 그 담을 넘을 결심을 하게 된다. 형사는 그를 체포하지 않는다. 권총이나 수갑 대신 열여덟 개피 남은 담뱃갑을 건네며 하루에 한 개피씩만 피우라고 웃어 보인다. 억구는 키 큰 사내의 신분도 모른 채 느닷없이 웃음을 터뜨린다.

구조 분석

- **갈래**　단편소설. 여로旅路소설.
- **배경**　시간 배경은 1960년대 어느 해 정월 밤, 공간 배경은 눈 내린 강원도 산골.
- **시점**　3인칭 작가 관찰자 시점.
- **주제**　6·25가 남긴 깊은 상처와 그 상흔의 치유.

등장인물

- **억구**　어릴 때부터 천덕꾸러기로 자람. 아버지의 원수를 죽이고 아버지 무덤에서 자살할 결심으로 귀향하는 인물.
- **형사**　감성과 이성 사이에서 갈등을 겪는 인물. 따뜻한 인간애의 소유자.

- **발단** 서로 신분을 감춘 두 사내가 눈 쌓인 밤길을 걷는다.
- **전개** 키 큰 사내의 소년 시절 토끼 사냥 이야기가 소개되고, 키 작은 사내 억구의 지울 수 없는 과거의 추억이 소개된다.
- **위기** 억구의 기구한 운명과 고난의 역정이 밝혀진다.
- **절정** 억구는 자신이 살인자임을 고백하고 부친의 무덤에서 죽으려 한다.
- **결말** 연민의 정을 느낀 형사가 그를 놓아준다.

이 작품은 누이가 도시로 가서 적응하려다 실패한 이유를 나의 입장에서 밝혀 보려는 소설이다. 나는, 누이가 도시에 가서 느낀 것은 고독뿐이었으며 그래서 침묵하는 방법을 배우고 왔다는 점을 발견한다. 나는 이런 누이의 고독을 이해하기 위하여 서울로 올라온다. 그러나 나 역시 서울에서 깨달은 것은 도시적 개인주의뿐이었다. 이 작품은 1인칭 독백 형식으로 씌어 있으며 특정한 서사적인 줄거리보다는 내면 의식의 서술이 주가 되고 있다.

이 작품은 전체가 6장으로 나뉘어 있으나, 엄밀한 의미에서 서사적 줄거리는 가지고 있지 않다. 단지 화자의 독백 형식 속에 '나'라는 인물과 누이가 도시로 와서 적응하려다 실패하는 이야기임을 짐작할 수 있을 뿐이다.

 줄거리따라잡기

이 작품은 전체가 6장으로 나뉘어 있으나, 엄밀한 뜻에서 서사적 줄거리는 없다. 다만 화자의 독백 형식 속에 나라는 인물과 누이가 도시로 와서 적응하려다가 실패하는 이야기임을 짐작할 수 있을 뿐이다. 성공의 신화를 좇아 도시로 떠나간 많은 시골 젊은이들처럼 누이도 2년 전 고향을 떠나 도시로 갔다. 그러나 누이는 도시의 삶에 실패하고 귀향한다. 고향으로 돌아온 누이는 완벽한 침묵에 빠져 어머니와 나에게 아무 말도 하지 않는다. 오빠인 나는 그 이유를 알기 위해 도시로 나와 한 인물을 만나게 된다. 그는 시골을 떠나 작가인 척 살아가는 위선적인 인물이다. 즉 도시화의 물결 속에 파탄되어 가는 상경인上京人이다. 그리하여 나는 누이가

김승옥 1963년, 《산문시대》

침묵에 빠진 이유를 이해한다. 누이는 도시에서 개인주의와 군중 속에서 느낀 고독 때문에 침묵하게 된 것이었다. 얼마 후, 누이는 시골 청년과 결혼을 하고 출산한다. 나는 그런 누이에게 축전을 띄운다.

구조 분석

- **갈래** 단편소설.
- **배경** 시간 배경은 1960년대, 공간 배경은 어느 바닷가 마을과 도시.
- **시점** 1인칭 주인공 시점.
- **주제** 도시화에서 비롯된 삶의 개별화 현상과 가치의 상대화.

등장인물

- **누이** 나의 누이. 농촌에 사는 것이 지겨워 도시로 가지만 그곳에서 철저한 개인주의와 고독을 맛보는 여인.
- **나(김형)** 서술자. 누이의 고독과 침묵을 이해하기 위하여 상경하지만 도시 생활에 적응하지 못하고 위선적 생활로 고뇌의 나날을 보낸다.

플롯

이 작품은 전 6장의 분장체 구성이다.
- **1장 축전祝電** 누이의 출산을 축하.
- **2장 프로필** '나'가 상경한 후 서울에 와서 만난 한 위선적 인간을 그리고 있다.
- **3장 갈대들이 들려준 이야기** 누이가 침묵에 잠기는 이유를 여러 각도에서 추측해 본다.
- **4장 누이의 결혼** 시골 젊은이와 결혼한 누이.
- **5장 일지 초日誌抄** 나의 단편적 문장들. 도시에서 살아남기 위한 의식적인 노력을 고백한다.
- **6장 다시 축전祝電** 1장의 변용.

산업화에 따른 현대인의 일상생활을 풍자적으로 그리고 있는 작품이다. 현대인의 일상생활이란 기계적인 것과 다르지 않다. 이 작품에서는 이러한 현대인의 삶이 하숙집의 생활 질서로 서술되고 있다. 따라서 물질주의와 유용성의 원리에 지배되는 소시민적 삶이 우리의 일상을 지배하는 강력한 실체로 존재한다는 것을 보여 주고 있다. 주인공은 자신도 모르게 이러한 삶에 적응해 가며 '도회의 어법'을 배운다. 이 작품에서 역사力士의 후예로 태어나 타고난 힘을 제대로 써 보지도 못한 채 고작 한밤중에 남몰래 동대문의 벽돌이나 옮겨 놓는 서씨의 기행은 기계적인 현대인의 일상에 활기찬 생명력이 내재하고 있음을 보여 주는 것이다.

줄거리 따라잡기

  나는 공원에서 한 젊은이의 이야기를 들었다. 그 젊은이(내부 이야기의 화자. 이하의 '나')는 지방에서 서울로 올라와 희곡을 공부하고 있는 대학생이다.

  '나'는 잠에서 깨어 보니 자신의 방이 매우 낯설어 어리둥절해 한다. 피아노 소리가 들리자 그제서야 나는 자신이, 친구의 권유로 1주일 전 창신동의 빈민가에서 하숙을 옮겼다는 사실을 깨닫는다. 새로 이사 온 이 집은 '규칙적인 생활 제일주의'를 가풍家風으로 하고 있다. 창신동 집과는 여러모로 다르다. 창신동 사람들(한 부녀와 영자라는 창녀. 그리고 막노동자 서씨)과 이 집의 사람들은 '측량할 길 없는 간격'을 지니고 있다. 며느리에게도 피아노 연습을 시키는 이 집 할아버지와 창신동 하숙집에서 매일같이 딸에게 매질을 퍼붓던 절름발이 사내와의 거리는 메워질 수 없다. 그 사람들 중에서도 막노동자 서씨는 특별한 구석이 있다. '사귈수록 착한 사람의 전형인' 그는 함경도 출신으로, 나와는 매일 저녁 다니던 술집에서 안면을 텄다. 술집에서 돌아온 어느 날 밤, 서씨는 나를 동대문으로 안내한다. 서씨는 그곳에서 성벽을 이루고 있는 금고 크기만 한 커다란 돌덩이를 한 손에 하나씩 집어서 번쩍 자기 머리 위로 치켜올린다. 그 광경에 감탄하고 있던 나에게 서씨는 역사이던 선조의 영광을 보존하기 위해 낮에는 남들만큼만 벽돌을 나르고 땅을 판 뒤 한밤중에야 그 힘이 유지되고 있음을 명부에 계신 선조들에게 알리고 있다고 고백한다. 나는 감탄하지만 '그 사람들의 헤어날 길 없는 생활'이 두려웠다. 안주에의 동경으로 새로운 하숙집으로 옮기고 난 후 나는 권태를 견딜 수 없었다. 나는 집안 사람들이 모두 마시는 음료수에 흥분제를 타고 사건이 터지기를 기다린다.

여기서 그 젊은이(나)의 이야기는 끝이 난다. 그 젊은이는 "어느 쪽이 틀려 있었을까요?"라며 내게 묻지만 나로서도 알 수 없다.

구조 분석

- **갈래** 단편소설.
- **배경** 시간적 배경은 현대, 공간적 배경은 동대문 부근.
- **시점** 1인칭 주인공 시점.
- **주제** 현대인의 기계적인 삶에 대한 풍자.

- **나**(외부 이야기의 화자)　나의 이야기를 전해 주는 인물.
- **나**(내부 이야기의 화자)　생명력 넘치는 삶을 동경하면서 현실적으로는 현실에 안주하는 인물.
- **서씨**　큰 돌덩이를 옮기는 행위를 통해 생명력을 발산하는 인물.
- **할아버지**　양옥집 가장. 규칙적인 생활과 질서를 강조하는 인물.

플롯

- **발단**　나(외부 이야기 화자)는 젊은이의 이야기를 옮기고자 한다.
- **전개**　나(내부 이야기의 화자)는 규칙적인 생활을 강조하는 양옥집 생활에 적응하지 못한다.
- **위기**　나(내부 이야기 화자)는 창신동 빈민촌 생활을 그리워한다.
- **절정**　나는 서씨가 돌을 옮기는 것을 직접 보고 그가 역사임을 알아차린다.
- **결말**　나(외부 이야기의 화자)는 젊은이의 이야기를 듣고 같은 상황이 되면 자기 자신도 멍청하게 될 것이라고 생각한다.

이 작품은 나와 안安이라는 25세 동갑내기의 우연한 만남으로 시작한다. 그들은 선술집에서 우연히 만나 대화를 나누지만 결코 자신들의 진심을 털어놓지 않는다. 심각하고 진지한 것을 말하려고 하지만 가치 있는 대화는 없다. 현실과 내적 연관을 갖지 못한 주관적이고 자의식적인 사소한 대화만 있을 뿐이다. 두 사내는 철저한 개인주의로 무장되어 있다. 이 두 사람에 비해 30대의 외판원 사내는 자신의 모든 것을 이야기하면서 고뇌와 슬픔을 공유하기를 바란다. 그러나 나와 안은 받아 주지 않는다. 또한 이 작품의 등장인물은 나, 안安, 사내 등으로 익명화匿名化되어 있다. 현대 도시인의 자기 중심주의, 언어 불소통을 암시하는 문학적 의도이다.

줄거리 따라잡기

구청 병사계에 근무하는 나는 선술집에서 대학원생 안安과 만나 대화를 나눈다. 새까맣게 구운 참새를 입에 넣고 씹으며 날개를 연상했던지, 날지 못하고 잡혀서 죽는 파리에 자신들을 비유한다. 나는 이미 삶의 현실에서 좌절을 맛본 후였으므로 감각이 둔해진 상태이다. 부잣집 아들인 안 역시 밤거리를 헤매는 이유가 나와 크게 다를 바가 없다. 그저 낭만적이고 환상적인 미소를 짓는 예쁜 여자, 아니면 명멸明滅하는 네온사인들에 도취해 보기 위해서이다. 자리를 옮기려고 일어섰을 때, 기운 없어 보이는 삼십대 사내가 동행을 간청한다. 중국집에 들어가 음식을 사면서, 자신은 서적 판매원이며 오늘 아내가 죽었다는 것, 그리고 그 시체를 병원에 해부용으로 팔았는데, 아무래도 그 돈을 오늘 안으로 다 써 버려야겠다면서 같이 있어 줄 수 있겠느냐는 것이다. 세 사람은 함께 음식점을 나온다. 소방차가 지나간다. 일행은 택시를 타고 소방차를 따라 나선다. 사내는 불길을 보더니 불 속에서 아내가 타고 있는 듯한 환각에 사로잡힌다. 갑자기 사내는 쓰다 남은 돈을 손수건에 싸서 불 속에 던져 버린다. 나와 안은 돌아가려 했지만 사내가 혼자 있기가 무섭다고 애걸한다. 세 사람은 여관에 들어간다. 세 사람은 각각 다른 방에 투숙한다. 다음날 아침 사내는 죽어 있었고, 안과 나는 서둘러 여관을 나온다. 안은 사내가 죽을 것이라는 것을 미리 알았지만 도리가 없었노라고 말한다. 나와 안은 '우린 스물다섯 살이지만 너무 많이 늙었다'는 사실에 동의하면서 헤어진다.

구조 분석

- **갈래**   단편소설.
- **배경**   시간 배경은 1964년 어느 겨울 밤, 공간 배경은 서울 거리.
- **시점**   1인칭 주인공 시점.
- **주제**   현대 도시인의 심리적 방황과 인간적 연대감의 상실.

등장인물

- **나**   육군사관학교 시험에 실패하고 구청 병사계에서 근무하는 스물다섯 살 청년. 소외감과 고독감을 느끼며 살아간다.
- **안**   나와 동갑내기. 대학원생. 삶을 냉소하면서도 자기 구원을 시도하는 인물.
- **외판원 사내**   서른대여섯 살의 가난한 사내. 아내 시체를 병원에 판 죄책감에 빠져 괴로워하다가 여관 방에서 자살한다.

- **발단** 나와 '안'이라는 대학원생이 포장마차 술집에서 만나 무의미한 대화를 나누기 시작한다.
- **전개** 낯선 사내가 말을 걸어오며 자신의 불행을 말하고 동행해도 좋으냐고 간청한다.
- **위기** 화재가 난 곳에서 사내는 아내의 시체 판 돈을 불 속에 던지고는 불안에 빠진다.
- **절정** 여관에 도착한 세 사람은 제각기 다른 방에 투숙한다.
- **결말** 이튿날 아침, 사내의 자살이 밝혀진다. 나와 안은 아무렇지도 않은 듯한 표정으로 헤어진다.

2대에 걸친 줄광대의 삶을 중심으로 한 내부의 이야기와, 신문사 취재 기자인 나를 중심으로 한 외부 이야기로 짜여 있는 작품이다. 내용적 구성은 줄광대의 이야기가 중심을 이루고 있지만 나의 이야기도 중요한 의미를 지니고 있다. 이런 독특한 서술 기법을 통해, 오직 자기의 세계만을 고집하며 인생을 줄타기에 바친 허노인과 아버지의 뒤를 이어 장인의 경지에 이르지만 결국 운명 앞에 무너져 스스로 죽음을 택하는 아들 운, 그리고 이들에 비해 자신의 삶에 책임감을 느끼지 못하고 그저 무기력하게 살아가는 현대인인 나의 모습을 통해 삶의 진실이 무엇인지, 우리가 잃어버린 소중한 정신이 무엇인지를 깊이 있게 모색하고 있다.

 줄거리따라잡기

나(남 기자)는 일상 속에서 지리한 나날을 보내고 있었다. 그러던 어느 날, '승천한 줄광대'에 관한 기사 취재를 위해 C읍으로 간다. C읍이 고향이긴 하지만 나와 관계있는 것이란 이력서 쓸 때와 호적초본뿐이다. 나는 광주에서 내려 아침을 먹은 다음 다시 C읍행 버스를 탔다. C읍은 광주에서 버스로 네 시간 거리다. 20년 만에 찾아온 고향 C읍은 무척 생소했고, 나는 이 C읍과 아무런 상관이 없는 사람 같았다. 내가 취재할 내용은 줄광대에 관한 것이었는데, 근거는 있다지만 소문일 뿐이어서 나는 그다지 흥미를 느끼지 못했고 꼭 취재해야겠다는 생각도 없었다. 그래서 나는 C읍에 도착해서도 여관에서 내처 잠만 자다가 여자를 '사기 위해' 나갔다가 우연히 '승천 장의사'라는 간판을 보게 된다.

줄

이청준 1966년, 《사상계》

　　다음날 나는 '승천 장의사'를 찾아 이름의 내력을 듣는다. 그것은 이 C 읍 사람이면 누구나 알고 있는 이야기라는 것이다. 6·25 전쟁이 있기 몇 해 전 C읍에 서커스단이 들어왔는데, 단원 중에는 줄광대 한 사람이 좀 특별했었다. 그는 어느 날 갑자기 줄에서 떨어져 죽는다. 그런데 그가 죽은 얼마 뒤부터 사람들이 그가 승천했다는 이야기를 하게 되었다. 그 서커스단은 파산하고 모든 단원들이 뿔뿔이 흩어져 떠났다. 그러나 트럼 펫을 불던 사내만은 폐가 못쓰게 되어 이 C읍에 남게 되었다. 장의사 주 인은 내게 그(트럼펫을 불던 사내)는 아무도 만나려 하지 않는다고 하며 그래도 굳이 만나보고 싶으면 찾아가 보라며 주소를 일러 준다. 결국 나 는 사내를 찾아 나섰다. 사내는 악취가 풍겨 나오는 방에 있었다. 나는, 예전에는 서커스단에서 트럼펫을 불었으나 지금은 거의 폐인이 된 이 사 나이에게서 줄광대 '운'에 대한 이야기를 듣게 된다.

　　운의 어머니는 운이 두 살 나던 해 겨울, 단장과 부정을 저질렀다는 의 심을 하던 남편에게 목 졸려 살해당한다. 운은 그 사실을 모르는 채 자라 나며 아버지인 허 노인에게서 줄타기를 배운다. 허 노인은 아내가 죽던 날 하루를 빼고는 죽을 때까지 줄을 타지 않는 날이 없을 정도로, 줄타기 한 길만을 걸어온 장인이다. 아들이 5년 동안 연습을 했는데도 사람들 앞 에서는 줄을 타지 못하게 했다. 아직 경지에 이르지 못했다고 생각했기 때문이었다. 허 노인이 줄에서 발을 한 번 헛디딘 적이 있었고, 그런 다음 에야 비로소 운은 장인의 경지에 오를 수 있었다. 그날 밤에 운은 사람들 이 지켜보는 앞에서 줄에 올랐고, 허 노인은 자신이 이루어 놓은 전 생애 를 떠넘겨 주려고 했다. 허 노인은 운과 함께 줄을 타다가 떨어져 죽는다. 그 후, 운은 아버지처럼 좀처럼 줄 위에서 재주를 부리지 않으므로 단장에게 욕을 먹는다. 그러던 어느 날 C읍에서 공연을 한 후, 운은 어느 여인에게서 꽃다발을 받는다. 운은 이 여인을 기쁘게 해 주려고 줄 위에서 재주를 부린다. 그러나 그 여인이 사랑한 것은 자신이 아니라 자신의 줄 타는 모습이라는 것을 알고 줄 위에 올라 최후의 연기를 한 뒤 스스로 떨어져 죽는다. 트럼펫을 부는 사내는 나에게 이 이야기를 해 주고는 이내 세상을 뜬다. 그리고 나는 트럼펫을 불던 이 사내의 장례 행렬 속에서 C읍에 와서 며칠 동안 잠자리를 같이한 여자를 보게 된다.

구조 분석

- **갈래** 단편소설.
- **배경** 시간 배경은 1960년대, 공간 배경은 전라남도에 있는 C읍.
- **시점** 1인칭 주인공 시점(외부 이야기), 3인칭 전지적 작가 시점(내부 이야기)
- **주제** 장인 정신의 상실에 대한 아쉬움과 현대인의 가치 상실적 인생.

등장인물

- **나** 신문 기자. 이 작품의 서술자. 줄타기 광대를 취재하라는 명령을 달가워하지는 않지만 이들의 이야기를 듣고 나서 깨달음을 얻는 인물.
- **허노인** 줄타기 광대 한 길을 걸어온 장인. 자신의 삶의 자세를 굽히지 않고 소신대로 살아온 인물.
- **허운** 허 노인의 아들. 줄타기 광대로서의 길을 지키기 위해 사랑에 실패하자 죽음을 선택한다. 순종적인 성격이지만 정이 많은 인물.
- **트럼펫 사나이** 줄타기 광대 허운의 이야기를 남 기자에게 말해 주는 인물.

이 작품은 주인공(봉수)의 수기를 '나'가 입수하여 발표하는 형식의 액자소설이다. 이야기는 전쟁에서 돌아온 나(봉수)를 중심으로 크게 두 부분으로 나뉘고 있다. 죽음이 예상되는 전쟁터에서 주인공이 애인을 찾아 귀향하는 대목과 주인공이 귀향 후 맞게 되는 여러 가지 절망적 상황과 살인을 하는 대목이 그렇다. '6·25 전쟁'이라는 시대성을 작가 김동리의 독특한 운명관으로 채색한 명작이다.

 줄거리따라잡기

나는 서점에서 《나의 생명을 물러다오》라는 제목의 책을 구입했다. '살인자의 수기'라는 부제가 붙어 있는 책이었는데 다음과 같은 내용이었다.

아들을 전쟁터에 보낸 어머니는 천식을 앓으면서도 아들에게서 소식이 오기만을 간절하게 기다린다. 어머니의 기침 소리가 날 때마다 까치가 사납게 울었다. 한편, 전쟁터에 나갔던 나(봉수)는 정순에 대한 그리움 때문에 식지와 장지에 자해를 가하여 제대를 하고 귀향한다. 그러나 내가 돌아왔을 때, 유일한 희망이었던 정순은 내가 전사했다는 상호의 거짓말에 속아 그와 결혼해 버린 뒤였다. 정순의 오빠를 만나서 자초지종을 알려고 했으나 알 수가 없었다. 주막 앞에서 나는 상호를 만나 그와 담판을 짓지만 정순을 만나지는 못한다. 상호의 동생인 영숙을 통하여 내 생각을 정순에게 전하지만 시간만 흐를 뿐이었다. 하루는 내가 그녀를 만나 열심히 설득하여 재결합을 시도하지만 끝내 좌절하고 만다. 나의 절망과 분노는 극에 달했다. 나를 연모하던 영숙은 오빠의 행위에 죄의식을 느끼고

까치소리

김동리 1966년,《현대문학》

나의 고통을 위로하다가 몸을 허락한다. 이때 까치가 운다. 어머니가 병석에서 기침을 터뜨릴 때 울던 바로 그 저녁 까치소리. 나는 알 수 없는 전율을 느끼면서 그녀를 죽인다.

구조 분석

- **갈래**   단편소설. 액자소설.
- **배경**   시간 배경은 6 · 25 전쟁 무렵, 공간 배경은 어느 시골 마을.
- **시점**   1인칭 주인공 시점.
- **주제**   인간의 삶에 숨어 있는 운명의 힘과 그 때문에 벌어지는 절망과 비극.

등장인물

- **나**   내부 이야기의 전달자.
- **나(봉수)**   내부 이야기의 주인공. 정순에 대한 그리움으로 자해를 하여 제대한다. 정순의 결혼으로 분노와 절망 끝에 살인을 하게 되는 인물.
- **정순**   봉수와 결혼 약속을 한 여자. 운명에 순응하는 모습을 보이는 여인.
- **옥란**   봉수의 여동생.
- **어머니**   까치가 울 때마다 기침이 깊어진다. 절망 속에 죽음을 맞는 인물.
- **상호**   봉수 친구. 거짓말로 정순과 결혼한 인물.
- **영숙**   상호의 여동생으로 봉수를 연모한다.

플롯

- **발단**   나(봉수)는 제대하여 돌아와 어머니의 병세와 정순의 결혼 사실을 알고 절망한다.
- **전개**   나는 절망과 좌절 속에 정순의 오빠와 상호를 만난다.
- **위기**   정순을 만나 재결합을 설득한다.
- **절정**   영숙은 죄의식에 사로잡혀 나를 위로하다가 몸을 허락한다.
- **결말**   나는 영숙을 목 졸라 죽인다.

이 작품은 소외 계층이 겪어야 하는 삶의 애절함과 비극을 그린 소설이다. 즉 6·25 전쟁으로 전사한 아버지와 가진 자의 앞잡이요 깡패를 물속에 던지고 잡혀간 할아버지를 가진 소년의 이야기로서, 삶에 대한 긍정적인 자세로 사회 현상의 모순과 대결해 나가는 인간의 처절한 삶을 묘사한 작품이다. 현실 사회에서 일어날 수 있는 어두운 일면과 하층 계급의 삶에 대한 처절한 투쟁과 암담한 현실을 사실적 수법으로 그렸다.

줄거리따라잡기

K중학교 교사였던 나는 나룻배 통학생인 건우의 생활에 관심을 갖게 된다. 건우가 살고 있는 섬이 실제 주민과는 무관하게 소유자가 바뀌고 있다는 얘기를 쓴 건우의 글을 읽는다. 가정 방문하러 조마이 섬으로 찾아간 날, 깔끔한 집안 분위기와 예절 바른 건우 어머니의 태도에서 범상한 집안이 아니라는 인상을 받는다. 거기서 나는 건우의 일기를 통해 그 섬에 얽힌 역사와 현재에 대해서 알게 된다. 주머니처럼 생긴 조마이 섬은 일제 시대에는 동척東拓의 소유였고, 해방 후에는 나환자 수용소로 변했다. 그것에 반대하는 윤춘삼 영감은 '빨갱이'라는 누명을 쓰기도 했다. 그 후 어떤 국회의원이 간척 사업을 한답시고 자기 소유로 만들어 버렸다. 논밭은 섬사람들과 무관하게 소유자가 바뀌고 있었던 것이다. 선비 가문의 후손임에도 건우네는 자기 땅이 없다. 아버지는 6·25 때 전사했고, 삼촌은 삼치잡이를 나갔다가 죽었다. 할아버지 갈밭새 영감의 몇 푼

모래톱 이야기

김정한 1966년,《문학》

벌이로 겨우 생계를 유지한다. 나는 돌아오는 길에 우연히 윤춘삼을 만난다. 그는 '송아지 빨갱이'라는 별명을 지닌 인물로 과거 한때 나와 같이 옥살이한 경험이 있다. 그의 소개로 갈밭새 영감을 만나 그들의 삶에 대해 자세히 알게 된다. 그 해 처서 무렵, 홍수 때문에 섬은 위기를 맞는다. 둑을 허물지 않으면 섬 전체가 위험하여 주민들은 둑을 파헤친다. 이 때 둑을 쌓아 섬 전체를 집어삼키려던 유력인사의 하수인들이 방해한다. 화가 치민 갈밭새 영감은 그 가운데 한 명을 탁류에 집어던지고 만다. 마침내 갈밭새 영감은 살인죄로 투옥된다. 2학기가 되었으나 건우는 학교에 나타나지 않는다. 황폐한 모래톱 조마이 섬을 군인들이 정지整地한다는 소문이 들린다.

구조 분석

- **갈래** 단편소설. 농민소설.
- **배경** 시간 배경은 일제 치하 때부터 1960년대까지, 공간 배경은 낙동강 하류에 있는 작은 '조마이 섬'.
- **시점** 1인칭 관찰자 시점.
- **주제** 소외 지대 인간의 비극적 삶과 부조리한 현실에 대한 저항.

등장인물

- **나** K중학교 교사. 건우의 담임이자 소설가. 이 작품의 관찰자인 동시에 고발자 역할을 수행하면서 인물들과 사건을 객관적으로 바라보려는 태도를 유지하는 인물.
- **건우** K중학교 학생. 조마이 섬에서 통학을 한다. 인식이 뚜렷하고 순박한 학생.
- **갈밭새 영감** 주인공. 건우의 할아버지. 조마이 섬을 대표하는 전형적 인물. 외압에 억눌리지 않고 의지가 굳은 어민.

- **윤춘삼**　억울하게 옥살이를 한 인물. 갈밭새 영감과 유사한 성격의 인물.
- **건우 어머니**　건우의 홀어머니. 정결하면서도 강한 인물.

플롯

- **발단**　건우 소년에 대한 나의 관심. 가정 방문.
- **전개**　조마이 섬 사람들의 비참한 삶. 윤춘삼과 갈밭새 영감으로부터 들은 섬 이야기.
- **위기**　조마이 섬에 홍수가 덮친다.
- **절정**　조마이 섬 주민을 구하려고 둑을 허물다 갈밭새 영감은 살인죄를 저지른다.
- **결말**　폭풍우가 끝난 뒤의 이야기.

병신과 머저리

이청준 1966년,《창작과 비평》

이 작품은 6·25 전쟁의 체험을 생생한 아픔으로 안고 사는 형과 절실한 체험도 없이 아픔의 껍데기만을 간직한 채 무기력하게 살고 있는 동생(나)을 통해서, 아픔의 근원과 그 해소 방법을 형상화하고 있다. 형은 이 아픔을 극복하기 위해서 소설을 쓰지만 나는 애인과 사귀는 것도, 그림 그리는 것도 실패한 채 '병신과 머저리'라는 패배감만 짙어 간다.

줄거리 따라 잡기

내 직업은 화가이다. 형 친구의 소개로 한때 화실에 나왔던 혜인에게서 청첩장을 받는다. 그녀는 나 대신에 장래가 확실한 의사와 결혼하는 것이다. 나는 무기력하게 그 사실을 받아들이는데, 나의 그림 그리기는 진전이 없다. 형은 의사이다. 6·25 전쟁 때 패잔병으로 낙오되었다가 동료를 죽이고 탈출했다는 아픈 과거를 지니고 있다. 20여 년 동안 외과 의사로 실수 한 번 없던 형은 달포 전 수술을 한 어린 소녀가 죽자 병원 문을 닫고 소설을 쓰기 시작한다. 소설은 형의 체험담이었다.

소설의 중심 인물은 세 명이다. 표독한 이등 중사 오관모, 신병 김 일병, 그리고 서술자인 나(형)였다. 그들은 패주한다. 김 일병은 팔이 잘려 나가 썩어 가고 있다. 그들은 동굴 속에서 숨어 지낸다. 오관모는 전부터 김 일병을 남색男色의 대상으로 삼았는데, 김 일병의 상처에서 나는 역한 냄새로 그 짓이 불가능해지자 김 일병을 죽이려고 한다.

형이 쓴 소설은 거기에서 중단되어 있다. 나의 그림 역시 진전이 없다.

나는 형 대신 소설의 결말을 쓰기 시작한다. "……오관모가 오기 전에 나는 김 일병을 쏘아 버린다. 나는 참새 가슴처럼 떨고 있다"라고. 형은 내가 쓴 결말을 읽고는 병신, 머저리라고 나를 욕한다. 그러고는 오관모가 김 일병을 죽이고, 뒤따라간 자신이 오관모를 죽이는 것으로 끝맺는다. 이 의외의 결말은 나를 혼란스럽게 한다.

그런데 혜인의 결혼식에서 돌아온 형은 자신이 쓴 소설을 태워 버린다. 결혼식장에서 오관모를 만났다는 것이다. 그 일이 있은 후, 형은 건강한 생활인으로 돌아가 다시 병원 문을 연다.

구조 분석

- **갈래**   단편소설. 액자소설.
- **배경**   시간 배경은 1960년대, 공간 배경은 화실과 병원.
- **시점**   1인칭 주인공 및 관찰자 시점.
- **주제**   삶의 방식이 다른 두 형제의 아픔과 그 극복 의지.

등장인물

- **형**   의사. 6·25 전쟁 때 낙오했던 경험과 최근 치료 중인 소녀가 죽자 그 충격 때문에 병원 문을 닫고 소설 쓰기를 통해 아픔을 능동적으로 극복하는 행동주의적 유형의 인물.
- **나(동생)**   화가. 매사에 끝없는 무기력과 패배감을 지닌 인물. 형은 전쟁의 상흔이라는 뚜렷한 환부患部를 가지고 있는 데 반하여, 자신은 환부를 알 수 없는 60년대의 '병신과 머저리'라고 생각한다. 현실 문제에 완벽한 대응이 서지 않으면 실천하지 않고 기다리는 회의주의적 인간.
- **혜인**   나의 애인이었으나 다른 남자와 결혼하는 여인.

- **관모**　인간의 이기심과 생존 욕구형의 인물.
- **김일병**　암담한 현실에서 고통받으며 사는 인물.

플롯

- **발단**　의사인 형이 병원 일을 그만두고 소설을 쓰기 시작함.
- **전개**　동생인 나는 이 소설을 본 후 비로소 형의 아픔의 근원을 발견하려고 함.
- **위기**　혜인에게서 절교 편지를 받음.
- **절정**　형이 오관모를 쏘아 죽인 소설 내용을 봄.
- **결말**　형이 병원 일을 다시 시작함.

1960년대 시골 마을 군하리의 눈 내리는 날을 배경으로 소시민들의 얘기를 간결한 문체로 잔잔하게 그리고 있는 작품이다. 이 작품은 크게 두 부분으로 나누어져 있는데, 앞부분은 버스 안에서 벌어지는 일들이고, 뒷부분은 군하리에서 일어나는 일들이다. 세 명의 남자가 시골의 혼사 집을 찾아갔다가 주막에서 술을 마신다는 단순한 줄거리이지만, 작가는 격렬하지 않은 잔잔한 어조로 우리 사회의 모순을 날카롭게 그려 내고 있다.

줄거리따라잡기

버스 안에는 외투 속에 머리를 웅크린 사나이와 밤색 잠바에 흰 목도리를 한 사나이, 갈색 고깔모자를 쓴 사나이, 그리고 그 옆에 앉은 여자 등이 타고 있다. 검은 색안경을 쓴 사람이 차 안을 두리번거리다가 나간다. 그 남자에 대해 세 명의 남자는 각각 불쾌해하기도 하고, 환상에 젖어 보기도 하고, 질색을 하기도 한다. 30분이나 승객을 기다리게 해 놓고 운전사와 차장은 손님이 적은 걸 보고 오히려 불쾌해한다. 차가 움직이자 고깔모자는 자연스럽게 여자에게 기대고, 여자는 피하는 척한다. 그는 여자에게 세 남자의 관계를 말해 준다. 박씨인 자신은 전직 국민학교 교사로 하숙집 주인이고, 대학생 김씨와 세무서 직원 이씨는 자기 집 하숙생이라고 말한다. 잠바를 입은 이씨는 차장의 엉덩이가 크다고 생각하면서 껌을 건넨다. 박씨는 여자와 급속도로 친해진다. 여자의 근황도 듣는다. 김씨는 시치미를 떼고 알고도 모르는 척한다. 그게 그는 즐겁다. 이씨는

서정인   1968년, 《창작과 비평》

차장과 말을 나눈 걸 흡족해한다. 차가 군하리에 멎었다 떠난다. 세 사람은 차 안의 사람들이 왜 이곳에서 내리지 않았는지 궁금해한다. 여자가 저만치 달아나고 박씨가 쫓아간다. 그들은 잠시 말을 주고받는다. 여자가 사라진 대문까지 세 사람이 가 보고, 모퉁이에서 오줌을 눈 다음 혼사가 있는 집을 물어 걷기 시작한다. 그들은 얼큰하게 취해 그 집에서 나온다. 버스가 끊겼기 때문에 혼사 집에서 받은 천 원으로 그 여자의 '서울집'으로 가기로 한다. 먼저 간 곳은 술집이 아니라 여인숙이었다. 술집은 이 다음 집이라고 하는데도 김씨는 취해 방으로 들어간다. 소년이 김씨에게 호야 불을 가지고 온다. 그들은 한참 뒤 잠 속으로 빠져든다. 이씨는 자기와 재미를 보자며 여자를 끌어안는다. 여자가 빠져 나오지만 싫지 않은 표정이다. 이씨는 여자만 보면 매력적인 웃음을 보인다. 박씨는 그런 이씨가 밉다. 이씨는 김씨를 좋아한다. 이씨가 여자에게 대학생을 데리고 오라고 한다. 여자는 "어머 대학생!" 하며 이씨의 말을 경청한다. 밖으로 나온 여자는 놀란다. 눈이 내리고 있었다. 신부는 눈이 내려 좋겠다고 생각한다. 여자는 김씨의 방으로 몰래 들어간다. 헝클어진 김씨의 자세를 고쳐 뉘고 얼굴을 본다. 대학생! 여자는 호야를 불어 끈다. 밖에서는 눈이 소복소복 쌓이고 있다. 그녀가 남겨 놓은 발자국을 하얗게 지우면서.

구조 분석

- **갈래**   단편소설.
- **배경**   시간 배경은 1960년대, 공간 배경은 눈 내리는 어느 겨울, '군하리' 라는 시골 마을.

- ■ **시점**　전지적 작가 시점.
- ■ **주제**　삶에서 소외당한 사람들의 소시민적 비애.

- ■ **김씨**　늙은 대학생. 이상주의자이며 자신을 잘 드러내지 않는 우울한 패배주의자.
- ■ **이씨**　세무서 주사. 속물 근성이 다분한 인물.
- ■ **박씨**　전직 교사. 하숙집 주인. 자기 식으로 세상을 살아간다고 자부하는 인물.
- ■ **여자**　술집 작부. 버스에서 세 사내를 만난다. 신부新婦가 되려는 꿈을 꾸는 여자.

- ■ **발단**　버스 안. 혼사 집에 가는 세 사내와 그들과 동석한 술집 여자.
- ■ **전개**　각자의 회상 속에 인간적 면모가 암시되는 한편, 각자의 기질이 드러난다.
- ■ **갈등**　밤늦게 혼사 집에 다녀온 그들은 술집에 모인다.
- ■ **절정**　홀로 여인숙에 투숙한 김씨. 공부 잘하는 소년을 통하여 삶의 전락 과정을 회상한다.
- ■ **결말**　신부의 꿈을 꾸는 술집 여인은 대학생 김씨를 사모한다.

수라도
修羅道

김정한 1969년,《월간문예》

일제 치하 민족적 저항 의식이 강했던 허 진사 가문의 며느리 가야 부인의 일대기를 그린 작품이다. 그녀는 한 가문의 수난을 온몸으로 감당해 내는 인고忍苦의 표상이며, 불교에 귀의함으로써 굴절 많은 생애를 마감하는 전형적인 한국의 여인이다. 민족의 수난사를 바라보고 직접 그 한가운데 위치했던 가야 부인의 일대기는 그야말로 '수라도(악귀의 세계)'를 헤치는 고통의 행로이다.

 ## 줄거리따라잡기

가야 부인의 시할아버지 허 진사는 한일합방 직후 일제가 강제 수탈의 무마책으로 준 합방 은사금을 거부하고 간도로 이주해 간다. 가야 부인이 시집온 지 9년째 되는 해에, 허 진사는 독립 운동을 하다가 유골로 돌아온다. 손아래 시숙 밀양 양반은 3·1 독립만세를 부르다가 일제의 총탄에 죽음을 당한다. 다시 10여 년의 세월이 흘러서 가야 부인은 어느덧 6남매의 어머니에 며느리도 몇 명 거느린 버젓한 시어머니가 되었다. 시어머니와 그녀는 전통적인 유교 집안인 허 진사 댁에서 불교에 눈을 뜨게 되고, 서간도에서 돌아가신 허 진사의 제삿날에 가야 부인은 장을 보아 가지고 오는 길에 땅속에서 돌부처를 발견하게 된다. 이에 가야 부인은 봉건적인 이념인 유교와 미륵신앙 사이에서 갈등을 일으키게 된다. 시아버지 오봉 선생은 태평양 전쟁이 고비에 이를 무렵 일제가 조작한 애국지사 박해 사건, 즉 한산도 사건에 연루되어 체포된다. 이에 가야 부인은 도움을 청하기 위해 이와모도 참봉에게 찾아가게 되나 헛수고로 돌아온다.

오봉 선생은 갖은 옥고를 겪다가 출옥 후 죽는다. 한편 일본에서 대학을 다니던 막내아들은 학병을 피해 숨어 다녀야 했고, 양딸 구실을 하던 옥이마저 전쟁 말기에 정신대로 끌려갈 뻔한다. 그러나 죽은 딸의 남편인 박 서방이 신분의 차이를 넘어서 여자 정신대원으로 끌려가게 된 종의 딸 옥이와 결혼하자 옥이는 정신대 징용을 면한다. 한편, 친일 분자로 정신대 징용에 앞장섰던 이와모도 구장은 낭떠러지 밑에서 시체로 발견된다.

해방이 되고 일반인들은 해방 덕을 보지 못했다. 징용에 끌려간 자나 정신대로 끌려간 이들은 돌아오지 않았고 불행하리라고 믿었던 이와모도 참봉의 집에는 다시 행운이 찾아온다. 고등계 형사 간부로 있던 맏아들은 그동안 숨어 다니더니 경찰 간부가 되었고 몇 해 뒤엔 국회의원에 당선된 것이다. 6남매의 어머니로 며느리와 손자를 거느리게 된 가야 부인은 광복 후에도 기울어진 가세가 피지 않는 것을 보면서 막내아들의 이름을 부르며 숨을 거둔다.

구조 분석

- **갈래** 중편소설.
- **배경** 시간 배경은 일제 치하부터 대한민국 건국 초기까지, 공간 배경은 낙동강 동쪽 유역의 어느 농촌.
- **시점** 3인칭 작가 관찰자 시점(부분적으로 전지적 작가 시점).
- **주제** 선비의 애국지사적 정신과 여인의 인고의 미덕.

- **가야 부인**   주인공. 일제 치하의 민족 수난을 한몸으로 겪으며 감당해 나가는 의지의 여인.
- **오봉 선생**   가야 부인의 시아버지. 과묵하지만 서릿발같이 매운 기상을 지닌 선비.
- **허 진사**(가야 부인의 시할아버지)**, 명호 양반, 시숙, 옥이, 박 서방, 막내아들**
        가야 부인의 삶을 구성하고 그녀에게 한과 설움의 동기를 만들어 주는 인물들.
- **이와모도 참봉**   구장. 일제에 협력하는 친일파 앞잡이. 가야 부인과 대조적인 인간형.

플롯

- **발단**   가야 부인이 시집오던 일, 그 무렵 시할아버지의 고난과 가족 구성원의 이야기.
- **전개**   시할아버지의 죽음. 손아래 시숙도 3·1 독립 운동에 연루되어 사망한다. 흔들리는 집안, 불심에 의지하는 가야 부인.
- **위기**   시아버지 오봉 선생의 투옥과 사망.
- **절정**   사위 박 서방이 혼인 증명서를 만들어 옥이를 구한다. 박 서방과 옥이가 가야 부인의 주선으로 결혼한다.
- **결말**   광복 후, 가문의 피폐. 가야 부인이 죽는다.

이 작품은 6·25 전쟁으로 인해 황폐해진 영혼의 상처를 치유하는 과정을 치밀한 묘사로 그려 낸 장편소설이다. 작품 제목 '나목'이란 바로 전쟁으로 인해 정신적·물질적으로 헐벗은 삶을 살 수밖에 없었던 그 당시 서민들의 모습을 상징하고 있다. 이 작품은 얼핏 이경과 옥희도의 단순한 사랑 이야기인 것처럼 보이지만 그 이면에는 인간관계의 복잡한 갈등 양상이 그려지고 있다. 옥희도를 향한 이경의 사랑은 근본적으로 아버지와 오빠들의 부재로 인한 심리적 상실감에서 시작한다. 그러나 이 작품에서 보다 더 중요하게 포착하고 있는 점은 아버지와 오빠들, 즉 남성들이 없는 가정에서 어머니와 딸들의 관계가 돈독해지기는커녕 오히려 이전에는 볼 수 없었던 깊은 갈등 상태에 빠진다는 사실이다. 이 작품은 전쟁 때문에 첨예하게 드러나는 '여성 문제'와 '가족 문제'를 동시에 다루고 있다.

줄거리따라잡기

이경(주인공)은 6·25 전쟁 중 서울 명동의 미8군 PX의 초상화부에 근무한다. 그녀에게는 자기 때문에 두 오빠가 폭격으로 죽었다는 죄의식이 있다. 또한 두 아들을 잃고 망연자실한 상태로 살고 있는 어머니와 암울한 집안 분위기에서 벗어나고 싶어한다.

어느 날, 최 사장이 우람하고 큰 중년의 사나이(옥희도)를 데려온다. 그러나 옥희도는 동료 초상화가들에게 환영받지 못한다. 왜냐하면 화가가 늘어날수록 자기들 수입이 줄어들기 때문이다. 이경은 경쟁자가 한 명 늘었으므로 압박감이 커진 만큼 긴장하고 활기차게 변한다. 초상화가들

나목
裸木

박완서 1970년, 《여성동아》

이 서로 잡담하며 그림을 그리는 모습을 보면서 이경은 옥희도가 다른 화가들과는 조금이라도 달랐으면 하는 느낌을 가진다. 이경은 차츰 황량한 풍경을 담은 눈을 가진 그에게 마음이 끌린다. 이경은 옥희도를 사랑한다고 생각했다. 그 때문에 때로는 아프고 때로는 감미로웠다.

어느 날, 다이아나 김이 초상화를 부탁하려고 찾아온다. 다이아나 김과 이경은 서로 약점 하나씩을 가지고 있다. 다이아나 김은 미국인처럼 능숙하게 영어로 말은 하지만 읽거나 쓸 줄은 몰랐고, 반대로 이경은 읽고 쓸 줄은 알지만 필요한 몇 마디 외에는 회화를 하지 못했다. 그림을 찾으러 온 미군이 이경에게 트집을 잡으며 이야기하지만 통 알아듣지 못하고 당황해하고 있을 때, 다이아나 김이 와서 그 미군을 설득해 돌려보낸 적이 있었다. 그 뒤로 이경은 다이아나 김의 애인에게서 온 편지를 대신 읽어 주고 편지를 써 주기도 하였다. 다이아나 김이 자신의 초상화를 미국의 애인에게 보낸다는 이야기를 하자 이경은 얼떨결에 옥희도를 소개시켜 주었다. 그러나 옥희도가 그린 초상화를 본 다이아나 김은 빈정거린다. 그 말을 듣자 옥희도는 초상화를 뺏어 아무렇게나 구겨 뭉갠다. 이경은 옥희도를 기쁘게 해 줄 생각으로 다이아나 김에게서 그림 값을 받아 주지만 옥희도는 전혀 달가워하지 않는다. 이경은 그런 모습에 당혹해 한다. 옥희도의 제의로 저녁 식사를 함께 한 그들은 명동 거리로 나와 장난감 침팬지가 술을 따라 마시는 완구점 사이를 거닐며 서로 품고 있는 고독감을 느낀다. 그 다음 날, 옥희도는 감기 몸살로 결근한다. 왜 결근한지 모르는 이경은 PX 전기공 태수와 함께 그를 찾아간다. 옥희도의 집에서 이경은 그의 부인을 보고 그에게 호감을 갖은 자기 자신에게 화가 난다.

해가 바뀌어 이경의 나이 21세가 되었다. 새해 첫날 이경은 한복을 입고 태수를 만나러 나갔다. 그런데 태수는 2시간 늦게 약속 장소에 나왔는데도 전혀 미안해하지 않는다. 커피를 마시고 영화를 보고 태수의 집에도 갔지만 이경은 처음에는 태수에게 별다른 느낌이 들지 않았다. 그러나 집으로 가는 도중에 태수에 대한 생각이 바뀌고 그에게 연민의 정을 느낀다.

얼마 후, 옥희도는 다시 출근하기 시작했다. 가끔 기침을 하기는 했으나 문병 갔을 때보다는 가벼운 편이었다. 옥희도는 다시 예전처럼 그림을 그리기 시작했다. 이경과 옥희도는 우연히 예전의 그 장난감 가게에서 다시 만난다. 그를 만난 이경은 온종일 같이 있던 사람 같지 않게 그에게서 새로운 느낌을 갖는다. 그래서 응석을 부리듯이 어깨에 머리를 기대고 걸었다. 옥희도와 이경은 아무런 약속도 하지 않았으면서 매일 밤 어김없이 침팬지 앞에서 만났다.

어느 날 태수는 형님과 형수에게 색싯감이라면서 이경을 소개한다. 서로 대화를 하는 동안 태수의 형님이 옥희도의 오랜 친구였다는 사실이 생각나자 거북해진 이경은 곧 일어서서 그 자리를 나온다. 이경은 태수와 팔짱을 꼈을 뿐, 서로의 마음이 화음을 이룬 적이 없는 사이라는 것에는 전혀 변화가 없음을 느낀다.

이경에게는 환상이 있었다. 완구점 앞에서 옥희도와 만나는 일도 환상이었다. 이경은 곧 태수와 그의 가족들과 벌어졌던 일은 잊었다. 그냥 흐린 회색의 일부분일 뿐이라고 생각했다. 이경은 옥희도에게 사랑한다고 고백한다. 그러나 옥희도는 어울리는 사이가 아니라고 하며 사랑하는 사이보다는 어울리는 사이가 더 축복받을 것이라고 대답했다. 이경과 태수가 잘 어울리는 한 쌍이라는 것이었다. 옥희도는 초상화가보다는 진짜 화가가 되고 싶다고, 미치도록 그림을 그리고 싶다고 하면서 결근을 계속한다. 이경은 PX에 나오지 않는 옥희도를 찾아간다. 그녀는 옥희도의 집에서 캔버스 위에 그려진 나무를 보았다. 무채색에 가까운 불투명한 뿌연 화면에 꽃도 열매도 잎도 없는 참담한 모습의 고목이었다. 화면 전체가 흑백의 농담으로, 하늘도 땅도 없는 뿌연 혼돈 속에 고목이 괴물처럼 부유하고 있었다. 이경은 옥희도의 부인이 궁핍한 살림 형편을 하소연하는 이야기를 듣고는 화가의 아내가 될 자격이 없다고 그녀를 질책하고 그 집을 빠져나온다. 이경은 오로지 불투명한 공간 속에서 죽어 가는 고목만을 생각하고 있었다. 옥희도가 그런 그림을 그리게 된 이유는 그가 심한 갈증을 느끼기 때문이라고 생각했다. 그러나 이경은 옥희도의 그런 갈증을 채워 줄 수 없음을 깨닫는다. 자신이 어떻게 되든 옥희도에게 책임이 있다는 것, 옥희도가 자신과 더 가까워졌었다면 절대로 그런 일이 일어나지 않을 것이라는 변명을 하며 이경은 GI와 약속한 호텔로 들어간다. 그러나 시트가 핏빛으로 물들어 있는 것을 보고는 두 오빠처럼 시트를 붉게 물들이며 참담하고 추악하게 조각이 날 것 같아 도망쳐 나온다. 이경은 잊고 살았던 날들을 생각해 냈다. 아버지가 돌아가시고 오빠가 죽은 기억이 다시 선명하게 되살아났다. 이경은 집으로 돌아가기가 싫어졌다. 집이 아닌 다른 곳에서 쉬고 싶다는 생각이 간절했다. 옥희도의 부인을 생각했다. 그녀 품에 편안하게 안기고 싶다는 생각이 들었다. 이경은 옥희도의 집으로 가서 하룻밤을 보냈다.

이튿날, 집으로 돌아온 그녀를 보고도 어머니는 어젯밤 딸이 어디서 잤는지 궁금해하지 않았다. 어머니가 자리에 눕자 이경은 이불 위에 힘없이 얹힌 까슬한 손, 정맥이 솟아오른 손을 만져 보았다. 그 손은 뜨거웠고

꽤 높은 열이 있었다. 어머니는 고통스러워했다. 하룻밤이 지나도 어머니의 상태가 좋아지지 않자 그녀는 의사를 데리고 왔다. 진찰을 마친 의사가 처방을 해 주지만 어머니는 곧 죽는다. 태수의 형수는 이경의 모친상을 자신의 일인 양 도와주려고 애를 쓰면서 태수와 이경을 결혼시키려고 한다. 그러나 이경은 태수에게 우리는 그냥 알고 지내는 사이일 뿐이라고 말하며 옥희도를 사랑한다고 말해 준다. 옥희도는 이경에게 아버지와 오빠의 환상에서 자유로워지라고 하며 떠난다.

얼마 후, 태수와 이경은 결혼하게 된다. 세월이 흘러 이경과 태수는 두 아이를 키우며 살아간다. 그런 어느 날, 신문에서 고故 옥희도 유작전이 열린다는 기사를 읽고 태수와 함께 그 전시회에 간다. 그곳에서 이경은, 지난날 옥희도가 어두운 단칸방에서 그리고 있었던 고목을 보았다. 이경은 그것이 고목이 아니라 나목裸木이었음을 알게 된다.

구조 분석

- **갈래** 장편소설. 성장소설.
- **배경** 시간 배경은 6 · 25 전쟁 무렵, 공간 배경은 서울 도심지.
- **시점** 1인칭 주인공 시점.
- **주제** 고독한 청춘과 진정한 예술가의 성숙 과정.

등장인물

- **이경** 자신의 실수 때문에 오빠를 죽게 했다는 죄책감 속에 고민하는 인물. 당돌하고 섬세한 감성의 소유자.
- **옥희도** 가난하고 불우한 환경 속에서 참예술을 지향하는 화가.

- **황태수**   이경과 결혼하는 남자. 자상하고 밝은 성격의 소유자.
- **어머니**   전쟁으로 두 아들을 잃고 그 충격으로 인한 정신적 상처를 안고 사는 여인.

플롯

- **발단**   두 오빠가 폭격으로 죽었다는 죄책감을 갖고 있는 이경은 미군부대 PX에서 초상화가로 일하게 된다.
- **전개**   이경은 신입 초상화가인 옥희도를 만나 황량한 마음의 풍경이 담긴 그의 눈에 이끌린다.
- **위기**   이경이 옥희도에게 사랑한다고 고백한다. 그러나 옥희도는 서로 어울리는 사이가 아니라고 대답한다.
- **절정**   이경의 어머니가 돌아가신다. 옥희도는 이경에게 아버지와 오빠의 환상에서 벗어나라고 하며 이경의 곁을 떠난다.
- **결말**   이경은 신문에서 옥희도의 유작전이 열리는 것을 보게 되어 전시회에 간다. 거기서 본 고목 그림이 이경에게는 나목으로 느껴진다.

이 작품은 산업화 과정 속에서 상실되어 가는 전통적 삶의 숨결과 현장을 사실적으로 묘사하고 있다. 그것은 근대화의 물결로 빛나는 도시적 삶의 모습이 아니라 도시 변두리나 농촌의 현실 같은 음지의 세계이다. 따라서 이 작품은 고향을 잃은 사람들을 다루면서도 고향에 대한 향수와 추억을 낭만적으로 제시하지 않는다. 오히려 그러한 변화의 과정 속에서 겪는 갈등과 불화의 정체를 밝히는 데 주력하고 있다.

줄거리따라잡기

　《관촌수필》제5편 "공산토월空山吐月"은 연작소설 8편 중 다섯 번째로 발표한 작품이다. 성실하게 살다 간 석공 신씨를 다루고 있는데《관촌수필》연작 중에서 가장 감동적인 작품으로 평가받고 있다. 옹점이나 대복이처럼 이제까지《관촌수필》에 등장하는 토속적인 인간상보다는 조금은 세련된 인물 신씨가 주인공이다. 그는 우리 조상들 무덤을 치장해 주는 등 나의 집안과 밀접한 관계를 갖고 있다. 나로서는 잊을 수 없는 사람이다. 신씨는 6·25 전쟁 때 부역을 한 일 때문에 5년 동안 감옥살이를 해야 했고, 석방된 후에는 마을의 온갖 궂은일을 도맡아 하면서 억척스럽게 열심히 살았으나 37세라는 한창 나이에 요절함으로써 나의 뇌리에 극적인 인상을 남기고 있다.

관촌수필
冠村隨筆

이문구   1972년,《현대문학》

《관촌수필》 연작소설 전8편의 내용

- ■ **1편**   **일락서산**日落西山   나의 인격 형성에 큰 영향을 끼친 할아버지와 옛날 어린 시절 고향 풍경을 되돌아보는 이야기.
- ■ **2편**   **화무십일**花無十日   6·25 전쟁을 겪은 윤 영감 일가의 수난사.
- ■ **3편**   **행운유수**行雲流水   어린 시절 함께 자란 옹점이의 가슴 아픈 결혼 생활을 그린 작품.
- ■ **4편**   **녹수청산**綠水靑山   대복이와 그 가족에 얽힌 이웃 이야기.
- ■ **5편**   **공산토월**空山吐月   왕조 체제의 억압적 구조 속에 신음하면서도 서로 돕던 백성의 전형을 석공 신씨를 통해 보여 줌.
- ■ **6편**   **관산추정**關山芻丁   포근하던 한내大川가 도시에서 밀려들어 온 소비 문화와 퇴폐의 하수구로 전락한 실상을 그린 작품.
- ■ **7편**   **여요주서**與謠註序   아버지의 병구완을 위해 잡은 꿩 때문에 자연보호를 위배했다는 이유로 공권력의 횡포를 겪는 이야기.
- ■ **8편**   **월곡후야**月谷後夜   벽촌에서 소녀를 겁탈한 사건을 둘러싸고 동네 청년들이 범인에게 린치를 가하는 이야기.

구조 분석

- ■ **갈래**   연작소설.
- ■ **배경**   시간 배경은 1960년대, 공간 배경은 산업 근대화에 밀려 점차 붕괴되어 가는 전형적인 농촌.
- ■ **시점**   1인칭 주인공 시점.
- ■ **주제**   근대화 때문에 붕괴되어 가는 농촌 현실과 따뜻한 인간애.

등장인물

- ■ **나**   서술자이자 주인공. 고향을 그리워하는 인물.
- ■ **옹점이, 대복이**   토속적인 인물.
- ■ **석공 신씨**   "공산토월"의 주인공. 6·25 전쟁 때 부역죄로 5년 동안 복역 후, 마을 일에 앞장서서 성실하고 억척스럽게 살다가 요절한 비극적 인물.

서로 깊은 관련이 없어 보이는 몇 가지 의미 있는 사건들이 하나하나 등장한다. 예컨대 장애인 자녀를 둔 부모, 예술을 포기하고 일상의 삶 속으로 빠져드는 절망감, 가족간의 알력, 이민에 대한 판단, 오빠가 간첩으로 파견되리라는 데서 오는 감시 등등……. 이러한 개별적인 사건들은 멀리 떨어져 있는 듯하면서 실상은 모두 '나'에게 집중되어 있다. 이것들은 모두, 이 시대를 사는 사람들이 감당할 수밖에 없는 삶의 무게의 한 표상인 셈이다. 이런 삶의 무게를 견디며 하루하루를 살아가는 것이 바로 소시민들이며 현실이라는 것을 제시하면서 작가는 우리 사회가 분단된 나라의 냉전적 사고 방식 위에 서 있는 사회라는 사실과 함께 분단 시대의 냉전적 현실 구조가 어떻게 사람들의 삶을 위축시키고 황폐화시키는지 극명하게 밝혀 주고 있다.

줄거리따라잡기

가난한 말단 공무원의 아내인 나는 학부모 모임에 참석하러 딸애의 학교에 가다가 이웃집 설희 엄마와 동행하게 된다. 설희 엄마와 나는 이런 저런 얘기를 나누며 친해진다. 설희 엄마는 가난한 화가의 아내이고, 딸 설희는 다리가 불편한 지체 장애아이다. 나는 그녀가 형편과 돈만 있다면 자기 딸 설희를 미국에 데려가 고치고 싶다는 소망을 품고 있다는 사실을 알게 된다.

여름이 지나면서 나는 불길한 냄새를 맡기 시작한다. 늘 가슴 한구석에 불안으로 남아 있던, 6 · 25 전쟁 때 의용군에 끌려갔다가 돌아오지 않은 오빠 때문이다. 그 막연한 두려움은 점차 현실에서 나타난다. 어느 날, 우리 식구들은 차례차례 정보 기관에 연행되어 간다. 놀랍게도 그 기관에서는 오빠와 우리 일가에 대해서 너무도 많은 것을 알고 있었다. 그리고 자기들이 입수한 정보에 따르면 오빠가 곧 간첩으로 남파될 것이라는 것이다. 그들은 만약 오빠가 찾아오게 되면 신고를 하거나 자수를 시켜야 한다며 협조를 요청했다. 그 일이 있은 후 우리 가족은 정말 오빠가 돌아올까 봐 두려워한다.

그러던 어느 가을날, 설희 아빠는 미국에 가서 보험 회사에 취직하게 되고, 그해 겨울에 설희 가족은 미국으로 이민을 가게 된다. 설희 가족을 공항으로 배웅하고 돌아오던 중 나는 갑자기 틀니가 쑤시기 시작한다. 그런데 집에 돌아와 틀니를 빼고 나니 놀랍게도 가뿐해지는 것이다. 그 때, 밖에서 인기척이 나며 월부 책장사가 와서 어머니에게 끈덕지게 권유하는 것을 보고 나는 오빠가 온 것으로 착각한다. 나는 또다시 틀니의 중압감과 동통에 시달린다.

나는 비로소 깨달았다. 그 아픔이 틀니에서 기인한 것이 아니라 이 나라가 주는 온갖 제약 때문이었다는 것, 설희 엄마가 자유를 얻었다는 것에 대한 선망과 질투가 통증으로 온다는 것, 그리고 자신은 아직도 그 무거운 틀니의 중압감에서 벗어나지 못했다는 사실 등을.

구조 분석

- **갈래** 단편소설.
- **배경** 시간 배경은 1970년대, 공간 배경은 서울.

- **시점** 1인칭 주인공 시점.
- **주제** 폐쇄된 사회에서 느끼는 고통과 중압감.

등장인물

- **나(연이 엄마)** 평범한 중년 주부. 의용군으로 끌려갔던 오빠 때문에 고통받는다.
- **설희 엄마** 학부모 모임에서 만난 주부. 지체 장애자 딸을 둔 엄마. 미국으로 이민을 떠난다.
- **남편** 간첩 처남이 있기 때문에 자기의 출셋길이 막혔다고 생각하는 인물.
- **오빠** 6 · 25 전쟁 때 의용군으로 나갔다가 소식이 끊긴 인물. 정보 기관에서는 곧 간첩으로 남파될 것이라는 정보를 갖고 있다.

플롯

- **발단** 학부모 모임에서 설희 엄마를 만난다.
- **전개** 나는 학교 기부금 문제로 몹시 화가 난다.
- **위기** 6 · 25 전쟁 때 의용군으로 나간 오빠 때문에 식구들이 정보 기관에 연행된다.
- **절정** 오빠 문제로 고통받는 우리 가족과 달리 설희네는 이민을 간다.
- **결말** 나는 왜 내가 틀니의 중압감에 시달리는지 깨닫게 된다.

황석영 1972년,《신동아》

군대 간 아우에게 형이 편지를 보내는 형식으로 씌어진 작품으로, 형이 체험했던 초등학교 때 이야기를 다루고 있다. 이 이야기에는 소수의 폭력적인 강자와 다수의 선량한 약자라는 이분법이 선명하게 전제되어 있다. 강자는 숫자는 적지만 강하고 조직적이며, 약자는 다수이지만 무력하고 비겁하다. 그러나 다수의 약자들이 강자의 폭력을 이길 수 있는 길은 간단하다. 불의와 폭력에 대한 저항의 용기를 발휘하는 일, 그것을 하나의 구심으로 모아서 결집시켜 분출하는 일이다. 이것이 이 작품의 핵심적인 메시지이다.

 ## 줄거리 따라잡기

형은 아우에게 유익한 이야기를 들려주고 싶다면서 어렸을 때 초등학교 교실에서 있었던 작은 일을 회상한다.

6·25가 끝난 직후, 국민학교 상급반에는 다양한 연령의 학생들이 함께 공부를 하고 있었다. 그 가운데 나이가 많고 힘이 좋은 학생들은 반장 영래를 중심으로 학급을 장악한 채 갖가지 난폭한 행동을 한다. 대부분의 선량한 학생들은 그들의 폭력은 싫지만 별 뾰족한 수가 없어 속수무책으로 당하고 있었다. 그런데도 담임선생은 벌여 놓은 사업 때문에 자주 교실을 비운다. 그럴 때마다 교실은 이들의 횡포에 완전히 노출된다.

어느 날, 이 학급에 교육 실습을 나온 여선생이 나타난다. 열성적이고 부드러운 선생이다. 그녀는 조심스럽게 반장의 횡포를 제어하고 학급을 정이 넘치는 분위기로 바꾸려고 노력한다. 반장 영래 패들은 이 새로운 훼방꾼을 못마땅하게 여긴다. 수업 시간에 영래가 여선생을 모욕하는 쪽지를 돌린 사건을 계기로, 여선생을 존경하던 다수의 아이들이 영래의 폭력적인 권위에 정면으로 도전한다. 한데 모아진 선량한 다수의 힘 앞에서 영래에게 동조하던 패들의 권위는 순식간에 몰락해 버린다.

형은 이러한 내용을 1인칭 화자로 하여 아우에게 이야기한다.

구조 분석

- **갈래**   단편소설. 성장소설. 서간체소설.
- **배경**   시간 배경은 1950년대, 공간 배경은 서울에 있는 어느 초등학교.
- **시점**   1인칭 주인공 시점.
- **주제**   정의롭지 못한 강한 세력과 맞서 싸우는 약한 자들의 저항 정신.

등장인물

- **나**   반장 영래 패거리의 옳지 않은 횡포에 저항하지 못하는 인물. 그러나 새로 부임한 교생 선생님에게서 힘을 얻어 영래에게 도전한다.
- **영래**   학급 아이들을 휘어잡고 있는 우상과 같은 존재. 전형적인 부당한 권력자의 모습.
- **교생 선생님**   학급의 선량한 아이들이 영래에게 항거할 수 있도록 영향을 주는 인물.

플롯

- **발단**   형이 아우에게 유년 시절 겪었던 체험을 들려준다. 나는 서울로 전학 온다.
- **전개**   나의 반 반장 영래는 학급에서 절대 권력자처럼 행세하며 횡포를 부린다.
- **위기**   영래 패거리의 위세가 한창 심해질 때 교생 선생님이 부임해 온다.
- **절정**   교생 선생님의 인간애에 힘을 얻은 나와 아이들은 영래의 폭력에 항거한다.
- **결말**   교생 선생님 덕분에 나의 무서움이 치유된다.

어둠의 혼

김원일 1973년, 《월간문학》

남북 분단 문제에 대한 관심을 구체적으로 서술한 작품이다. 1970년대 본격적으로 등장한 이른바 '분단소설'들은 이데올로기의 허구성을 통해 민족 분단의 원인과 비극을 암시적으로 보여 주고 있다. 이 작품은 해방 직후 좌익에 가담했던 지식인 아버지가 끝내 경찰에 체포되어 총살당한 날 저녁을 시간적 배경으로, 그의 아들 갑해의 시점에서 서술한 성장소설이다. 6 · 25 전쟁과 이데올로기의 대립이 빚은 우리 현대사의 비극이 잘 그려져 있는 작품이다.

줄거리따라잡기

갑해 소년의 아버지는 고학으로 일본 유학을 다녀온 뒤 해방이 되자 좌익이 된 지식인이다. 야학을 벌이고 계몽 활동을 하면서 아버지는 떳떳하게 마을을 다녔다. 그러나 광복 후, 좌익이 된 아버지는 좌 · 우익이 격렬하게 대립함에 따라 경찰의 추적을 받고 쫓기는 생활을 한다. 그래서 아버지는 갑자기 나타났다 금방 사라지는 요술을 부린다. 아버지가 가족을 돌보지 못하므로 어머니가 홀로 자식들을 거느리고 생계를 도맡아야 했다. 가족들은 굶주림에 허덕인다. 아버지는 경찰의 눈을 피해 언제나 깊은 밤중에 왔다가 사라지고, 그때마다 어머니는 경찰서에 끌려가 매를 맞는다.

식량을 구하러 나갔던 어머니가 돌아오지 않자 갑해는 기다리다 못해 어머니를 찾으러 나가려고 한다. 바보 누이는 배고픔을 이기지 못해 울고, 동생 분선이는 누이를 달랜다. 갑해는 의젓한 분선이가 믿음직하다.

결국 갑해는 어머니를 찾아 밤길을 나선다. 갑해는 겨우내 새끼만 꼬는 판돌네 집을 기웃거려 본다. 판돌네 어머니 함안댁은 떡장수이다. 이곳엔 어머니가 있을 것 같지 않다. 왜냐하면 어머니와 함안댁은 사이가 좋지 않기 때문이다. 갑해는 이모 집으로 발길을 돌렸다. 이모네는 술집을 한다. 예상대로 어머니는 이모 집에 있었다. 갑해는 이모네 집에서 밥을 먹고, 어머니와 함께 돌아왔다. 이모는 지서에 잡힌 아버지가 어떻게 있는지 알아보러 가라고 갑해에게 시킨다.

지서에 가자 아버지는 벌써 죽었다. 갑해는 아버지의 시신이 있는 곳으로 갔다. 아버지의 시신을 보자 갑해는 큰 수수께끼를 남기고 죽어간 아버지가 두려워진다. 그리고 무언가 깨달아지는 것이 있다. 그 느낌은 뭐라고 꼬집어 설명하기 어렵다. 살아가는 데 용기를 가져야 하고 어떤 어려움도 슬픔도 이겨 내야 한다는 정도.

모든 것이 안개 속 같은 신기한 세상, 내가 알아야 할 수수께끼가 너무 많은 이 세상을 건너가야 하는 나. 나는 이제 집안을 떠맡은 기둥이다. 힘차게 버티어 나가지 않으면 안 된다는 생각이 든다.

구조 분석

- **갈래** 단편소설. 순수소설. 성장소설. 분단소설.
- **배경** 시간 배경은 해방 직후 이데올로기 갈등이 아주 극심하던 때, 공간 배경은 어느 시골.
- **시점** 1인칭 주인공 시점.
- **주제** 이데올로기의 허구성과 고통스러운 삶을 벗어나려는 극복 의지.

등장인물

- **소년**   좌익 활동을 하던 아버지의 죽음을 통해 삶의 자세를 배우는 소년.
- **아버지**   일본 유학을 다녀와 해방이 되자 좌익 활동을 하는 인물.
- **어머니**   좌익 활동을 하는 남편 때문에 수시로 경찰서에 끌려가 고초를 당한다.
- **이모**   술장사하는 여인. 어머니의 동생.

플롯

- **발단**   나는 아버지가 잡혔다는 소식을 듣는다. 나는 가족을 굶주리게 만든 아버지를 미워한다.
- **전개**   나는 아버지의 과거를 회상하고 아버지 대신 잡혀 간 어머니를 찾으러 다닌다.
- **위기**   나는 이모가 하는 술집에서 울고 있는 어머니를 발견한다.
- **절정**   체포된 아버지는 좌익 활동을 했다는 죄목으로 사형을 당한다.
- **결말**   아버지가 죽자 나는 집안의 기둥으로서 꿋꿋하게 살아가야 한다는 삶의 의지를 다진다.

이 작품은 6·25 전쟁이 한 가정에 준 상처를 그리고 있다. 외삼촌은 국군, 삼촌은 빨치산에 속해 있는 가정의 비극은 남북 분단과 전쟁으로 찢어지고 갈라진 우리 민족 전체의 비극으로까지 확대 해석될 수 있다. 이러한 비극을 불러온 가장 큰 원인은 남북한 간의 이데올로기 대립이다. 서술자는 나이고 주인공은 친할머니와 외할머니이다. 이 두 할머니는 모두 아들을 적대 관계인 인민군(빨치산)과 국군으로 전장에 보낸다. 따라서 두 할머니의 대립이 시작되면서 긴장이 고조되어 가다가 마침내 화해하면서 작품이 마무리된다.

 ## 줄거리 따라잡기

지루한 장마가 계속되던 어느 날 밤, 외할머니는 국군 소위로 전쟁터에 나간 아들이 전사하였다는 통지를 받는다. 이때부터 하나밖에 없던 아들을 잃은 외할머니는 아들을 죽인 빨치산을 향해 저주를 퍼붓는다. 같은 집에 살고 있는 친할머니가 이 소리를 듣고 노발대발한다. 그것은 곧 빨치산에 나가 있는 자기 아들더러 죽으라는 저주와 같기 때문이다. 빨치산은 국군의 토벌 작전으로 대부분이 소탕되고 있는 때라서 가족들은 대부분 빨치산에 간 할머니의 아들, 곧 삼촌이 죽었을 것이라고 믿는다. 그러나 친할머니는 점쟁이의 예언을 근거로 아들의 생환을 굳게 믿고 아들을 맞을 준비를 한다. 그러나 돌아온다고 예언한 날이 되어도 아들은 돌아오지 않는다. 실의에 빠져 있는 친할머니, 그때 난데없이 구렁이 한 마리가 애들이 던지는 돌팔매를 피하기 위해 집 안으로 쫓겨 들어온다. 친할머니는 별안간 졸도한다. 집 안은 온통 쑥대밭이 된다. 외할머니는 아이들과

장마

윤흥길 1973년, 《문학과 지성》

외부인들을 쫓아 버리고 감나무에 올라앉은 구렁이에게 다가가 말을 하기 시작한다. 하지만 구렁이에게서 아무 반응이 없자 외할머니는 할머니 머리에서 빠진 머리카락을 불에 그을린다. 그 냄새를 맡고 구렁이는 땅에 내려와 대밭으로 사라진다. 그 후, 친할머니는 외할머니와 화해하게 되고 1주일 후 숨을 거둔다. 그리고 장마가 그친다.

구조 분석

- **갈래**   중편소설.
- **배경**   시간 배경은 6·25 전쟁 중, 공간 배경은 어느 농촌 마을.
- **시점**   1인칭 관찰자 시점.
- **주제**   전쟁의 소용돌이 속에서 빚어지는 한 가정의 비극과 그 극복.

등장인물

- **나**   서술자. 초등학교 3학년 때의 소년 시절을 회상한다.
- **친할머니**   아들(나의 삼촌)이 빨치산이 되어 있다. 무속 신앙을 굳게 믿는 인물.
- **외할머니**   아들이 국군 소위로 가 있다가 전사한다. 꿈의 예언적 기능을 철저히 믿는 인물.

플롯

- **발단**   두 할머니의 아들이 각각 국군과 인민군 빨치산이 된다.
- **전개**   외할머니의 아들이 전사한 후, 두 할머니의 갈등이 표면화된다.
- **위기**   빨치산에 대한 외할머니의 저주로 갈등이 고조된다.
- **절정**   애들에게 쫓겨 집 안에 들어온 구렁이를 외할머니는 극진히 대접하여 돌려보낸다.
- **결말**   두 할머니가 화해한다.

이청준에게는 대체로 두 가지의 작품 경향이 있다. 하나는 전통적인 예술을 고집하는 장인匠人의 비극적인 삶을 다루거나, 다른 하나는 정신적인 상처로 인해 눌리고 왜곡된 삶을 사는 사람들을 그린 작품이다. 〈건방진 신문팔이〉는 이 두 가지의 경향이 미묘하게 교차하는 매우 특이한 작품이다. 신문을 팔면서도 전혀 실제 판매에는 신경을 쓰지 않는 것 같은 주인공은 이청준 작품에 흔히 나타나는 유형이다. 그래서 작가는 우리 주위의 일들 가운데 당연히 예상되는 일들을 원래의 궤도에서 이탈시키면서 독자로 하여금 궁금증을 불러일으키도록 만든다. 이 작품에 등장하는 신문팔이도 역시 그러하다. 그는 우리가 흔히 알고 있는 일반적인 신문팔이가 아니다. 단지 여러 신문들의 이름을 자기 식으로 읊조리는 일에 강박증처럼 집착하고 있을 뿐이다. 주인공을 통해 작가는 언론의 자유에 대한 작가 나름의 독특한 메시지를 전하고 있다. '민국일보'가 폐간된 이후, 신문팔이는 버스 안에, 즉 언론 자유를 찬양하는 자리에 올라서지 못하게 된다. 그가 읊조리는 말들은 언론 탄압이라는 폭력으로 밀려난 것을 암시하고 있다.

줄거리따라잡기

우리가 탄 버스가 서대문 정류소를 지나갈 때면 으레 그 신문팔이를 만날 수 있다. 독특한 어조로 "동아일보요, 서울신문이요, 중앙일보요, 민국일보요……."를 읊조리는 그 녀석은 우리가 흔히 보는 신문팔이들과는 달리 신문을 파는 일보다 신문들의 이름을 자기 식으로 읊조리는 일에 집착한다. 그래서 좀 건방진 녀석이다. 우리는 그에 대해 궁금증과 흥미

건방진 신문팔이

이청준 1974년, 《한국문학》

를 느끼는 것은 물론 그를 가로등과 같은 존재로 인식하고 사랑한다. 그러던 어느 날부터인가, 갑자기 그 녀석의 모습을 서대문 정류소에서 볼 수 없게 된다. 그는 더 이상 신문을 팔지 않게 된 모양이다. 몇 달 뒤 나는 우연히 신문팔이를 만나게 된다. 그는 '민국일보'가 폐간되는 바람에 더 이상 자신의 독특한 읊조림을 계속할 수 없게 되었다고 한다. 그래서 그는 신문팔이를 그만두었다고 말한다.

구조 분석

- **갈래** 단편소설.
- **시점** 1인칭 관찰자 시점.
- **배경** 시간 배경은 1970년대, 공간 배경은 서울.
- **주제** 언론의 자유에 대한 갈망.

등장인물

- **신문팔이** 독특한 억양으로 신문 이름을 열거하며 신문을 파는 소년. 그러나 '민국일보'가 폐간됨에 따라 신문팔이를 그만둔다.
- **우리** 작품 속에서 서술자의 역할을 하고 신문팔이 소년을 지켜보는 다수 인물.

플롯

- **발단** 신문팔이 소년은 언제나 저녁 아홉 시가 되면 버스에 올라와서 여러 신문 이름을 외면서 신문을 팔기 시작한다.
- **전개** 사람들은 신문팔이 소년이 보이지 않으면 허전해하며 그를 찾는다.
- **위기** 갑자기 신문팔이 소년이 보이지 않게 된다. 사람들은 소년의 행방에 대해 몹시 궁금해한다.

- ■ **절정** '민국일보'가 폐간되자 신문팔이 소년은 신문 이름을 읊어댈 때 짝이 맞지 않아 신문팔이를 그만두게 된다.
- ■ **결말** 우리는 다시 그 소년이 새로운 대사를 준비해서 신문 이름을 외쳐 대는 소리를 듣고 싶어한다.

조세희 1976년, 《세대》

이 작품은 모두 12부분으로 이루어진 〈난장이가 쏘아올린 작은 공〉 연작의
첫 편으로 각각 독립된 두 개의 이야기가 등장한다. 하나는 교사가 학생들에게 "굴
뚝 청소를 같이한 뒤 얼굴이 새까맣게 된 아이와 깨끗한 아이 가운데 어느 쪽이 얼
굴을 씻을 것인가?"를 묻고 이에 학생들이 상식적인 대답을 하는 이야기이다. 여기
서 교사는 학생들의 경솔한 대답을 지적하면서 칠판에 안과 밖을 구별할 수 없는
뫼비우스의 띠를 그린다. 두 번째 이야기에는 앉은뱅이와 꼽추가 등장한다. 이 이
야기에서는 뫼비우스의 띠가 다양한 의미를 암시하는 것으로 나타난다. 뫼비우스의
띠는 피해자인 동시에 가해자가 되기도 하는 현실의 상징이다. 이는 지식의 간사함
에 대한 경계이며, 평등한 삶을 꿈꾸는 사람들의 희망을 상징한다.

 줄거리따라잡기

고등학교 3학년 학생들에게 수학 교사가 많은 이야기를 해 준다. 수학
교과서에도 나오는 '뫼비우스의 띠'를 통해 두 가지 예를 들어 말해 준
다. 첫 번째 "굴뚝 청소를 같이한 뒤 얼굴이 새까맣게 된 아이와 깨끗한
아이 가운데 어느 쪽이 얼굴을 씻을 것인가?"라는 질문을 한다. 이 말을
들은 학생들은 상식적으로 대답을 한다. 그러나 수학 교사는 질문 자체가
잘못된 것이라고 지적을 한다. 두 번째 예는 앉은뱅이와 꼽추의 이야기이
다. 앉은뱅이와 꼽추, 몸도 생활도 어려운 그들의 집은 아파트 재건축 때
문에 무너져 버린다. 앉은뱅이와 꼽추는 돈을 제대로 받지도 못했다. 둘
은 복수를 결심한다. 기름통도 준비하고 마음도 굳게 먹는다. 하지만 앉

은뱅이는 적극적인 데 반해 꼽추는 겁이 난다. 앉은뱅이는 살이 피둥피둥 찐 부동산 업자를 만나서 집의 가격에 대해 이야기하지만, 부동산 업자의 거짓말에 화가 난다. 앉은뱅이는 사나이에게서 돈과 서류를 받는다. 그러고는 차에 태워 기름을 붓고 불을 지른다. 꼽추는 살인을 한 앉은뱅이의 마음에 겁이 난다. 서로 같은 동기에서 복수를 하지만, 앉은뱅이는 돈으로 강냉이 기계를 사서 생활할 계획을 하고 꼽추는 이에 반대하며 약장수를 따라갈 것을 결심한다. 둘이 헤어지면서 앉은뱅이는 눈물을 흘린다. 수학 교사는 이런 '뫼비우스의 띠'의 많은 진리를 학생들에게 이야기하고 교실을 나간다.

구조 분석

- **갈래** 단편소설. 연작소설.
- **배경** 시간적 배경은 1970년대, 공간적 배경은 도시 변두리 어느 철거민촌.
- **시점** 외부 이야기(작가 관찰자 시점), 내부 이야기(전지적 작가 시점).
- **주제** 도시 변두리의 빈민층과 부도덕한 부자들의 대립.

등장인물

- **수학 교사** 〈난장이가 쏘아올린 작은 공〉의 첫 번째 작품 "뫼비우스의 띠"와 맨끝 작품 "에필로그"에 등장한다. 학생들에게 옳고 그름을 너무 쉽게 판단내리지 말 것을 암시한다.
- **앉은뱅이와 꼽추** 가난하고 억눌린 민중을 상징하는 인물들. 세상의 불평등한 구조 속에서 살아가는 인물들. 그러나 결코 좌절하거나 절망의 나락으로 떨어지지는 않는다.

이 작품은 1950년대 말 전라남도 보성읍 밖의 한적한 소릿재 주막을 배경으로 일정한 직업 없이 떠돌이 생활을 하는 소리꾼 아비와 그의 딸의 기구한 이야기를 그리고 있다. 인간이 인간으로서 더 이상 억누를 수 없는 한의 표출과 그 승화를 액자소설식 구성 방법으로 형상화한 이 작품은 소리꾼 아비의 죽음과 그 딸의 실명이 비극의 정점을 이룬다. 실명의 원인에서 야기되는 두 가지 대비적 관계는 원한과 한으로 나타난다. 그런데 그 딸이 아비를 용서함으로써 원한은 한으로 승화된다. 이러한 한恨에 대한 의식은 소리와 어우러져 이 작품만의 특별한 분위기를 연출해 내며 주제에 직결되는 요소가 된다.

줄거리따라잡기

　　전라남도 보성읍 밖의, 일명 소릿재라는 곳에 위치한 한적한 길목 주막 안에서 주막집 여인은 초저녁부터 소리를 뽑아 대고, 사내는 그 여인의 소리에 맞추어 끊임없이 북 장단을 잡고 있다. 사내는 소릿재의 이야기를 듣고 일부러 여기까지 찾아든 것이다. 여인이 다시 '수궁가' 한 대목을 소리하고 났을 때, 사내는 더 이상 참을 수가 없는 듯 조심스럽게 그녀에게 소리의 내력에 관해 묻는다. 여인은 처음에는 망설이다가 사내가 자꾸 재촉하자 마지못해 이야기를 털어놓는다.

　　1956년인가 그 무렵 어느 해 가을, 주막집 여인이 잔심부름꾼 노릇으로 끼니를 벌고 있던 읍내 마을의 한 대갓집 사랑채에 소리꾼 부녀가 찾아들었다. 주인 어른은 두 부녀를 사랑채 식객으로 들어앉혀 놓고 그 가

을 한 철 톡톡히 두 사람의 소리를 즐기고 지냈다. 그러나 소리꾼 아비는
병세가 악화되자 계집아이를 데리고 그 집을 나와 소릿재 근처의 빈집에
기거하면서 밤만 되면 소리를 했다. 그런데도 고개 아랫마을 사람들은 그
의 소리를 귀찮아하거나 짜증스러워하기는커녕 까닭 없는 한숨 소리들을
삼키며 자신들의 세상살이까지 덧없어 할 뿐이었다. 그 해 겨울, 결국 소
리꾼 아비가 숨을 거둔 후에도 계집아이는 혼자 오두막을 지키면서 아비
를 대신하여 소리를 하기 시작했다. 이를 보다 못한 주인 어른은 어린 계
집아이를 보살피도록 잔심부름꾼 계집 아이(현재의 주막집 여인)와 술청
지기 사내를 오두막집으로 보내 주막을 차리게 했다. 그것이 계기가 되어
주막집 여인은 소리꾼 계집아이에게 소리를 배우게 되었다는 것이다. 그
리고 어느 해 겨울, 밤새도록 소리만 하더니 소리꾼 여자는 혼자 집을 나
간 채 영영 종적을 감추었다고 하면서 주막집 여인은 자신의 이야기를 마
무리했다.

그녀의 이야기를 다 듣고 나자 사내는 자신도 과거의 기억 속으로 빠져
든다. 사내가 어렸을 적 어머니는 사내를 무덤 가 잔디밭에 매어두고 밭
일을 하곤 했다. 그런데 어느 날부터인가 정체를 알 수 없는 남자가 숲 속
에서 날만 밝으면 소리를 하는 것이었다. 소년은 그 소리 임자의 얼굴조
차 확인할 수 없는 탓에 소리의 주인이 자신의 머리 위에서 언제나 이글
이글 불타오르는 뜨거운 '햇덩이' 라고 여기었다. 소년은 어머니가 작은
계집아이를 낳고 세상을 떠나던 날, 비로소 그 소리의 모습을 자신의 눈
으로 분명히 확인하게 되었다.

이윽고 깊은 상념에서 깨어난 사내는 주막집 여인에게 소리꾼 여자의
행방을 묻는다. 하지만 그녀는 자신은 그 여인의 행방을 전혀 짐작하지

못하며 단지 그 여인이 장님이었다는 사실만을 말해 준다. 또한 그 여인이 장님이 된 것은 기실 아비의 탓이라고 말해 준다. 여자의 아비가 잠든 계집 아이의 눈 속에다 청강수(염산)를 몰래 찍어 넣었다는 것이다.

소리꾼 여인이 눈을 멀게 된 사연을 듣자 사내는 다시 비정한 소리꾼 아비에 대한 과거의 기억을 떠올린다. 어미를 잃고 난 소년은 어린 계집 아이와 함께 소리꾼 사내를 십여 년쯤 따라다녔다. 소리꾼 아비는 소년에게는 북 장단을, 계집아이에게는 소리를 가르쳤다. 하지만 소년은 단지 어미를 죽게 만든 그에게 복수를 하기 위해 그를 따라다닐 뿐이었다. 기회만을 노리던 어느 날, 소리꾼 아비가 잠든 사이 소년이 돌멩이 하나를 들고 뒤쪽에서 그를 내리치려 하자, 그는 뒤를 돌아보며 "왜 그러고 있는 거냐?"며 오히려 소년을 나무라는 표정을 지었다. 끝내 소년은 그를 죽이지 못하고 두 사람 곁을 떠나고 말았다. 주막집 여인은 사내가 예전의 그 소년임을 알아채고, 장님이 되어 버린 누이를 다시 찾아 헤맬 것이냐고 묻는다. 그러자 사내는 멀리서나마 그 여자 소리라도 한 번 만나게 되었으면 좋겠다는 희망을 털어놓는다.

구조 분석

- **갈래**   단편소설. 연작소설. 액자소설.
- **배경**   시간 배경은 1950년대 말, 공간 배경은 전라남도 보성읍 밖 소릿재 주막.
- **시점**   전지적 작가 시점.
- **주제**   인간으로서 더 이상 억누를 수 없는 한의 표출과 그 승화.

- **사내**   어릴 적부터 의붓아버지에게 북 장단을 배우며 누이와 함께 떠돌아다니다가 그
들을 버리고 떠나지만 계속 누이를 찾아 방황하는 인물.
- **주막집 여인**   소리를 하면서 주막을 운영한다. 사내의 정체를 알면서도 모르는 척 소
리꾼 부녀의 이야기를 사내에게 전하는 인물.
- **소리꾼 아비**   평생 소리에 신명을 바치며 살아온 떠돌이. 딸에게 소리를 가르치다 예
술을 위해 눈까지 멀게 한다.
- **소리꾼 여인**   아버지에게서 소리 재능을 물려받은 여인. 소리를 배우다가 눈이 멀게
되지만 소리를 통해 그 한을 승화시키는 여인.

플롯

- **발단**   주막집 여인의 소리를 들으며 자신이 찾아 헤매는 의붓아비의 소리를 느낀 사내
는 긴장하여 북 장단을 친다.
- **전개**   주막집 여인의 회상 첫 번째. 사내와 누이동생의 기구한 사연이 소개된다.
- **위기**   사내의 회상. 소리꾼 아버지가 어머니를 겁탈하고 이때 임신한 어머니는 딸을
낳다가 죽는다.
- **절정**   주막집 여인의 회상 두 번째. 소리꾼 아비는 딸이 소리 배우는 것을 싫어할까
봐 딸의 눈을 멀게 한다.
- **결말**   사내는 주막집 여인에게 누이동생을 찾고 싶다고 말한다.

이　작품은 산업화 시대로 일컬어지는 1970년대를 배경으로 비인간적·비윤리적인 사회적 가치 때문에 소외되고 병든 변두리 인생의 길을 걷는 인간을 그리고 있다. 이 작품에 등장하는 '아홉 켤레의 구두로 남은 사내'는 바로 이러한 인간의 전형적인 모습이다. 오로지 지식인으로서의 자존심 하나만으로 어렵게 살아가는 주인공 권씨야말로 시대적 현실을 상징하는 인물인 것이다.

줄거리따라잡기

　　20평짜리 집에 월세를 살고 있는 우리 부부는 가난한 이웃들이 보여 준 '우리 선생 댁'에 대한 동경과 지나친 관심을 감당하기 어려웠다. 또한 몇 푼 안 되는 과자 부스러기로 가난한 애들에게 못된 일을 시키는 아들의 비뚤어진 행동이 걱정되어 무리를 해서 성남 지역 고급 주택가에 내 집을 마련하게 된다. 이때 걸머진 재정적인 부담을 조금이나마 메워 볼 생각으로 방을 하나 세놓는다. 이 방에 권씨 가족이 이사 온다. 그것도 전세금 20만 원 가운데 10만 원은 아예 내지도 않았다. 더구나 두 명의 자식 외에 뱃속에는 또 한 명이 자라고 있었다. 출판사에 다니는 권씨는 집 장만을 해 볼 생각에 철거민 입주권을 얻어 광주 대단지에 20평을 분양받았으나, 땅값과 세금을 감당하기 어려운 형편이었다. 이런 상황에서 같은 처지에 있는 사람들이 집단적으로 소요를 일으키게 되었고, 권씨는 이 사건의 주동자로 몰려 징역을 살다가 나왔다는 것이다. 그는 비록 살림은 가난했지만 구두만은 소중하고 깨끗하게 닦는 버릇이 있었다. 얼마 후, 권씨 아내가 애를 순산하지 못해 수술받을 처지가 되었다. 권씨는 나에게

아홉 켤레의 구두로 남은 사내

윤흥길 1977년,《창작과 비평》

수술 비용을 빌려 달라고 절박하게 부탁한다. 그러나 나는 매정하게 거절한다. 그러나 뒤늦게 자신의 이중성을 뉘우친 나는 권씨 아내가 수술받을 수 있도록 해 주었다. 이런 사실을 모르는 권씨는 그날 밤 나의 집에 강도로 침입한다. 나는 강도가 권씨임을 알아차린다. 그래서 될 수 있으면 그를 안심시키려고 행동한다. 그러나 정체가 탄로난 것을 안 권씨는 "그 따위 이웃은 없다는 걸 난 똑똑히 봤어! 난 이제 아무도 안 믿어!" 하면서 사라져 버린다. 아홉 켤레의 구두만 남긴 채…….

구조 분석

- **갈래** 중편소설.
- **배경** 시간 배경은 1970년대, 공간 배경은 성남시.
- **시점** 1인칭 관찰자 시점.
- **주제** 산업사회에서 소외된 변두리 인생의 어려운 삶.

등장인물

- **나(오 선생)** 서술자. 셋방살이 끝에 어렵게 집을 마련한 인물.
- **권씨** 성남 빈민 소요 사태의 주모자로 몰려 전과자가 되는 인물.

플롯

- **발단** 권씨가 나의 집 문간방에 세를 든다.
- **전개** 권씨는 생활 능력이 부족한 전과자이면서도 구두에 대한 정성이 지극하다.
- **위기** 아내의 수술 비용을 빌리려는 권씨의 청을 거절하나 권씨 모르게 돕게 된다.
- **절정** 권씨가 나의 집에 강도로 침입했다가 자존심만 상한 채 나간다.
- **결말** 아홉 켤레의 구두만 남기고 권씨는 행방불명된다.

철새들, 특히 도요새의 도래지로 유명한 동진강 하구를 배경으로 한 가족의 이야기이다. 이 작품은 1인칭 화자話者가 세 번 바뀌면서 같은 사건과 사물을 해석하는 관점을 변화시키는 기법을 보임으로써, 한 작품을 읽으면서도 여러 작품을 읽은 것과 같은 효과를 얻게 된다. 이는 내면성의 추구, 사건의 내면화를 최대한 살려 낼 수 있게 하고, 사건의 전개와 발전을 밀도 있게 다룰 수 있게 하는 기법이다. 결말에 이르러서는 전지적 작가 시점으로 전환하여 독자들에게 문제를 제기하는 기법상의 효과를 극대화한다. 소설 기법의 새로움, 소재의 특이성, 그리고 우리 사회의 전형적인 인물 유형의 설정 등을 통해서 참다운 삶의 진정성 회복을 보여 주는 특이한 작품이다.

 ## 줄거리따라잡기

아버지는 의식은 있지만 실천하지 못하는 무능하고 소극적인 인물이다. 그는 월남민으로서 고생 끝에 안정된 직장을 갖는다. 그러나 아내 때문에 직장을 그만두게 되어 경제적 능력이 없어지자 결국 가장의 위치마저 흔들려 무능한 인간이 되고 만다. 하지만 그러한 환경 속에서도 올바른 의식을 가지고 살아가려고 노력한다. 어머니는 물질적 풍요를 최대의 가치로 삼고 사는 인물이다. 그녀는 부동산 투기 등을 통해 일확천금을 꿈꾸지만 제대로 되지 않고 자식에게 걸었던 기대마저도 깨어지게 되자 그 자식을 극도로 증오한다. 형 병국은 데모를 하다가 대학에서 제적당한 수재이다. 그는 올바른 의식을 가지고 있고 그것을 실천에 옮기고 싶어

하지만 현실적인 제약 때문에 항상 좌절한다. 동생 병식은 재수생으로서 선악의 분별에 대한 의식도 없이 시대의 흐름에 적당히 편승해 가는 인물이다. 그는 자신의 이익만을 추구하고 가족들에게조차 부정적이고 냉소적이다. 이러한 네 인물들은 곧 우리 사회에서 흔히 찾을 수 있는 삶의 유형들로서 서로 갈등하며 살아가게 된다.

여기에서 가장 큰 갈등 구조로 드러나는 것이 형 병국과 동생 병식의 갈등이다. 그것은 이들 사이에서 사건의 계기가 되는 도요새에 대한 갈등으로 구체화된다. 동생 병식은 도요새를 잡다 팔아서 경제적 이익을 얻으려 하지만 형 병국은 그 새를 보호하려고 한다. 이러한 관계 속에서 갈등은 필연적이다.

도요새는 자유의 갈등이다. 형 병국에게 도요새는 이러한 자유의 의미를 지니지만, 동생 병식에게는 하나의 경제적 이익으로 비쳐진다. 병식에게 자유라고 하는 절대 가치는 무의미하다. 이렇게 절대 가치를 포기한 인물에게는 선악의 관념이 있을 수 없으므로 사회에 대해서는 냉소적이 될 수밖에 없다. 이러한 동생과 형의 내면 세계는 결코 화해할 수 없는 평행선으로, 결국 갈등 속에 끝날 수밖에 없다. 병국은 개인적으로 동진강의 오염 실태를 조사하고 진정서를 내기도 하지만 공장주들의 끈질긴 방해를 받는다. 뿐만 아니라 동진강에 날아드는 철새들을 약으로 밀렵하여 박제상에 팔아넘기는 무리 중에 동생 병식이 끼어 있음을 알고 이를 못하게 말리지만 그것조차 실패로 돌아간다.

- **갈래** 중편소설.
- **배경** 현대 사회의 한 가정과 도요새가 서식하는 동진강 유역.
- **시점** 시점이 다양하게 바뀜(1인칭 관찰자 시점, 3인칭 전지적 작가 시점).
- **주제** 타락한 삶에 대한 비판과 순수한 인간성 회복.

- **아버지** 능력 없는 소극적 가장. 진실한 삶을 살기 위해 노력하는 인물.
- **어머니** 물질적 삶을 최우선 가치로 여기는 여인.
- **병국형** 데모로 대학에서 제적된 수재. 도요새를 절대 자유의 상징으로 여기고 보호하려고 노력하는 인물.
- **병식** 동생. 재수생. 냉소적이며 이기적인 인물. 도요새를 밀렵하여 박제상에 판다.

- **발단** 재수생인 나(동생 병식)는 강 하구 얕은 언덕에 앉아 형을 생각한다. (제1장 병식의 시점)
- **전개** 소심한 아버지는 세속적인 가치를 좇는 어머니에게 억눌려 산다. 나(형 병국)는 어머니보다는 아버지를 닮은 사람이다. 나는 고향에 내려와 강가를 돌아다니며 오염도를 측정하고 도요새를 연구하는 나날을 보낸다. (제2장 병국의 시점)
- **위기** 나(아버지)는 상이군경 재활원에서 생활력이 강한 아내를 만나 부산에 정착한다. 휴전이 되어 고향에 돌아갈 수 있다면 하는 희망은 이미 깨어졌다. 큰아들 병국이 동진강 출입 통제구역을 출입하다가 군 당국에 체포된다.
- **절정** 큰아들은 수질 오염 문제를 반드시 밝혀 내겠다고 말한다. (제3장 아버지의 시점)
- **결말** 도요새는 자유의 상징. 도요새를 생각하며 병국은 아버지의 한 맺힌 소리를 뒤로 한 채 그저 걸을 뿐이다. (제4장 전지적 작가 시점)

중국인 거리

오정희　1979년, 《문학과 지성》

전쟁 직후의 인천에 자리잡고 있는 중국인 거리를 배경으로, 한 소녀가 겪어 가는 성장의 아픔을 감각적이고도 섬세한 필치로 그려 낸 작품이다. 성격상 이 작품은 유년기 체험을 서술한 일종의 교양소설, 혹은 성장 소설의 색채를 지니고 있다. 아직 철이 들지 않은 소녀가 전쟁의 후유증이 그대로 남아 있는 중국인 거리에서 세계에 대한 비극적인 체험을 겪음으로써 사회에 대해 알게 되고, 이를 통해 성인으로 성장해 간다는 줄거리 자체는 성장소설 구조인 것이다. 특히 양공주가 죽은 뒤 주인공이 겪게 되는 초조初潮는 어린 소녀에서 여성으로 변모해 가는 것을 함축하는 것으로, 이는 알을 깨고 부활하는 새의 이미지처럼 또 다른 하나의 세계로 나아가는 것을 의미한다. 또한 이 소설의 중요한 소설적 장치는 '회상'의 형식이다. 주인공의 유년기 체험을 화자가 기억을 통해 회상하는 참신한 형식으로, 짧은 문장과 간결한 문체와 함께 빛을 발하고 있다. 특히 이 작품은 후각적 이미지를 통한 분위기 조성이 뛰어나다. '해인초 냄새'는 유년기의 단편적인 기억들을 통일되고 연관된 것으로 결합시키는 중요한 구실을 하고 있다.

줄거리따라잡기

우리 가족은 아버지의 직장을 따라 피난지로부터 항구 도시 외곽에 있는 중국인 거리로 이주한다. 이곳은 전쟁 때문에 폐허가 된, 전형적인 전후戰後의 풍경을 보여 주는 곳이다. 이 거리를 배경으로 공복감과 해인초 냄새가 어우러지는 노란빛의 환각적 이미지로 표상되는 나의 유년의 기억 속에서 한 편의 성장 드라마가 펼쳐진다. 성장의 조짐은 주인공이 우연히 건너편 2층집 창문에서 중국인 남자의 얼굴을 바라보는 일에서부터 비롯된다. 이 순간 주인공은 설명할 수 없는 슬픔과 비애의 감정에 사로 잡히게 된다. 욕망의 역동적인 이미지와 죽음의 정적인 이미지가 교차하는 고독과 사색의 공간 속에서 주인공인 나는 자신의 핏속에 순筍처럼 돋아 오르는 무엇인가를 감지한다. 그것은 마치 상처가 아무는 듯이, 참을 수 없는 근지러움을 동반한다. 그리고 그와 같은 성장의 고비를 확인이라도 하듯, 주인공은 절망감과 막막함 속에서 초조初潮를 맞이한다.

구조 분석

- **갈래** 단편소설.
- **배경** 시간적 배경은 6·25 전쟁 직후, 공간적 배경은 어느 항구 도시에 있는 중국인 거리.
- **시점** 1인칭 주인공 시점.
- **주제** 정신적인 성장의 고통과 그 형상화.

등장인물

- **나** 소설의 화자인 열두 살 소녀.
- **치옥** 나의 급우. 의붓자식이며 매기 언니의 동생.
- **매기 언니** 양공주. 동거하던 흑인 병사가 살해한다.
- **중국인 남자** 창백한 얼굴의 인물. 그와의 마주침을 통해 주인공은 자신의 내부에 잠재된 욕망과 내면을 자각하게 된다.

플롯

- **발단** 나와 식구들은 항구 도시에 있는 중국인 거리로 이사한다.
- **전개** 중국인 거리의 낯선 풍경에 대한 인상과 그곳에서의 생활이 소개된다.
- **위기** 중국인 청년의 창백한 얼굴과 마주치면서 나는 알 수 없는 슬픔과 비애를 느낀다.
- **절정** 나는 매기 언니와 할머니의 죽음을 겪으며 성장의 고뇌를 내면화한다.
- **결말** 어느 봄날 낮잠에서 깨어난 나는 절망감과 막막함 속에서 초조를 맞이한다.

허위에 가득 찬 중산층의 생활 윤리를 풍자하는 작품이다. 시어머니와 며느리 사이의 감정 대립을 통해 강남 아파트 단지로 상징되는 대도시 중산층의 물질적 풍요의 공허함과 윤리 의식의 붕괴 상태를 절묘하게 묘사했다. 작가는 이 소설에서 고부간의 심리적 갈등과 함께 젊은 세대의 윤리적 마비와 늙은 세대의 소외감을 포착하고 있다. 자식까지 내 품을 벗어나고 며느리에게까지 오해를 받으며 살아야 하는 노인 세대의 심리적 부담감, 그리하여 이제 내 인생의 안식처는 존재하지 않으며 가족들에게 짐에 불과하다는 소외감, 곧 '황혼黃昏 의식'을 작가는 비애에 찬 노인의 내면 풍경을 통하여 그리고 있는 것이다.

 줄거리따라잡기

아파트에서 시어머니(늙은 여자)와 며느리(젊은 여자), 젊은 여자의 남편과 아이들이 함께 살고 있다. 그런데 며느리는 시어머니에게 어머니란 칭호를 쓰지 않고 노인 또는 할머니라고 부른다. 시어머니는 가슴앓이 병이 있다면서 며느리와 아들에게 명치 부분을 문질러 달라고 청하지만 아들과 며느리는 이를 거절한다. 병원에 가서 진찰을 받아도 뚜렷한 증세가 나타나지 않는다. 어느 날, 며느리 친구한테서 전화가 걸려 왔는데, 친구는 홀시어머니가 지금 성적性的인 욕구 불만이 있어서 그렇다고 말한다. 이 전화 내용을 우연히 엿듣게 된 시어머니는 심한 모욕감을 느끼고 분한 마음이 든다. 시어머니는 기쁨과 슬픔을 나눌 대상이 그리워 명치 부분을 문질러 달라고 한 것인데, 이를 오해하는 며느리와 아들이 미운 것이다.

황혼

박완서   1979년,《뿌리깊은 나무》

늙은 여자는, 자기가 비록 혼자 살지는 않지만 자기 뜻대로 아무것도 할
수 없는 무가치한 존재라고 생각한다.

구조 분석

- **갈래**   단편소설.
- **배경**   시간 배경은 현대, 공간 배경은 서울의 어느 강변 아파트.
- **시점**   3인칭 전지적 작가 시점.
- **주제**   고부간의 심리적 갈등에서 오는 시어머니의 허탈감과 소외감.

등장인물

- **젊은 여자(며느리)**   주관이 뚜렷하고 완벽하며 냉정하다.
- **늙은 여자(시어머니)**   감정적인 인물.
- **젊은 여자의 남편**   수동적인 인물.
- **의사**   이지적이고 사무적이다.

플롯

- **발단**   시어머니와 며느리의 소원疏遠한 관계.
- **전개**   시어머니는 며느리에게 명치 부분을 문질러 달라고 부탁하지만 며느리는 이를
  거절한다.
- **위기 · 절정**   며느리와 친구의 전화를 엿들은 후 시어머니는 심한 모욕감을 느낀다.
- **결말**   시어머니의 소외감.

이 작품의 핵심은 샤머니즘이다. 이는 연이어 벌어지는 기이한 사건들과 이에 대한 무속적 해석, 그리고 이 해석에 대한 뿌리 깊은 믿음을 가지고 있는 부모에 의해 구현된다. 여기에서 샤머니즘은 그 자체가 주목의 대상이 된다. 이 작품 속의 '두호'라는 인물은 비록 어린아이지만 하나의 상징이다. 이런 이유로 이 작품은 전체가 하나의 환상적이고 신비로운 분위기로 이루어져 있다.

 줄거리따라잡기

두호는 나의 동생이다. 두호의 출생은 자손이 귀한 우리 집안의 경사이다. 그러나 나에게는 두려움의 시작이었다. 신통한 점쟁이의 점괘에 따르면 두호는 자식이 아니라 사邪라는 것이다. 아버지와 두호가 서로 상극相剋이어서 한집안에 살면 아주 좋지 않다는 점괘는 신통력을 발휘하듯 연이어 벌어지는 여러 가지 사건들을 통해 맞아떨어지기 시작했다. 어머니는 집안에 깃든 마를 없애기 위해 굿판을 벌이는 등 갖은 노력을 기울인다. 고양이를 목매달아 액땜을 하던 날, 고양이가 풀려 달아난다. 어머니는 이를 두호의 짓이라고 생각하여 심하게 매질을 한다. 이날 이후, 두호는 머리를 다쳐 정상적인 발육이 부진한 허약아가 되고 만다.

두호에 대해 무심하던 부모는 다시 점쟁이에게서 아버지와 두호는 상극이고 그 액땜은 둘 중의 한 사람이 죽어야만 가능하다는 것, 그리고 두호가 일찍 죽게 될 것이라는 점괘를 전해 듣고 비정상적일 정도로 두호를 편애한다. 그러나 두호가 불장난하다가 집에 불이 나고, 한동안 생기를

우리들의 날개

전상국 1979년, 《작단》

찾고 일하던 아버지는 다시 운전 사고를 내고 유치장에 갇힌다.

어머니가 아버지의 면회를 가고 없는 날, 나는 게걸스럽게 먹는 두호의 모습에서 두려움을 느낀다. 나는 두호를 어두운 산으로 유인한다. 산속에 두호를 남겨 둔 채 도망쳐 내려오지만 나는 이내 다시 돌아가 무서움에 떠는 두호를 가슴에 안는다. 나는 앞으로 꺾여 버린 두호의 날개가 되어 주리라는 다짐을 하면서 산에서 내려온다.

구조 분석

- **갈래** 단편소설.
- **시점** 1인칭 주인공 시점.
- **배경** 시간적 배경은 현대, 공간적 배경은 어느 시골 마을.
- **주제** 인간애를 통한 갈등의 극복과 화해.

등장인물

- **나** 점쟁이 말을 믿고 이를 맹목적으로 좇는 부모를 받아들이지 못하고, 그런 부모 때문에 두호를 미워했으나 결국 두호의 날개가 되어 주겠다고 생각하는 인물.
- **두호** 나의 동생. 사악한 기가 깃들었다고 해서 가족으로부터 고통을 당한다.
- **어머니** 점쟁이 말이라면 무조건 따르는 여인. 남편이 잘못된 것도 두호 때문이라고 믿고 있음.
- **아버지** 교통사고를 낸 후부터 아내의 말을 믿게 되는 인물.

플롯

- **발단** 나의 동생 두호가 출생한다. 그때 아버지와 두호는 서로 '상극'이라는 점쟁이 말을 들은 가족들은 두려운 마음을 갖기 시작한다.

- **전개** 어머니는 집안에 깃든 사악한 기를 없애기 위해 갖은 노력을 기울인다.
- **위기** 아버지와 두호는 상극 관계이지만 두호가 일찍 죽게 될 것이라는 점괘를 들은 가족들은 이때부터 두호를 편애하게 된다.
- **절정** 두호의 불장난으로 집이 모두 타 버린다.
- **결말** 나는 두호를 산으로 꾀어 내어 그곳에 버려 두고 오다가 다시 두호를 찾아와 두호의 날개가 되어 주리라고 다짐한다.

철쭉제

문순태 1981년,《한국문학》

지리산 철쭉제를 배경으로, 산행 중 알게 되는 두 집안의 비극적인 가족사와 그 화해의 방안에 대한 모색을 그리고 있다. 이 작품은 1인칭 주인공 시점을 통해 우리 민족이 갖는 비극적인 역사의 상황을 깊이 있게 다루고 있는데, 이러한 이 작품의 주제 의식이 지리산의 장엄함과 잘 어우러져 있다. 특히 작가는 봉건적인 신분 제도와 6·25 전쟁이라는 역사의 비극이 단순히 과거의 사실에 머무르는 것이 아니라 오늘로 연결되며, 이를 민족적 운명 공동체라는 인식을 통해 이질적인 것에서 동질성을 회복해야 한다는 메시지를 제시하고 있다.

 줄거리따라잡기

검사인 나는 6·25 전쟁 때 아버지를 죽인 박판돌에게 원수를 갚기 위해 고향으로 내려간다. 그곳에서 나는 사료 공장 사장이 되어 있는 박판돌을 데리고 지리산 철쭉제가 열리는 세석평전으로 함께 가서 아버지의 유골을 수습하기로 한다. 박 영감과 인부 두 사람, 그리고 미스 현이 이들과 함께 간다. 나는 아버지의 유골이 있는 곳으로 가는 도중, 비열한 박판돌의 행위에 혐오감을 느끼지만 박 영감은 나와 박판돌의 사이를 화해시키려고 애쓴다. 결국, 나는 아버지의 유골을 찾게 되고 도중에 사라졌던 박판돌도 나타나 자신의 부모가 나의 할아버지에게 얼마나 많은 고통과 서러움을 당했는지 이야기한다. 박판돌에 따르면 노비 신분이었던 그의 어머니는 나의 조부(박 참봉)에게 몸을 빼앗기고, 그의 아버지는 나의 아버지가 엽총으로 살해했다는 것이었다. 이러한 사실을 모두 알게 된 나는 박판

돌에게 다음 철쭉제 때 다시 만날 것을 약속함으로써 화해를 청한다.

구조 분석

- **갈래** 중편소설.
- **배경** 시간적 배경은 현대, 공간적 배경은 철쭉이 만발한 지리산.
- **시점** 1인칭 주인공 시점.
- **주제** 굴곡의 역사가 몰고 온 비극적 삶과 그 극복.

등장인물

- **나** 6·25 전쟁 때 아버지가 공산당에게 끌려가 학살당한 상처를 안고 있는 현직 검사. 검사가 된 것도 아버지의 원수를 갚기 위한 목표 때문이다.
- **박판돌** 박쇠의 아들. 전쟁 전까지 나의 집에서 머슴살이를 했으나 아버지를 학살당하도록 만든 인물. 현재는 비료 공장 사장.
- **박쇠** 박판돌의 아버지. 아내 넙순이가 박 참봉에게 농락당하는 것을 목격하고 분노를 이기지 못해 아내의 팔을 잘라 버린다.
- **넙순이** 박판돌의 어머니. 박쇠와 혼인하기 전 주인인 박 참봉의 성적 노리개로 농락당한 여인.
- **박 참봉** 나의 할아버지. 넙순이를 성적으로 농락하고 종들과 한 약속도 지키지 않은 전형적인 파렴치한 양반.
- **박 참봉 아들** 나의 아버지. 박쇠를 사냥터로 유인하여 살해한다.

플롯

- **발단** 검사가 된 나는 고향에 내려와서 6·25 전쟁 당시 아버지를 학살한 원수 박판돌에게 복수를 하기 위해 기다리고 있다.
- **전개** 나는 아버지의 유골을 찾아 무덤을 만들어 드리고 싶었다. 그런데 이 일을 하기 위해서는 아버지를 죽인 원수 박판돌의 신세를 질 수밖에 없었다. 아버지의 시신이 있는 곳을 아는 이가 오로지 박판돌밖에 없었기 때문이다.

■ **위기**　나는 지리산 철쭉꽃이 유난히 붉은 이유는 억울하게 죽은 사람들의 시신 때문이라는 이야기를 들었다. 이때 박판돌은 아버지의 시신을 찾아낸다.

■ **절정**　나는 아버지의 유해를 안고 천왕봉으로 오르면서 복수심에 불탄다. 그러나 돌아오는 길에 박판돌에게서 할아버지 박 참봉에 관한 뜻밖의 이야기를 듣게 된다.

■ **결말**　박판돌의 이야기를 들은 나는 그만 혼란스러워진다. 그러다 결국은 박판돌과 화해하게 된다.

이 작품은 1982년 동인문학상 수상작이다. 이 작품은 서예가 고죽의 예술적 방황과 성장 과정을 통해 '진정한 예술은 무엇인가'라는 화두를 제기하고 있다. 특히 근대 사회로 접어들어 사회 환경의 급격한 변화를 배경으로 "문학은 도를 싣는 그릇이다"라는 조선 시대의 성리학적 문예관과 예술 자체의 존재 가치를 강조하는 근대의 자율적인 예술관의 충돌을 다루고 있다. 이 갈등은 석담과 고죽 사이의 예술관의 차이에서 비롯된다. 석담의 예술관은 전통적인 효용론에 바탕을 두고 있고, 고죽의 입장은 근대적인 유미주의에 가깝다. 작가는 근본적으로 고죽으로 대변되는 예술의 자율성과 유미주의를 옹호하고 있다. 곧 예술은 사회적 효용성에 봉사하거나 도를 드러내기 위한 것이 아니라 그 자체로 값진 것이라는 '예술을 위한 예술론'의 입장을 보여 주고 있는 것이다.

줄거리따라잡기

어려서 부모를 여읜 서예가 고죽은 석담 선생에게 맡겨진다. 석담은 예藝보다 도道를 더 유용하게 생각한다. 그래서 도道보다 예藝가 더 돋보이는 고죽의 작품 세계를 못마땅해 한다. 고죽은 스승과는 달리 도를 인정하지 않고, 한 인간의 삶과 마찬가지로 서예 역시 독특하게 추구되어야 할 상대적인 것으로 보고 있다. 그는 서예가 다른 무엇을 드러내기 위한 수단이 되어서는 안 된다고 보고 있는 것이다. 그래서 독자적인 예술 세계를 추구해 간다. 그래서 중년 시절에는 오랫동안 스승과 맞서 대립하기도 했다. 그러나 고죽은 스승이 죽은 후, 스승이 자기를 총애했음을 알게

금시조

이문열 1981년,《현대문학》

金翅鳥

된다. 고죽은 죽음을 앞두고 자신의 작품을 회수하여 불태운다. 그 불꽃 속에서 고죽은 자기 부정의 예술혼인 금시조를 확인하며 죽음을 맞는다.

구조 분석

- **갈래** 중편소설. 순수소설.
- **배경** 시간 배경은 일제 강점기 때부터 1980년대 현재까지, 공간 배경은 화랑이 있는 여러 지방.
- **시점** 전지적 작가 시점.
- **주제** 자기 부정을 통한 한 예술가의 예술혼.

등장인물

- **고죽** 주인공. 숙부 손에 자란 고죽은 서예가 석담 선생에게 맡겨진다. 그 후 스승에 대한 애증으로 일관한다.
- **석담** 구한말 서예가. 예藝보다 도道를 더 중요하게 생각하는 인물. 제자인 고죽을 사랑한다.

플롯

- **발단** 서예가 고죽은 죽음을 앞두고 유년 시절을 회고한다.
- **전개** 스승 석담은 고죽을 제자로 인정하지 않고 그를 내치려 한다.
- **위기** 고죽은 회상에서 다시 현실로 돌아온다. 고죽은 제자의 부축으로 간신히 일어나 화랑을 돌면서 자기의 서예 작품들을 거두어들인다.
- **절정** 화랑을 돌면서 자기의 예술 작품들을 정리하던 고죽은 죽음을 바로 앞둔 순간에 비로소 스승의 예술관을 이해하게 된다.
- **결말** 고죽은 자기의 작품들을 모두 불태운다. 그 불길 속에서 고죽은 금시조가 비상하는 모습을 본다. 그리고 마침내 고죽은 숨을 거둔다.

이 작품은 "하구", "우리 기쁜 젊은 날", "그 해 겨울"의 3부작으로 구성되어 있다. 따로따로 발표된 이 작품들의 공통점은 이미 30대인 '나'가 과거의 일기와 그것에 관련된 사건들을 회상하며 진행된다는 점이다. 또 19세기에서 21세기까지, 순차적인 시간의 진행이라는 점이다. 1인칭 주인공 시점인 '나'가 일정한 생의 형성이나 성취에 도달하기까지의 과정을 그렸다는 점에서, 또 주인공 '나'가 세계와 대립하지만 그것을 능동적으로 변혁하지 못하고 세계에 체념하면서 오히려 세계에 대한 발전된 관계를 형성했다는 점에서 이 작품은 성장소설이다.

줄거리따라잡기

고등학교 1학년 때 학교에서 쫓겨난 영훈은 이곳저곳을 떠돌아다니다가 마침내 형이 살고 있는 전라남도 강진 땅 바닷가로 내려온다. 그곳에서 대학에 갈 학비를 마련하기 위해 형의 일을 도우며 공부를 한다. 그 후 영훈은 서울에 있는 대학에 들어간다. 대학에서 영훈은 도서관 생활과 가정 교사 일을 하면서 많은 책을 보게 된다. 학교에서 그는 김형과 하가와 친하게 지내게 된다. 영훈은 김형의 권유로 문학 동아리에 가입해서 활동한다. 이 시기에 그는 전공과는 상관없는 많은 '개론' 서적들에 빠져 든다. 영훈은 김형과 하가와 함께 자주 술을 마시게 된다. 영훈은 여자 친구를 사귀게 되지만 그녀에 비해 너무 가난하기 때문에 헤어진다. 또한 영훈은 궤변을 일삼아 사람들을 골탕 먹이게 되어 문학회에서도 쫓겨난다. 그러던 중 친하게 지내던 김형이 어이없이 죽게 되자 대학을 포기하고 바

이문열 1981년, 《젊은 날의 초상》

다를 향해 무작정 걸어서 남쪽으로 내려가기 시작한다. 그는 도중에 술집에서 일을 하기도 하지만 그곳에서도 싫증을 느끼고는 계속 걸어서 바다를 향한다. 가는 길에 영훈은 여러 사람들을 만난다. 그때마다 그 특유의 궤변으로 사람들을 당혹케 만든다. 결국 어떤 지식인을 만나게 된 영훈은 자기의 단편적인 지식이 탄로난다. 그는 결국 바다에 이르게 되지만 그가 기대했던 평화로운 풍경과는 달리 바다는 기러기 한 마리를 삼킨다. 그것을 보는 순간 그는 깨달음을 얻는다. 그래서 품에 지니고 있던 유서와 약을 집어 던진다. 영훈은 오랜 방황 끝에 다시 서울행 중앙선 열차를 탄다.

구조 분석

- ■ **갈래**   장편소설. 성장소설.
- ■ **배경**   시간 배경은 현대, 공간 배경은 강진과 서울.
- ■ **시점**   1인칭 주인공 시점.
- ■ **주제**   허무의 극복과 진정한 삶의 성장 모색.

등장인물

- ■ **나(영훈)**   주인공. 대학 생활에 적응하지 못하고 긴 방황을 계속하는 인물. 유서와 약병을 준비하고 찾아간 바다에서 삶의 의미를 발견한다.
- ■ **형**   나에게는 아버지와 같은 존재. 강진에서 작은 사업을 하며 나의 안식처를 마련해 준다.
- ■ **칼을 가는 남자**   영훈이 바다로 가던 길에 우연히 만난다. 19년 전에 자기를 배신한 인물에게 복수하기 위해 칼을 가는 인물.
- ■ **번데기**   껌팔이 소년. 얼굴이 번데기처럼 쭈글쭈글함. 아름답고 고귀한 영혼의 소유자.
- ■ **누나**   친척 누나. 미인이고 아는 것도 많지만 유부남을 사랑하게 되어 불행하게 사는 여인. 직업은 교사.

- **발단**   제1부 "하구"가 발단에 해당된다. 나는 고등학교를 다니다 중퇴하여 타락한다. 그러다가 자신의 삶이 잘못되어 가고 있다는 것을 알게 되어 형이 사업을 하고 있는 강진으로 내려간다. 강진에서 대입 검정고시를 준비하면서 여러 사람들을 만나게 된다.

- **전개**   제2부 "우리 기쁜 젊은 날"의 전반부가 이 부분에 해당된다. 나는 대학에 들어 간다. 대학에서 김형과 하가를 알게 되고 문학 서클에도 가입한다. 그러나 문학에 염증을 느낄 무렵 김형이 죽었다는 소식을 듣는다. 사는 것에 절망을 느낀 나는 서울을 떠난다.

- **위기**   제2부 "우리 기쁜 젊은 날" 후반부. 방황하던 어느 날, 여관에서 껌팔이 소년을 만난 나는, 그 소년이 사실은 고귀한 영혼의 소유자라는 것을 알게 된다.

- **절정**   제3부 "그 해 겨울"이 이 부분에 해당된다. 술집에서 일하던 나는 문득 바다로 가고 싶어 길을 떠난다. 우연히 만난 친척 누나는 바다로 가는 나의 행동을 말린다.

- **결말**   나는 우연히 만난 '칼을 가는 사내'와 함께 바다에 도착한다. 나는 자살을 포기하고 유서와 약병을 집어 던지고, 사내는 19년 복수를 포기한다. 나는 다시 새로운 삶을 시작한다.

그 해 겨울은 따뜻했네

염상섭   1921년, 《개벽》

6 · 25 전쟁으로 생긴 이산가족의 아픔을 그린 작품이다. 그러나 피난길에 동생과 일부러 헤어지는 언니를 통해 중산층의 가장된 허위의식을 함께 그리고 있다. 이 작품은 두 가지 상반된 삶의 양상을 동시에 보여 주면서 서술한다. 동떨어져 보이는 이 두 가지 삶이 결국 같은 뿌리에서 나온 불행임을 보여 주려는 것이다. 마지막 장면에서 참회와 용서로 두 사람은 본래의 '혈육'으로 상징되는 인간적인 모습을 되찾는다.

 줄거리따라잡기

1951년 1 · 4 후퇴 후 피난길에서 일곱 살의 수지는 여동생 오목(수인)을 일부러 놓친다. 그 후 아버지를 잃어버리고 어머니 또한 비행기의 기총소사로 죽게 된다. 아버지가 남긴 부동산 덕분에 수철은 어엿한 중산층의 가장이 된다. 수지는 대학원 졸업식 날 중매로 만난 좋은 조건의 청년과 결혼하게 된다. 그 후 수지는 오목에 대한 죄책감 때문에 동생을 비밀리에 수소문하고, 어느 고아원에 같은 이름의 소녀가 있음을 알고는 가끔 찾아간다. 하지만 그 애가 오목이로 밝혀지면 지난날 자신의 나쁜 행위가 들통날 것이라는 생각으로 진실을 밝히려 하지 않는다. 오빠 수철도 오목의 가족 찾기 신문 광고를 통해 그 고아원을 알게 된 후, 오목을 도와주며 일자리를 소개시켜 주는 익명의 독지가로만 남는다. 수지는 가난한 옛 애인인 인재와 오목이 만나는 광경을 목격한 날, 오목의 목에 걸린 은표주박 노리개를 보게 된다. 수지는 질투심으로 둘 사이를 잔인하게 갈라 놓

고, 오목은 결국 고아원 친구인 보일러공 일환과 살게 된다. 지하방을 얻어 신방을 차린 오목은 인재의 아이인 일남을 낳게 된다. 남편에 대한 오목의 죄책감과 자신의 아이가 아니라고 짐작하는 일환의 사이에는 결국 술과 폭력과 고통의 나날만 이어지게 된다. 세월이 흘러 두 아이의 어머니가 된 수지는 고아원 자선 활동 등을 하는 위선적이고 정치적인 귀부인이 된다. 집 보일러를 수리하는 과정에서 2남 3녀의 부모가 된 일환과 오목을 만나게 된다. 오목은 수지에게 일환이 중동 건설 현장에 나갈 수 있도록 도와달라고 부탁하고 수지는 죄책감을 씻는다는 생각으로 오빠 수철을 통해서 일자리를 얻어 낸다. 일환이 중동으로 떠나는 날 오목은 결핵으로 쓰러진다. 그녀는 마지막 순간에 수지에게 감사의 표시로 은표주박을 건넨다. 수지는 그 옆에 무릎을 꿇고 참회하지만 오목이는 이미 죽어 있다.

구조 분석

- **갈래** 장편소설.
- **배경** 시간적 배경은 1951년 겨울부터 1980년대까지, 공간적 배경은 서울.
- **시점** 전지적 작가 시점.
- **주제** 전쟁의 비극과 이산가족의 아픔.

등장인물

- **수지** 1·4 후퇴 때 여동생을 내버린 후 자신의 행위가 드러나는 것을 두려워하며 허위의 가면을 쓰고 사는 인물.
- **오목이** 본명은 수인. 수지의 여동생. 같은 고아원 출신이자 보일러공인 남편 일환을

만나 2남 3녀의 어머니가 되기까지 모진 고생을 하다 결핵으로 죽는 여인.

■ **수철**   수지의 오빠.

■ **발단**   1 · 4 후퇴 때, 피난길에서 수지는 다섯 살 된 동생 수인을 일부러 잃어버린다.
■ **전개**   전쟁이 끝나고, 중산층으로 살던 수지는 고아원에서 찾은 자신의 동생을 모른
           척하면서 자기 위안을 위한 자선을 베푼다.
■ **위기**   수지는 동생이 행복해질 수 있는 기회마저 짓밟아 버리면서 자선 활동을 편다.
■ **절정**   가난과 남편의 학대로 수인은 병을 얻는다.
■ **결말**   수인은 결국 수지 곁에서 죽는다.

자유당 정권 말기, 어느 시골 초등학교 교실에서 벌어지는 사건을 통해 권력과
그 주변 인물의 속성을 그린 단편소설이다. '엄석대'라는 반장으로 상징되는 권력
과, 그의 주변을 맴도는 반 학우들의 기회주의 근성을 그려 나가면서, 권력의 무상
함과 거기에 빌붙어 있는 변절과 순응주의를 동시에 비판하고 있다. 이 작품은 권
력의 형성과 몰락 과정을 초등학교 교실이라는 축소되고 집약된 공간을 통해 조명
하고 있는 것이다. 절대 권력이 지닐 수밖에 없는 허구성, 그리고 그 허구성의 형성
배경은 주변의 방조와 묵인에 있다는 사실을 제시하면서, 그렇게 하여 형성된 권력
이 제도와 질서라는 허울 좋은 이름으로 군림한다는 비극적인 현실을 보여 준다.

 **줄거리따라잡기**

　　정치적 이유로 직장에서 좌천당한 아버지를 따라 시골로 전학을 간 한
병태는 강력한 힘을 가진 반장 엄석대가 학급을 엄격하게 통제하고 있다
는 것을 발견한다. 반장은 마치 조지 오웰의 소설 《1984》의 주인공 '빅
브라더'처럼 학우들을 억압하고 통제하고 있었다. 학우들도 모두 거기에
순응하고 있었다. 반장은, 때로는 미묘한 협박을 통해, 때로는 은밀한 회
유를 통해 반항하는 세력을 결국 자신에게 굴복시키고 예속시킨다. 그런
의미에서 반장 엄석대는 다분히 정치적인 인물이다. 한병태 역시 처음에
는 정면으로 반장의 억압과 횡포에 맞선다. 그러나 고도의 독재자인 반장
은 그를 처벌하지 않고 대신 그의 주변 인물들을 괴롭힘으로써 한병태를
철저하게 고립시킨다. 동시에 반장은 은밀한 위협과 거절할 수 없는 회유

우리들의 일그러진 영웅

이문열 1987년, 《문학사상》

공작을 시작한다. 담임 선생님과 학교 당국은 철저하게 무능하고 부패한 탓으로 어쩌지 못하고, 오히려 이 모든 사실을 잘 알고 있으면서도 반장 편을 들어준다. 결국 한병태는 살아남기 위해 엄석대의 권력과 회유에 굴복하고 독재자와 타협한다.

6학년이 되자 새 담임 선생님의 민주적이고 개혁적인 조치로 엄석대 체제는 몰락하게 된다. 학급은 점차 민주적 질서를 회복한다.

그 후 사회인으로 성장한 나는 부조리한 현실에서 힘겹게 살아가며 엄석대에 대한 일종의 향수마저 느낀다. 그러던 중 피서 길에서 우연히 수갑을 차고 경찰에 붙들려 가는 엄석대와 맞닥뜨린다.

구조 분석

- **갈래** 단편소설.
- **배경** 시간 배경은 1960년대 자유당 정권 말기, 공간 배경은 초등학교 교실.
- **시점** 1인칭 주인공 시점.
- **주제** 절대 권력의 허구성과 이에 맞서는 민주적인 시민의식.

등장인물

- **나(한병태)** 합리적이고 민주적인 생각을 하는 인물. 엄석대의 권위에 도전하지만 현실의 부조리함에 좌절하고 만다.
- **엄석대** 학우들의 이기적 속성을 교묘히 이용하여 절대 권력을 쥐고 행사하는 인물.
- **아버지** 현실의 가치를 긍정하는 인물.
- **5학년 담임** 방관자적이고 현실에 순응하는 인물.
- **6학년 담임** 개혁적 의지를 실천하는 인물로 민주적 절차와 방법을 존중하는 인물.

- **발단**   시골 학교로 전학 온 나는 절대 권력을 지닌 반장 엄석대를 만나게 된다.
- **전개**   나는 엄석대에게 저항한다. 그러나 학우들은 그런 나를 질시하고 배척한다.
- **위기**   나는 엄석대에게 더 이상 저항할 의사가 없음을 보이고 순응하고 동조한다.
- **절정**   6학년 담임은 엄석대 체제의 허구성을 폭로한다. 학급에는 민주적 환경과 새 질서가 회복된다.
- **결말**   사회인으로 성장한 나는 또 다른 현실의 부조리를 느끼며 살던 중, 경찰에게 잡혀 가는 엄석대를 보게 된다.

한계령

양귀자 1987년,《원미동 사람들》

1970년대 도시로 유입된 시골 사람들이 도시 생활에 적응하지 못하고 떠돌이가 되는 모습을 다룬 작품이다. 그들이 고도화된 현실에 대해 부정적 가치관을 지닌 채 나름대로 삶에 적응해 나가는 상황을 통해 옛 추억의 아름다움이 소중하다는 것을 깨닫게 해 준다. 아름답고 간결한 문체로 신선감을 주는 이 작품은 물질 만능의 세상 속에서 주변 인물로 살아가는 소시민들의 삶을 따뜻한 눈으로 유머러스하게 그리고 있다.

 줄거리따라잡기

작가인 나는 갑자기 걸려 온 옛친구의 전화를 받고는 고향 생각을 떠올린다. 전화를 걸어 온 박은자는 전주에서 살 때 철길 옆에 살던 나의 어릴 적 단짝 친구다. 은자네 집은 찐만두 가게를 했다. 어렸을 적부터 노래를 무척 좋아했던 친구였는데, 결국 지금은 밤무대에서 노래를 하고 있다고 했다. 은자는 신문사에서 나의 전화번호를 알아냈다면서 작가인 나를 퍽 자랑스러워했다. 그리고 자기는 부천에서 멀지 않은 밤무대에서 일하니까 9시쯤 되어 놀러 오라고 했다. 그러나 나는 가지는 못하고 고향 생각에 잠긴다.

나에게는 큰오빠가 있는데, 그 오빠는 어린 시절 우리의 든든한 버팀목이었다. 네 명의 오빠와 나, 그리고 여동생은 그 오빠 덕분에 어느 정도 자리를 잡고 살고 있다. 큰 오빠는 한 달에 한 번 있는 아버지 추도 예배를 소홀히 하는 동생들을 섭섭해하기도 했다.

그 후 두세 번 전화로 전해 오는 은자의 소식. 은자는 이곳저곳 전전하다가 지금은 밤무대 가수 미나 박이 되었다고 하며 제법 돈을 모아 곧 신사동에 카페를 하나 개업하게 되었다고 한다. 결국 나는 나이트클럽으로 미나 박을 찾아간다. 그러나 어디서 많이 들은 듯한 노래에 흠뻑 취해 있다가 그냥 돌아오고 만다. 집에 와서야 그 노래가 양희은의 노래 '한계령'이라는 것을 알게 된다. 그리고 그 나이트클럽에서 노래를 부른 가수가 바로 나의 친구 미나 박이란 사실을 확신한다.

구조 분석

- **갈래** 단편소설. 순수소설.
- **시점** 1인칭 주인공 시점(관찰자 시점도 혼재되어 있음)
- **배경** 시간 배경은 1980년대, 공간 배경은 서울과 부천 일대.
- **주제** 과거의 소중한 기억들을 간직하고픈 소시민적 삶의 일상과 작은 소망.

등장인물

- **나** 주인공이자 서술자. 어느 정도 이름이 알려진 작가.
- **박은자** 주인공의 어린 시절 친구. 갖은 고생 끝에 밤무대 가수 미나 박이 되어 있는 인물. 작가인 나를 무척 만나고 싶어한다.
- **큰오빠** 주인공의 큰오빠. 어린 몸으로 가장 노릇을 충실히 하는 인물.

플롯

- **발단** 나는 옛친구 은자의 전화를 받는다. 은자는 자신이 밤무대 가수로 일하는 나이트클럽으로 오라고 요청한다.
- **전개** 나는 어린 시절 은자와의 기억을 떠올린다. 그래서 옛친구 은자를 만나고 싶은

생각이 들었다. 그러나 나는 은자를 만나러 가는 것을 자꾸 주저하게 된다.

■ **위기**　고향에서는 착실하고 빈틈없이 가족을 부양해 온 큰오빠가 자꾸만 무너지고 있다는 소식이 들려오고, 나는 은자를 찾아가는 일 때문에 안절부절못한다.

■ **절정**　마침내 나이트클럽에 찾아간 나는 '한계령'이라는 노래를 듣고 큰 감동을 받는다. 나는 그 노래를 부른 가수가 은자일 것이라는 확신을 한다.

■ **결말**　며칠 후 다시 은자에게서 전화가 걸려 온다. 은자는 나의 무심함을 탓하면서 자신이 새로 개업하는 카페에 꼭 들러 줄 것을 다짐한다.

이 작품은 1980년대를 배경으로, 이데올로기의 문제와 그것에서 비롯된 고문과 폭력, 이것 때문에 발생하는 정신적 상처를 그리고 있다. 월북한 큰아버지를 둔 오기섭이라는 인물이 우연히 수사기관에 납치되는 사건을 중심으로 전개된다. 일상적인 평범한 소시민의 삶을 살고 있는 오기섭은 붉은 방에서 자신과는 무관한 것이라고 생각해 온 모진 취조와 고문을 받으며, 자신의 고통과 불행의 근원을 절망적으로 더듬고 있는 것이다. 오기섭이 취조와 고문을 받고 있는 '붉은 방'은 분단으로 인한 역사적 상흔(傷痕)과 폭력이 횡행하는 공간을 상징하는 곳이다.

 ## 줄거리따라잡기

나(오기섭)는 여느 때와 다름없이 출근하려고 길을 나섰다. 그런데 길모퉁이를 도는 순간 두 사내가 내 이름을 확인하더니 나를 강제로 차에 태웠다. 분명히 뭔가 착오가 일어난 것이었다.

나(최달식)는 며칠 만에 집에 들어갔다. 아들은 자기 방에 냄새가 난다며 들어가지 못하겠다고 했다. 노망 든 어머니가 손자 방에서 일을 본 것이다. 인민군이 떠나간 뒤 아버지는 인민군에 가담했던 두 사내를 할아버지, 백부와 숙부 가족을 죽인 원수라며 내 눈 앞에서 직접 쏘았다.

나(오기섭)는 경찰서에서 도대체 무슨 일이냐고 물었다. 사내는 이상준이 잡혔다며 더 이상 시치미를 떼지 말라고 다그친다. 나는 수배 중이라는 그를 1주일쯤 재워 준 일밖에 없었다. 나는 눈이 가려진 채 다시 차에 태워져 교외에 있는 듯한 어느 건물 지하로 끌려갔다. 사면이 붉은 페인

트로 칠해진 방이었다. 사내들은 옷을 벗으라고 명령했고 곧 몽둥이찜질이 시작되었다.

　나(최달식)는 부하들을 내보내고 자백하지 않는 그를 좀더 팼다. 아버지는 가족 외에는 아무도 믿지 말라고 했다. 그는 군대 동기인 서정민의 부탁으로 이상준을 재워 주었다고 말하지만 뻔한 거짓말이다. 옆방에서 서정민의 비명 소리가 들렸다. 나는 그에게 자술서를 쓰게 한 뒤 방을 나왔다.

　나(오기섭)는 지난 가을 서정민의 부탁으로 이상준을 집에 재워 주었지만 이런 곤욕을 치를 줄은 전혀 예상치 못했었다. 사내가 다시 들어와서 내 집이 사회주의자들의 아지트가 아니었느냐며 추궁을 시작했다. 그리고 곧 나는 전기 고문을 당했다. 사내는 월북한 내 큰아버지 이름도 알고 있었다.

　나(최달식)는 어머니가 또 일을 저질렀다는 전화를 받는다. 아버지가 철길에 몸을 던진 것은 결국 도처에 있는 빨갱이들 때문이었다.

　나(오기섭)는 드디어 집에 가도 좋다는 허락을 받는다. 사내는 어느새 존댓말을 쓰고 있다. 차에서 내린 나는 행인에게 오늘이 며칠이냐고 소리를 지른다.

　나(최달식)는 마음을 차분하게 해 주는 붉은 방에 혼자 앉아 하느님께 기도를 드리기 시작한다.

구조 분석

■ **갈래**　중편소설.

- ■ **배경** 시간적 배경은 1980년대 중반, 공간적 배경은 서울에 있는 어느 수사 기관의 비밀 아지트.
- ■ **시점** 복합 시점(두 사람이 번갈아 1인칭 주인공 시점을 구사함).
- ■ **주제** 이데올로기 대립의 역사적 근원과 현실 사이의 대비.

등장인물

- ■ **오기섭** 평범한 고등학교 교사. 수배 중인 친구를 재워 준 일 때문에 출근길에 납치되어 심한 고문을 받는 인물.
- ■ **최달식** 고문 기술자. 스스로는 국가와 민족을 지키는 파수꾼이라는 생각을 하고 있다. 이데올로기 때문에 집안이 몰락한 가족사의 소유자.

플롯

- ■ **발단** 늘 그저 그런 일상생활에 불만을 품은 오기섭은 그런 자신을 한심해하며 버스 정류장으로 간다.
- ■ **전개** 오기섭은 낯선 사내들에게 납치되어 유치장으로 끌려온다. 수배자인 이상준을 재워 주었기 때문이다.
- ■ **위기** 빨갱이에게 가정이 파괴된 아픈 상처를 갖고 있는 최달식에게 오기섭은 붉은 방에서 발가벗겨진 채로 고문을 당한다.
- ■ **절정** 오기섭은 결국 고문을 이기지 못하고 그들의 요구대로 자술서를 쓰게 된다.
- ■ **결말** 오기섭의 자술서를 받아 낸 최달식은 붉은 방에 가득하게 서려 있는 신의 은총을 느낀다. 최달식은 악인을 멸망시켜 달라고 하느님께 기도를 드린다.

박완서 1990년,《창작과 비평》

한 가족의 일상적인 삶을 통해 우리 사회가 안고 있는 사회적·민족적 문제
와 그 해결 방안을 모색하고 있는 작품이다. 1980년대 어느 날, 갑자기 주인공의
집에 찾아온 연변의 육촌 동생들로 인해 갈등하게 되는 남편과 아내를 중심으로 이
야기가 전개된다. 작품의 말미에서 주인공은 아내가 연변에서 온 동생네 식구들을
못마땅해 한 것이 운동권인 둘째 아들 때문이라는 사실을 깨닫게 된다. 작가는 이
러한 상황 설정을 통해 분단과 이념의 대립으로 인한 민족적 갈등의 문제와 남한의
내부적인 갈등의 문제가 별개의 것이 아니라는 점을 지적하고, 이를 통해 민족적·
사회적 화합의 지혜를 모색하고 있다.

 줄거리따라잡기

남궁씨는 갑자기 친구가 운영하던 조그만 회사를 맡는다. 남궁씨는 그
회사의 고용 사장으로 취임해서 5년 만에 안정적인 회사로 만들어 놓는
다. 그러나 회사가 안정되자, 그 친구의 아들이 회사를 경영하겠다면서
퇴직을 강요한다. 남궁씨는 친구의 아들이 퇴직을 위로한답시고 보내 준
두 달 남짓의 외국 여행을 마치고 집으로 돌아온다. 이때 집에는 예전에
독립 운동을 하러 만주로 간 증조부의 자손인, 연변에 사는 육촌 동생과
그의 가족들이 와 있었다. 그들은 한약재를 팔아 달라고 부탁한다. 아내
는 이들을 못마땅하게 여긴다. 그러나 남궁씨는 이들이 가져온 약재를 친
구의 아들에게 부탁한다. 그 친구의 아들은 남궁씨를 회사에서 몰아 내는
것이 미안해서 그 약재들을 사 준다. 동생네 식구들이 떠난 뒤 아내가 운

동권인 둘째 아들 현이 이야기를 하면서 운다. 남궁씨는 이러한 아내의 모습을 보면서, 아내가 연변에서 온 동생네 식구들을 못마땅해 한 이유를 깨닫는다.

구조 분석

- **갈래** 단편소설.
- **배경** 시간적 배경은 1980년대, 공간적 배경은 서울.
- **시점** 3인칭 전지적 작가 시점.
- **주제** 우리 역사 속에서의 민족적 · 사회적 갈등의 문제와 그 화합.

등장인물

- **남궁씨** 주인공. 성격은 소극적이지만 늘 양심적으로 따뜻한 심성을 지닌 소시민.
- **어머니** 남궁씨의 어머니. 우황청심환을 준비하지 않은 자식들을 나무라며 돌아가셨다.
- **아내** 남궁씨보다는 현실적인 인물. 연변 친척들의 궁상스런 모습을 싫어하는데, 나중에 그 이유가 밝혀진다.
- **연변 친척** 남궁씨의 육촌. 우황청심환으로 큰돈을 벌어 보려고 한국에 온다.
- **노파** 남궁씨 비행기 옆 좌석에 앉았던 할머니. 효자 아들을 두었다고 으스댄다.

플롯

- **발단** 파리에서 오는 서울행 비행기에 타고 있는 남궁씨는 옆 좌석에 탄 노파 때문에 시달린다.
- **전개** 옆 좌석 노파 때문에 남궁씨는 우황청심환에 얽힌 가슴 아픈 사건을 떠올린다. 그의 어머니는 자기를 위해 우황청심환 하나 준비해 놓지 않았느냐면서 자식 가슴에 못을 박고 세상을 뜨셨었다.
- **위기** 남궁씨가 서울에 도착하니 아내는 연변 친척들이 왔음을 알려 주었다. 그리고

그들이 우황청심환을 팔기 위해 잔뜩 가지고 왔다고 했다.

- ■ **절정** 남궁씨는 자신의 사업을 가로챈 친구 아들에게 우황청심환을 사도록 한다. 남궁 씨는 매일같이 연변 친척들이 가지고 온 한약재 파는 일을 돕지만 그런 남편을 아내는 웬일인지 싫어한다.

- ■ **결말** 연변 친척들은 한약재를 다 팔고 난 후 중국으로 돌아갔다. 아내는 그들을 미워한 이유가 운동권인 아들 때문이었다고 말한다.

이 작품은 나의 친구인 유씨 성을 가진 인물의 일대기이다. 이 작품에 등장하는 유재필이라는 인물은 삭막해져 가는 현대 사회에서는 극히 보기 드물 정도로 심성이 착하고 남을 위해서 항상 자신을 희생하는 인물이다. 작가는 이런 사람의 삶을 통해 현대 사회의 개인주의와 물신주의 풍토를 비판하려고 한 것이다. 특히 이 작품은 '전(傳)'이라는 양식의 사용과 함께 풍부한 사투리의 구사를 통해 향토적인 정서를 진하게 풍기고, 우스꽝스러운 인물의 형상화를 통해 현대인의 삶의 태도를 풍자하고 비판하고 있다.

줄거리따라잡기

작가인 나에게는 유재필이라는 친구가 있다. 그는 심성이 곱고 착실한 사람이어서 나에게 많은 도움을 주었다. 그 친구는 남에게 의존하는 것을 싫어하고 잘난 척하는 사람들을 싫어한다. 반면 그는 남의 아픔을 이해하고 감싸 주려고 한다. 하지만 이런 친구는 사실 현대 사회에 잘 맞지 않아 세상살이를 힘들게 하는 면도 많이 있다. 그 친구는 항상 자신의 힘이 닿는 데까지 남을 도우려 하며 부정한 방식으로 세상을 살아가려고 하지 않는다. 그 친구는 자신의 몸을 돌보지 않으면서까지 가난한 사람들을 도우려다 결국 죽고 만다. 부정과 요령으로 가득 찬 세상에서 자신의 삶에 철학을 갖고 떳떳하게 살다 간 그 친구야말로 우리 모두가 기려야 할 인물이기에, 그를 기리는 마음으로 '전(傳)'을 쓰는 것이다.

유자소전

이문구 1991년,《창작과 비평》

구조 분석

- **갈래** 단편소설. 실명소설.
- **배경** 시간 배경은 6·25때부터 1987년까지, 공간 배경은 어린 시절의 시골과 청년 이후에는 서울.
- **시점** 1인칭 관찰자 시점.
- **주제** 부와 사치에 젖은 현대인들의 삶의 자세 비판.

등장인물

- **유자** 유재필. 화자인 나의 어린 시절 친구. 배움은 짧지만 입담이 좋고 사교성이 좋은 인물. 암으로 일찍 세상을 뜬다.
- **나(이문구)** 화자이자 주인공. 무명의 소설가로 등장한다. 유자를 관찰자의 눈으로 서술하는 인물.
- **총수** 재벌 그룹의 총수. 유자를 운전사로 고용한다. 그러나 유자를 노선상무로 좌천시키는 위선적인 인물.

플롯

- **발단** 유자는 나의 친구이다. 홍성에서 태어나 현재 서울에 살고 있는 보통 사람이라는 사실을 소개한다.
- **전개** 어린 시절 유자의 모습을 소개한다. 유자는 군대에서는 가짜 도사 노릇, 제대 후 상경해서는 재벌 총수의 운전사로 취직한다.
- **위기** 처음에는 총수의 신임을 받고 안정적인 생활을 하던 유자는 나를 만나서 총수의 위선적인 모습에 회의를 느끼게 된다. 결국 유자는 운전사 자리에서 쫓겨난다.
- **절정** 유자는 노선상무로서 능력을 유감없이 발휘한다. 그러면서도 자신의 주머니를 털어 피해자 가족을 돕곤 해서 칭찬을 받는다.
- **결말** 유자는 문인들과도 폭넓은 교류를 한다. 6·29 선언이 일어날 무렵에는 병원 원무실장으로 있으면서 부상당한 사람들을 많이 치료해 준다. 그러나 갑자기 간암에 걸려 세상을 뜬다.

신문 기자인 나와 에어로빅 강사인 서미혜, 그리고 영화 '자전거 도둑'이 현재–과거–현재로 이어지면서, 그 속에서 발생한 유년기의 내면적 상처를 중심으로 이야기가 전개되고 있는 작품이다. 이 작품 제목과 같은 이름의 이탈리아 영화 속의 상황은 나에게 하나의 아픈 기억을 불러일으키는데, 혹부리 영감에게 수모를 당하던 무능한 아버지에 대한 기억이 영화 속의 상황과 같은 모습으로 나타나기 때문이다. 서미혜 역시 영화 속에서 자전거를 훔친 범행이 발각되자 간질을 일으키는 젊은 청년과 간질 환자였던 오빠를 동일시하면서 그의 죽음에 대한 자책감에 젖는다.

줄거리따라잡기

　나(김승호)는 어느 날, 나의 자전거를 누군가가 훔쳐 타고 있다는 사실을 발견한다. 끈질긴 추적 끝에 범인을 잡지만, 범인이 바로 나의 아파트 위층에 사는 에어로빅 강사 서미혜임을 알게 된다. 그래서 오히려 나는 서미혜가 왜 나의 자전거를 훔쳐 타는지에 대해 호기심을 갖게 된다. 나는 이탈리아 영화 '자전거 도둑'의 안토니아 리치를 보면서 아버지에 대한 기억을 떠올리는데, 아버지는 소주 두 병 때문에 내 앞에서 혹부리 영감에게 수모를 당했었다. 한편 나는 자전거 도둑인 서미혜를 만나고, 그의 집에 가서 함께 영화 '자전거 도둑'을 보면서 옛 기억에 다시 잠긴다. 나는 아버지가 수모당한 것을 본 후 하수구를 통해 혹부리 영감의 가게에 침입하여 엉망진창을 만들어 놓고 똥까지 싸 놓는다. 이 충격으로 얼마

지나지 않아 혹부리 영감은 죽는다. 서미혜는 나에게 오빠에 관한 이야기를 한다. 서미혜 오빠는 간질병 환자이며, 그에게 밥을 주지 않아 얼마 후 죽었다는 것이다. 그 후 나는 서미혜가 나의 자전거가 아닌 다른 사람의 자전거를 타고 있음을 확인한다.

구조 분석

- **갈래** 단편소설.
- **배경** 시간적 배경은 현대, 공간적 배경은 아파트가 있는 어느 도시.
- **시점** 1인칭 주인공 시점.
- **주제** 유년기 내면의 상처.

등장인물

- **나(김승호)** 신문 기자. 어릴 적에 아버지에게서 상처를 받은 인물. 아버지와 자기 자신을 영화 '자전거 도둑'의 등장인물과 같다고 생각한다.
- **서미혜** 에어로빅 강사. 어릴 적 오빠에 대한 상처를 지닌 여인. 자기 때문에 간질 환자였던 오빠가 죽었다고 자책한다.

플롯

- **발단** 나는 자전거 도둑이 위층에 사는 에어로빅 강사 서미혜임을 알게 된다.
- **전개** 영화 '자전거 도둑'을 보면서 나는 유년기를 회상한다.
- **위기** 아버지에게 수모를 안겨 준 혹부리 영감을 죽음에 이르게 한다.
- **절정** 서미혜는 간질병에 걸린 오빠를 죽게 만든다.
- **결말** 서미혜는 다른 자전거를 훔친다.

작가가 16세 때 구로공단 여공으로 취직해서 일할 때의 이야기를 담담하게, 아주 아름다운 문장으로 쓰고 있는 작품이다. 눈에 띄는 특별한 줄거리는 없다. 눈물이 나는 사랑 타령도 아니다. 그렇다고 세상을 구해 낸 영웅 이야기도 아니다. 결코 재미있고 흥미있는 이야기는 아니다. 작가는 이 작품에서 1980년대 초반의 이야기를 그리고 있다. 그러나 그 당시 있었던 수많은 데모와 노동자 탄압에 대한 이야기를 쓰면서도 그에 대한 비판이나 저항 의지 같은 것은 보여 주지 않는다. 주인공은 데모도 하지 않고 임금 인상 투쟁도 하지 않는다. 그저 데모하는 셋째 오빠를 사랑의 눈으로 애처롭게 바라보고 자기를 끔찍하게 아끼는 큰오빠의 지친 삶도 담담하게 그려 나간다. 그 주위의 동료들의 투쟁을 남의 이야기하듯 툭툭 던진다. 그런데 그게 아주 절실하게 다가온다.

줄거리따라잡기

　　첫 번째 장편소설을 출판한 무렵 나는 영등포여고 산업체 특별학급에서 함께 공부를 했던 친구 하계숙의 전화를 받는다. 그녀는 왜 여고 시절 이야기를 쓰지 않느냐고 묻는다. 그녀의 전화를 받은 후 나는 까닭을 알 수 없는 가슴앓이를 한다. 며칠 후 나는 제주도로 떠나 16년 전 나를 떠올리기 시작한다.

　　박정희 정권 말기인 1978년, 나는 시골에서 올라와 구로공단의 작은 단칸방에 큰오빠와 함께 살게 된다. 나는 구로공단 공장에 취업해 산업체 특별학급에 입학하게 된다. 우리가 살던 단칸방은 몹시 좁았는데, 대학생이 된 셋째 오빠까지 합류했으므로 나는 가끔 이웃에 사는 희재 언니 신세를 지곤 했다. 나의 외딴 방 옆에 사는 희재 언니와 나는 같은 학교에 다녔고 나는 왠지 그녀가 좋았다. 내가 다니는 회사는 노조와 회사 사이에 갈등이 깊어지자 나와 외사촌은 우리를 도와준 노조 언니들을 배신하고 결국 노조에서 탈퇴하고 만다. 어느 날, 학교에서 도둑으로 몰린 사건 때문에 나는 일주일 동안 학교를 가지 않는다. 담임선생님이 단칸방으로 찾아오시고 반성문을 쓴 나는 다시 학교를 다니게 된다. 그때 선생님은 반성문을 보시더니 소설을 써 보라며《난장이가 쏘아올린 작은 공》을 주신다. 그 책을 읽은 나는 작가가 되고 싶다는 꿈을 갖는다.

내가 18세가 되었을 때, 희재 언니는 학교를 그만두고 의상실에 취직해 같은 의상실에 근무하던 남자와 동거를 하고 있었다. 큰오빠는 그런 희재 언니를 싫어하여 내가 그 방에 놀러 가는 것을 말린다. 광주 사태가 일어난 그 해, 큰오빠와 셋째 오빠는 크게 싸운다. 나의 남자 친구 창은 광주에서 그 사태를 목격했고, 회사의 노조는 해체되었고 월급은 몇 달씩 밀렸다. 외사촌은 공장을 그만두고 큰오빠 소개로 동사무소에서 일하게 된다. 외사촌은 시골에서 올라온 여동생과 함께 따로 방을 얻어 나갔고 큰오빠마저 충무로 발령이 나자 외딴 방에는 나만 덜렁 남게 된다.

그 무렵 나는 큰오빠의 도움으로 공장을 그만두고 대학입시 공부를 하고 있었다. 그때 동거하던 남자와 헤어진 희재 언니가 자살을 하는 충격적인 사건이 일어난다. 자기 방에서 자살한 희재 언니의 시신을 발견한 나는 너무나 놀라 그 방을 뛰쳐나와 다시는 돌아가지 않는다.

그 후 큰오빠는 취직을 하고 우리는 방 두 칸짜리 집으로 이사를 했다. 나는 대학 문예창작과에 입학해서 작가가 되려고 열심히 글쓰기를 하고

있었다. 세월이 흘러 큰오빠는 결혼을 했고 다시는 그 외딴 방에 갈 일이
없었다.

- **갈래**　장편소설. 자전소설. 액자소설.
- **배경**　시간 배경은 1970년대와 1990년대, 공간 배경은 서울 구로공단이 있던 가리봉
　　　동 일대(과거)와 제주도(현재).
- **시점**　1인칭 주인공 시점.
- **주제**　성장 과정의 자기 고백을 통해 글쓰기에 대한 의미 확인.

등장인물

- **나**　　화자이자 작품의 주인공. 작가 자신.
- **큰오빠**　장남으로서 가족을 책임지기 위해 최선을 다하는 인물.
- **외사촌**　나와 함께 서울 생활을 시작하는 친언니 같은 존재.
- **희재 언니**　나의 외딴 방 이웃에 사는 언니. 내가 친언니처럼 따른다.

플롯

- **발단**　나는 글을 쓰기 위해 제주도로 내려간다.(현재)
- **전개**　열여섯 살 소녀인 나는 외사촌과 함께 상경해서 공장에 다닌다. (현재와 과거가 교
　　　차되지만 주로 과거의 이야기가 전개된다.)
- **위기**　외딴 방에 살며 영등포여고 산업체 특별학급(야간)에 들어가 공부를 시작한다.
　　　외딴 방 이웃에 사는 희재 언니를 사귀게 된다.
- **절정**　남자에게 배신당한 희재 언니가 자살을 한다. 언니의 시신을 발견한 나는 큰 충
　　　격을 받는다.
- **결말**　대학을 졸업하고 작가가 된 나. 나는 여전히 글을 쓸 때마다 희재 언니를 떠올
　　　린다.

감자 먹는 사람들

신경숙 1996년, 《창작과 비평》

작가의 마음을 그대로 그려 놓은 듯한 1인칭 서술자의 독백을 통해 '윤희 언니'라는 대상에게 자기가 살면서 겪은 사건과 그에 대한 느낌을 적은 서간체 형식의 작품이다. 형식은 편지글이지만 두 가지 측면에서 소설적 구성을 갖추었다. 첫째는 윤희 언니를 청자로 하면서도 이야기를 서술하는 당사자가 자신이 겪은 삶의 체험을 스스로 드러내려고 했다는 점, 둘째는 글의 내용상 아버지의 병환, 어머니의 고통 등 가족 구성원의 삶의 경과를 보여 주는 서사적 내용이 전개되고 있다는 점이다. 작가는 윤희 언니라는 상대에게 이야기를 전달하는 형식을 취함으로써, 자신이 겪은 뼈아프고 고통스러운 체험적 사실들을 담담하고도 사실적으로 전달하고 수용할 수 있도록 한 것이다.

줄거리 따라잡기

나는 별로 유명하지 않은 가수이다. 나는 뇌 질환으로 입원 중인 아버지를 간호하면서 윤희 언니에게 편지를 쓴다. 편지 속에는 나의 주변에서 죽음을 둘러싸고 펼쳐지는 여러 가지 사연들이 슬프면서도 담담한 어조로 그려진다. 윤희 언니는 신혼 여섯 달 만에 위암을 앓게 된 남편을 5년 동안 간병하다가 끝내 남편의 임종도 하지 못하고 사별해야 했었다. 소아당뇨를 앓고 있는 세 살짜리 아이를 둔 고향 친구 유순이, 공사장 인부 일을 하다가 굴러 떨어진 목재에 뇌를 맞아 어린아이처럼 되어 버린 막노동꾼의 아내, 무엇보다도 여섯 남매를 남부럽지 않게 키워 놓고도 뇌 질환 때문에 7년 동안이나 투병 중인 아버지와 가족들 간에 얽힌 이야기들이 하나씩 소개된다.

- **갈래** 단편소설. 서간체소설.
- **시점** 1인칭 주인공 시점.
- **배경** 시간 배경은 현대, 공간 배경은 서울로 짐작되는 대도시.
- **주제** 인간이 숙명적으로 지니고 살아가는 슬픔과 고통.

등장인물

- **나** 병든 아버지와 가족들을 부양하며 살아가는 무명 가수.
- **아버지** 불치병으로 입원해 있다. 자식들을 위해 음악에 대한 꿈을 버린 인물.
- **윤희 언니** 나의 편지를 받는 대상. 일찍 남편을 잃고 혼자 살고 있다.

플롯

- **발단** 나는 아버지가 입원한 병실에서 아버지를 돌보는 틈틈이 윤희 언니에게 편지를 쓴다.
- **전개** 불치병으로 입원한 아버지를 간호하면서 나와 가족 관계를 되돌아본다.
- **위기** 나는 아버지의 모습에서 가난했던 과거를 회상하며 병으로 고통받다가 흙으로 돌아갈 아버지의 미래를 상상하지만 그런 아버지의 인생을 이해할 수 없다.
- **절정** 아버지가 병에 걸린 이유를 듣는다. 아버지는 부모를 잃은 후 모진 세월을 오직 자식들의 교육을 위해 모든 것을 견뎌 왔다는 것이다.
- **결말** 비로소 나는 아버지의 삶을 이해하게 된다.

혼불

최명희 1996년, 《동아일보》

　이 작품은 일제 강점기 시대를 배경으로 청상과부인 청암 부인의 곡절 많은 삶과 그 자손, 식솔, 주변인들이 겪게 되는 생활사를 민족사적으로 승화시킨 대하 소설이다. 그래서 일제 시대를 살아가는 지식인들의 고뇌와 투쟁도 있고, 한 가문의 종손으로서 느끼는 책임감과 압박감, 사랑해서는 안 될 이를 사랑하는 죄의식으로 파탄에 이르는 삶, 여자이기에 지켜야만 했던 풀리지 않는 한, 천한 신분의 사람들이 가졌던 원한과 회의가 그대로 담겨져 있다. 삶의 가치가 물질로 평가되는 현대의 풍조에 비추어 볼 때 이 작품은 어쩌면 반동적인 주제를 담고 있는지도 모른다. 이 작품은 시대가 요구하는 물질적이고 가시적인 가치보다는 눈에 보이지 않는 정신적 가치를 숭고하게 여기고, 이를 소중히 하라고 나지막하지만 존재의 깊숙한 곳을 울리는 혼의 목소리로 말하고 있기 때문이다.

줄거리따라잡기

　1930년대 말, 전라북도 남원 지방의 양반촌인 매안 마을에는 상민들이 사는 '거멍굴'이 있다. 이 마을의 상민들은 이씨 문중의 땅을 부치며 살아간다. 매안 마을의 실질적인 권력자는 이씨 문중의 종부宗婦 청암 부인이다. 청암 부인은 전라도 남원 땅 매안 마을의 청상과부로 여자의 넋 속에 대장부의 경륜과 기개를 지니고 있다. 청암 부인은 몰락한 시댁을 일으켜 세우고 스스로 기둥이 된 인물이다. 이기채는 청암의 양자로서, 율촌댁을 아내로 맞는다. 이강모는 이 부부의 아들이고 청암의 손자이다. 이강모는 대실 마을 처녀 허효원에게 장가들었지만 마음속의 그리움은

작품해설
257

사촌 누이동생 강실에게 있다. 강모는 젊은 아내 효원의 몸을 처녀인 채로 내버려 둔다. 효원은 달의 정기를 빨아들여 아들 낳기를 기원하였다. 청암 부인이 세상을 떠나자 효원은 청암의 혼불을 빨아들여 종부宗婦의 대를 잇는다. 여자들이 버티는 세상이었다.

강모는 어려서 죽은 친형 강수의 명혼冥婚 굿이 벌어지던 밤에 사촌 누이동생 강실을 풀밭에 쓰러뜨린다. 그리고 곧바로 집으로 돌아와 처음으로 아내 효원의 몸을 범한다. 효원은 이때 임신한다. 강모는 패륜과 방탕을 거듭한다. 일본 기생 오유끼와 살림을 차리고 직장의 공금을 횡령해서 파면당한다. 강모는 사회주의자인 사촌형 강태를 따라서 만주를 방랑한다.

거멍굴은 이 양반 마을의 외곽에 자리잡은 민촌民村이다. 거멍굴의 상민 춘복이는 양반 자식을 낳기 위해 달의 정기를 빨아들인다. 춘복이는 강모가 버리고 간 양반집 딸 강실을 강간한다. 강실은 춘복의 씨를 밴다. 거멍굴 무당 백단이 부부는 청암 부인의 묘를 파헤치고 그 자리에 제 아비의 백골을 투장한다. 오래된 삶의 자리가 무너져 가는데, 장손인 강모는 만주로 가서 소식이 없다. 효원은 아비 없는 아들을 낳아서 핏덩이를 기르고, 강실의 뱃속에서는 천민의 씨가 자라고 있는데, 만주로 간 강모와 이 아기들의 뒷이야기를 알 길이 없다. 소설은 미완성이다. 작가는 거기까지 쓰고 그만 세상을 하직하고 말았다.

작가는 《혼불》 완간 4개월을 앞두고 난소암에 걸린 것을 알게 된다. 그러나 이 사실을 주변에 알리지 않고 죽는 날까지 집필에 매달려 1996년 12월, 마침내 고된 장정을 끝낸다. 그 후에도 작가는 "아직도 할 얘기가

많이 남아 있다"며 끊임없이 글쓰기를 소망했으나 이루지 못하고 1998년
12월에 임종한다.

구조 분석

- **갈래**   대하소설.
- **배경**   시간 배경은 1930년대부터 1940년대까지, 공간 배경은 전라북도 남원 근처.
- **시점**   전지적 작가 시점.
- **주제**   이씨 가문 삼대의 굴곡진 삶을 통해 드러나는 우리 민족의 얼과 혼.

등장인물

- **청암 부인**   주인공. 이씨 가문의 종부. 결혼한 지 1년 만에 청상과부가 됨. 가문을 보
  전하기 위해 이기채를 양자로 들임.
- **이기채**   청암 부인의 시동생인 이병의의 장남. 청암 부인의 양자가 되어 가문을 이음.
- **강모**   이기채가 낳은 아들. 청암 부인의 손자. 이씨 가문의 종손이다.
- **강실**   강모의 사촌 누이동생.
- **강태**   강모의 사촌형.
- **허효원**   강모의 아내. 청암 부인의 뒤를 이어 이씨 가문의 종부가 되는 여인.
- **춘복**   이씨 가문의 종살이를 하던 상놈 신분이지만 강실을 겁탈하는 인물.

플롯

전 10권의 방대한 대하 장편소설이므로 소설의 일반적인 구성 단계로 구분할 수는 없다.
그래서 각 부의 제목만을 소개한다.
- **제1부**   흔들리는 바람
- **제2부**   평토제
- **제3부**   아소, 님하
- **제4부**   꽃심을 지닌 땅
- **제5부**   거기서는 사람들이

바닷가를 낀 한적한 농촌에서 살아가는 소년 훈필이의 봄, 열세 살 먹은 소년의 꿈과 짝사랑, 좌절과 가출 등을 봄바람이라는 매개를 통해 차분하게 그려 낸 작품이다. 그러므로 이 소설 곳곳에 불어 대는 봄바람은 소년의 갈팡질팡하는 속내를 상징하고 있다. 작품 속에는 '가출'을 통해 주인공이 세상에 차츰 눈을 떠 가는 모습과 그 과정에서 겪는 인물의 내면 풍경이 잘 나타나 있다. 이 작품의 주요 배경으로 등장하고 있는 '섬'과 '항구'는 중요한 상징이다. 전자의 공간(섬)이 소년의 안정된 유년의 삶을 나타낸다면, 후자의 공간(항구)은 성인이 된 주인공이 살아가야 할 각박한 현실의 삶을 나타낸다고 할 수 있다. 이러한 공간적 배경을 설정한 것은 자기만의 세계에 머물렀던 인물이 점차 어른으로 성장하면서 세계에 눈을 떠 가며 겪게 되는 정신적 갈등과 인간적 성숙의 과정을 보여 주기 위한 장치이다.

줄거리따라잡기

　　주인공 훈필이는 진도에 사는 섬 소년이다. 뼈빠지게 일해도 입에 풀칠하기도 힘든 농사꾼의 아들이다. 훈필이는 육지에 대한 막연한 동경을 가지고 있다. 특히 봄바람과 함께 찾아오는 마을 누나, 형들의 가출은 훈필이 또래 아이들에게는 선망의 대상이다. 그러나 가출했다가 실패하여 돌아오는 그들의 모습을 볼 때는 두려움의 대상이기도 하다. 훈필이네는 찢어지게 가난했다. 그래서 중학교에도 진학할 수 없는 형편이다. 그래도 훈필이는 고등학교라도 다녀서 가난한 농사꾼에서 벗어나기를 원하는 아버지의 뜻에 따라 학비 마련을 위해 염소를 키우기 시작한다. 그러나 중

봄바람

박상률 1997년,《봄바람》

학생이 되려던 훈필의 꿈은 염소가 죽음으로써 위기를 맞는다. 물론 염소의 죽음만이 훈필이의 가출을 부추긴 것은 아니다. 훈필이는 짝사랑하는 은주라는 소녀 때문에 열병을 앓는다. 하지만 훈필이가 온갖 정성과 노력을 기울여도 은주에게서는 별다른 반응이 없다. 짝사랑에 지친 훈필이는 서울에서 전학 온 서울 가시나에게 마음이 끌린다. 그러나 은주에 대한 첫사랑의 미련을 끝내 버리지 못한다. 더구나 애지중지하던 염소마저 죽어 버리자 끝없는 절망감을 느낀다. 마침내 훈필이는 아무런 희망도 없는 시골을 벗어나 뭍으로 나가 성공을 해서 돌아올 생각으로 가출을 한다. 하지만 훈필이는 집에서 몰래 갖고 나온 돈을 몽땅 소매치기당하고 만다. 현실은 어린 소년에게 너무 냉혹했다. 가출은 배고픔과 굶주림으로 3일 만에 어이없이 실패하고 만다. 그러나 그 과정을 통해 소년 훈필은 비로소 세상에 눈을 뜨는 것이다.

구조 분석

- **갈래** 장편소설. 성장소설.
- **시점** 1인칭 주인공 시점.
- **배경** 시간 배경은 현대, 공간 배경은 진도와 목포.
- **주제** 어느 섬 마을 소년의 꿈과 좌절.

등장인물

- **훈필(나)** 주인공. 초등학교 6학년생이고 열세 살이다. 소극적인 성격이지만 자아가 강하고 꿈이 큰 소년.
- **은주** 훈필이가 좋아하는 여자 친구. 속으로는 훈필을 좋아하지만 겉으로 표현하지는

않는다.

- **서울 아이**   서울에서 전학 온 여학생. 쾌활, 발랄, 명랑하다. 은주와 대조적인 성격이다. 훈필에 대해 호감을 갖고 있다.
- **할머니**   훈필이가 가출했을 때 도와주는 고마운 할머니.
- **할머니의 딸**   항구 근처에서 식당을 하는 여인. 훈필이 집으로 돌아가도록 돕는 인정 많은 인물.
- **꽃치**   거지. 동냥하러 다닐 때 꽃을 들고 다닌다고 해서 별명이 꽃치이다.

플롯

- **발단**   봄바람이 불어온다. 봄바람이 불기 시작하면 항상 꽃치가 부르는 노랫소리도 들려온다.
- **전개**   나는 은주를 좋아한다. 아버지는 나에게 염소를 한 마리 사 주셨다. 중학교 갈 돈을 마련하려면 열심히 염소를 키우라고 하신다. 나는 이다음에 은주랑 결혼해서 염소 목장을 할 꿈을 꾼다. 그러나 은주는 나를 좋아하는지 어떤지 별 반응이 없다.
- **위기**   내가 서울 아이에게 꽃다발을 준 일로 말미암아 은주가 나와 말을 하지 않게 되고, 기르던 염소가 죽어 버린다. 절망한 나는 성공해서 돌아오겠다는 편지를 써 놓고 가출을 한다.
- **절정**   나는 인정 많은 할머니의 도움으로 목포로 가는 배를 얻어 탄다. 그러나 목포역에서 가지고 있던 돈을 모두 잃어버린다.
- **결말**   나는 할머니와 식당을 하는 할머니 딸의 도움으로 간신히 집으로 돌아와 다시 예전과 같은 생활을 시작한다.

오렌지맛
오렌지

성석제 1997년,《재미나는 인생》

인생의 한 단면을 보여 주는 재미있는 콩트 작품이다. 이 작품은 웃음의 세계
를 보여 준다. 이 웃음은 조롱이나 냉소 같은 차가운 웃음이 아니다. 가벼운 웃음이
고, 근본적으로 인간에 대한 애정이 담긴 따뜻한 웃음이다. 웃음이 삶의 활력소가
된다는 점을 잘 보여 주고 있다.

 ## 줄거리따라잡기

비읍은 편집부에 새로 들어온 신참치고는 아는 게 많았다. 그런데 그
가 아는 건 조금씩 틀렸다는 데 문제가 있었다. 그러나 그는 자신이 틀렸
다는 걸 인정하기보다는 사전이나 그 사전을 끼고 십 년 이상 먹고 살아
온 우리를 의심하는 쪽을 택해서 우리의 심기를 불편하게 했다. 그래서
우리는 그가 실수를 할 때마다 그의 별명을 실수를 상징하는 말로 바꾸어
줌으로써 복수를 했다. 가령 이런 식이다.

"비읍 씨, 일 안 하고 아침부터 거기서 뭐해요?"

"차장님, 저 문방구 앞에 우산 들고 있는 아가씨 다리 참 죽여 줍니다.
가히 뇌쇄적이군요."

"비읍 씨, 이거 비읍 씨가 교정 본 거죠? 그렇게 뇌쇄 좋아하면 쇄도殺
到를 살도殺到라고 하지 왜 그냥 놔 뒀어요?"

"하하하, 리을 선배님. 선배님 다리 역시 뇌쇄적이지만 저 아가씨는 춘
추가 선배님 연치年齒에 비해 방년 이십 세는 적어 보이고 따라서 또 뭐냐,
원스 어폰 어 타임 투기는 칠거지악七去之惡으로……."

작품해설
263

"지금 도대체 무슨 헛소리를 하고 있는 거얏!"

그 다음부터 한동안 그의 별명은 살도가 되었다. 한동안이란 그로부터 한 달 뒤 '흥미율율' 사건이 터지기까지.

(중간 생략)

어지간하면 질릴 법도 하련만 비읍은 천하태평이었다.

"이거 사방에 적군의 노래뿐이니 완전히 사면초가四面楚歌일세. 오호통재嗚呼痛哉라."

"비읍 씨. 하나 물어볼 게 있는데 말이에요. 사면초가에서 왜 적군이 초가를 불러요?"

"역시 리을 선배님은 여자라서 역사는 잘 모르시누만. 그게 말임다. 항우가 적벽 대전에서 유방에게 포위가 됐는데 말임다."

"적벽이 아니라 해하垓下겠지."

"차장님, 적벽이나 해하나 그게 중요한 게 아니고 말임다. 한나라 군사가 초나라를 포위하고 오래 있다가 보니까네 초나라 유행가를 다 배웠다는 겁다. 항우가 듣다가 그 노래가 너무 슬퍼서 아, 졌다 하고 자살을 했단 말임다."

"한나라 군사가 초나라 노래를 불러 줬다구?"

"그쵸. 그게 장량의 작전이었다 이 말임다. 아, 근데 차장님은 한참 이야기가 흥미율율할 만하면 꼭 초를 치십니까, 그래?"

"흥미, 뭐?"

"또 초 치셔."

"비읍 씨. 나도 못 들었어요. 흥미 뭐라고 했어요?"

"아, 율율!"

"율율?"

"율! 율! 왜욧!"

흥미진진興味津津을 흥미율율興味律律로 우기는 바람에, 바라던 '야구' 말고 '율율'이라는 별명을 얻은 그가 한동안 자중自重을 하는 듯하더니 문득 결혼을 했다. 편집부에서 집들이 차 그의 집을 가면서 오렌지 주스를 샀다.

"이봐. 거 뭐 마실 것 좀 내오지."

결혼한 지 한 달도 되지 않았는데 비읍은 십 년 넘게 마누라를 호령하며 살아온 사람처럼 굴었다. 그렇게 하지 않으면 체면이 깎이기라도 하는 것처럼. 안타깝게도 그의 부인 역시 십 년 넘게 살림을 해 와 살림에 이골이 난 여인네 같은 몸뻬 차림으로 나타나 홍분紅粉의 아리따운 새댁을 보러 갔던 사람들의 기대를 꺾었다. 그리고 그 부인이 내온 음료수가 비읍에게 새로운 별명을 선사했다.

"내가 산 건 백 퍼센트 천연 무가당 오렌지 주스였단 말야. 그런데 그게 언제 오렌지 맛 음료로 바뀌었는지 모르겠어. 정말 환상적인 부부야."

일동은 그의 집을 빠져나오는 순간부터 그를 당분간 '오렌지 맛'이라고 부르기로 만장일치로 합의했다. (이하 생략)

구조 분석

■ **갈래** 장편掌篇소설. 콩트.
■ **시점** 작가 관찰자 시점
■ **배경** 시간 배경은 현대, 공간 배경은 어느 출판사 편집부와 비읍의 집.

■ **주제** 부정확한 지식을 맹신하고 살아가는 현대인의 삶.

등장인물

■ **비읍** 다소 모자라는 듯한, 잘못된 지식을 믿고 있는 해학적 인물. 무엇이든 건성으로 기억하며 대충 알고 있으면서도 틈만 나면 자신의 유식함을 자랑하려 드는 인물.

■ **리을** 비읍의 실수를 꼬집어 내는 출판사 동료. 비읍의 관찰자.

■ **비읍의 아내** 부창부수夫唱婦隨라고나 할까, 비읍의 아내로서 손색이 없는 여인.

플롯

■ **발단** 비읍이 편집부에 입사한다.

■ **전개** 계속되는 비읍의 실수. 그러나 실수를 인정하지 않기 때문에 비읍은 편집부 동료들에게서 놀림을 받는다.

■ **위기** 비읍이 집들이로 동료들을 초청한다.

■ **절정** 편집부 동료들은 오렌지 주스를 사들고 갔으나 비읍의 아내는 오렌지 맛 음료를 대접한다.

■ **결말** 편집부 사람들은 비읍의 별명을 '오렌지 맛'으로 고쳐 부른다.

박완서 1998년, 《너무도 쓸쓸한 당신》

이 작품은 만득이와 곱단이를 통해 시대적 아픔으로 이루어질 수 없었던 사랑을 형상화하는 한편, 일제의 수탈 정책과 국토의 분단이라는 우리 민족의 수난과 고통을 인식하려는 사회적 메시지를 담고 있다. 작가의 주제 의식은 결말 부분에서 만득이의 말을 통해 드러나고 있다. 작가는 강제 징용과 정신대 징발을 비롯한 일제의 수탈 정책으로 인한 비극, 국토 분단으로 인한 비극을 호소하고자 하였다.

 줄거리따라잡기

일제 시대 행촌리 마을에서 만득이와 곱단이는 마을 사람들의 기대를 등에 업은 채 서로 사랑을 확인하고 각별한 사이로 발전한다. 그 무렵, 일제의 강제 징병과 정신대 징발 정책이 집행되고 만득이는 자신의 미래에 대한 불안감으로 곱단이와 혼인하기를 거부한 채 징집되어 곱단이와 이별한다. 곱단이는 정신대 징발을 피하기 위해 낯선 중년 남자와 결혼하여 신의주로 간다. 해방이 되어 돌아온 만득이는 이북에 있는 곱단이를 만나지 못하고 순애와 결혼한다. 6·25 전쟁이 끝나자 행촌리마저 북한 땅에 속하게 되고, 만득이와 순애는 서울로 와서 세간을 낸다. 서울에서 열린 고향 군민회 자리에서 나와 다시 만난 순애는 아직도 곱단이를 잊지 못하는 만득이 이야기를 들려주면서 만득이에 대해 서운한 감정을 드러낸다. 그 후 순애는 고혈압으로 죽는다. 만득이에 대한 원망을 털어놓는 나에게 만득은 자신의 삶이 일제의 수탈 정책, 국토의 분단이라는 민족적 수난으로 인한 시련과 고통으로 점철되었음을 강조한다.

- ■ **갈래**   단편소설. 액자소설.
- ■ **배경**   과거(시간 배경은 일제 말기, 공간 배경은 행촌리)와 현재(시간 배경은 1998년경, 공간 배경은 서울).
- ■ **시점**   1인칭 주인공 시점(부분적으로 전지적 작가 시점).
- ■ **주제**   일제의 폭력주의와 분단이라는 시대 상황 때문에 파괴된 개인의 삶에 대한 고발.

등장인물

- ■ **나**   화자이자 서술자. 여성 작가. 주인공의 삶의 역정을 지켜보고 그 삶에 대하여 애정과 관심을 가지고 있는 인물.
- ■ **만득**   내부 이야기의 주인공. 곱단이를 지극히 사랑하며 분단의 비극과 일제의 만행에 대해 한을 품고 분노를 드러내는 인물.
- ■ **곱단**   내부 이야기의 여자 주인공. 만득을 사랑하지만 딴 곳으로 시집가야 했던 역사적 상황의 희생자가 되는 여인.
- ■ **순애**   만득의 아내. 남편이 곱단이를 못 잊는다는 생각으로 한평생 고통받는다.

플롯

발단-전개-위기-절정-결말의 5단계로 구성되어 있고 이것은 현재-과거-현재의 역순행적 구성으로 되어 있다.

- ■ 내부 이야기에서는 만득과 곱단의 사랑과 헤어짐을 다루고, 외부 이야기에서는 나의 눈을 통해 본 만득의 이야기를 다룬 액자소설적 구성을 취함.
- ■ 수필적 담화식 서술을 통해 민족의 비극과 그로 인한 개인의 비극적 삶을 반전反轉의 수법으로 형상화하고 있다.

Profile

연대별 주요작가

전영택(1894~1968)

1894년 평양에서 태어나다. 평양 대성중학 3년을 중퇴하고, 일본 아오야마 학원 신학부를 졸업하다. 1919년 단편 〈혜선惠善의 사死〉를 《창조》 창간호에 발표함으로써 작품 활동을 시작하다. 1930년 미국 퍼시픽신학교에 입학하고, 1932년 귀국한 후 목사로 활동하다. 1948년에는 중앙신학교 교수를 역임하고 이후 학계·언론계에도 종사하면서 1961년에는 한국문인협회 초대 이사장을 지내다.

대표작

〈천치? 천재?〉(1919), 〈독약을 마시는 여인〉(1921), 〈흰닭〉(1924), 〈화수분〉(1925), 〈청춘곡〉(1938), 〈소〉(1950), 〈크리스마스 전야의 풍경〉(1960) 등이 있다.

염상섭(1897~1963)

1897년 서울에서 태어나다. 1912년 보성중학 2학년 1학기를 마치고 일본으로 건너가 교토 부립 제2중학교를 졸업하고 1918년 게이오 대학 사학과에 입학하다. 그러나 오사카 텐노지天王寺 공원 만세운동으로 투옥되어 학교를 중퇴하다. 1920년 창간한 《동아일보》 정치부 기자, 1921년 오산학교 교사가 되다. 1921년 《폐허》 동인에 참가, 《개벽》지에 데뷔작 〈표본실의 청개구리〉를 발표하다. 〈표본실의 청개구리〉는 한국 최초의 자연주의적인 소설로 평가되며, 그 후 전형적인 사실주의 계열의 작품들을 계속 발표하다. 1922년 최남선 주재 종합주간지 《동명》 편집을 하다가 현진건 등과 함께 《시대일보》로 직장을 옮기다. 1926년 결혼하고 《조선일보》 학예부 기자, 1937년 《만선일보》 편집국장으로 초빙되어 만주로 이사하다. 1945년 만주에서 해방을 맞고 거류민단을 조직하여 부회장이 되다. 1946년 《경향신문》 창간 편집국장, 6·25전쟁이 일어나자 해군 정훈국에 근무하다. 1953년 해군 중령으로 예편하고 1954년 예술원 종신

회원에 추대되다. 1955년 서라벌예대 학장이 되다. 호는 횡보橫步.

김동인(1900~1951)

1900년 평양에서 태어나다. 1919년 주요한, 전영택 등과 함께 최초의 순수
문예 동인지 《창조》를 간행하는 한편, 처녀작 〈약한 자의 슬픔〉을 발표했으나
출판법 위반으로 체포되어 4개월간 감옥에서 살다. 출옥 후 〈목숨〉, 〈배따라기〉,
〈감자〉, 〈광염狂炎소나타〉 등 역작을 잇따라 발표하면서 본격적인 작가 활동을
시작하다. 이광수의 계몽주의적 경향에 맞서 사실주의적 수법을 사용하였으
며, 1925년대를 풍미하던 신경향파와 프로 문학에 맞서 예술지상주의를 표방
하고 순수문학 운동을 벌이다. 1933년 《조선일보》 학예부장으로 입사했다가
곧 사직하다. 1935년 야담사野談社를 설립하여 월간지 《야담》을 발간하는 한
편, 극심한 생활고를 해결하기 위하여 소설 쓰기에 몰두하다가 몸이 쇠약해지
는 바람에 마약 중독에 빠지고 만다. 병마에 시달리다 못해 자포자기한 심경으
로 1939년 '성전종군작가'로 이른바 황군 위문을 떠났으나 1942년 불경죄로
서대문 감옥에서 옥고를 치르다. 1943년 조선문인보국회 간사를 지냈고, 1948
년 장편 역사소설 〈을지문덕〉을 쓰다가 생활고로 중단하다. 1951년 6·25전쟁
중에 숙환으로 서울에서 작고하다.

현진건(1900~1943)

1900년 대구에서 태어나다. 일본 도쿄 독일어학교를 졸업한 후 중국 상하이 외국어학교를 다니다. 1920년 《개벽》지에 단편소설 〈희생자〉를 발표함으로써 작가 활동을 시작하다. 1921년 발표한 〈빈처 貧妻〉로 인정을 받다. 《백조白潮》 동인에 참여하여 〈타락자〉, 〈운수 좋은 날〉, 〈불〉 등을 발표함으로써 염상섭과 함께 사실주의를 개척한 작가가 되다. 《시대일보》, 《매일신보》 기자로 근무하였고 《동아일보》 사회부장 재직 때인 1935년에는 '일장기 말살사건'으로 1년간 복역한 일도 있다. 호는 빙허憑虛.

대표작
〈빈처〉(1921), 〈술 권하는 사회〉(1921), 〈할머니의 죽음〉(1923), 〈운수 좋은 날〉(1924), 〈불〉(1925), 〈고향〉(1926), 〈적도〉(1933~1934), 〈무영탑〉(1938~1939) 등이 있다.

최서해(1901~1932)

1901년 함경북도 성진에서 소작농의 아들로 태어나다. 성진보통학교 5학년 중퇴가 학력의 전부. 불우한 가정환경 때문에 어려서부터 각지로 전전하며 날품팔이, 나무장수, 두부장수, 막노동 등 밑바닥 생활을 뼈저리게 체험하다. 이같은 체험이 문학적 자산이 되다. 1918년 가족과 함께 만주 간도 연변 용성으로 이주하다. 이때 겪은 체험으로 〈탈출기〉를 쓰다. 1923년 귀국, 1924년 단편소설 〈토혈〉이 《동아일보》에, 〈고국故國〉이 《조선문단朝鮮文壇》에 소개되면서 문단에 나오다. 이어서 〈탈출기〉, 〈기아와 살육〉을 발표하면서 신경향파문학의 기수로서 각광을 받다. 《중외일보》, 《매일신보》 기자로 있으면서 빈궁한 하층민의 삶을 그려 내는 계급적인 작품을 계속 발표하다. 가난과 병고에 시달리면서 발표한 만년 작품에서는 시대 의식과 역사 의식을 실감 있게 다룬, 현실적이고 낭만적인 작품 경향을 보이다.

주요섭(1902~1972)

1902년 평양에서 태어나다. 상하이 후장대학 교육학과를 졸업하고 미국 스탠퍼드대학원에서 교육심리학을 공부하다. 이후 《신동아》 주간, 베이징 푸런대학 교수 등을 지내다. 광복 후 월남하여 언론계, 교육계, 문단 등에서 활동하다. 1921년 《개벽》지에 〈추운 밤〉을 발표하면서 작가로서의 활동을 시작하다. 초기에는 하층계급을 소재로 한 작품을 주로 써 신경향파 작가로 불리다. 광복 후에는 강한 현실의식이 반영된 작품들을 쓰다.

채만식(1902~1950)

1902년 군산시 임피면에서 태어나다. 서당에 다니다가 1914년 임피보통학교를 졸업하다. 1918년 중앙고보를 마치고 1922년 일본 와세다대학 부속고등학원에 입학하나 관동대지진으로 학업을 중단하다. 1923년 《동아일보》 학예부 기자가 되다. 1925년 《조선문단》에 데뷔작 〈세길로〉를 발표하다. 1926년 개벽사開闢社 로 직장을 옮기다. 1935년 직장 생활을 청산하고 개성으로 가 작은형의 금광업을 도우며 창작에 몰두하다. 1938년 일제의 눈을 피해 상경, 1945년 봄 고향 임피에 피해 있다가 8·15해방을 맞다. 1949년 〈탁류〉의 인세 수입 37원과 몇 편 소설 원고료를 합해 익산시 주현동에 집을 마련하다. 1950

년 무리한 집필로 폐병이 악화되어 치료비 때문에 집을 처분하고 토담집 초가를 사서 이사하다. 1950년 6·25사변이 일어나기 보름 전인 1950년 6월 11일 별세하다. 호는 백릉白菱.

계용묵(1904~1961)

1904년 평안북도 선천군에서 태어나다. 어려서 한학을 배우고, 1928년 일본 도요대학 동양학과를 다니다. 1925년 《조선문단》에 단편 〈상환相換〉을 발표함으로써 작가 활동을 시작하다. 1935년 대표작인 〈백치 아다다〉를 발표하여 문단의 주목을 끌다. 1945년에는 〈일장기日章旗의 당당한 위풍〉이란 친일적인 수필을 발표하기도 하다. 광복 후에는 예술성을 중시하는 인생파적 방향으로 돌아서다.

이태준(1904~ ?)

1904년 강원도 철원에서 태어나다. 1921년 휘문고보에 입학했으나 1924년 동맹휴학을 주도하다가 퇴학당하다. 1927년 일본 조치 대학에 입학하나 1년만에 중퇴하다. 《시대일보》에 〈오몽녀五夢女〉를 발표하면서 문단에 나와 1930

년대부터 작가활동을 활발하게 벌이다. '구인회'에 가담하는 한편 1939년에는 문예동인지《문장》을 주관하다. 이후 이화여전 강사,《조선중앙일보》학예부장을 지내다. 1941년 조선예술상을 수상한 후 1945년 고향 철원에서 칩거 중 해방을 맞다. 그해 '문화건설협의회'를 만들고 '조선문학가동맹' 부회장이 되어 사회주의 노선 작가들의 조직 활동에 힘을 쏟다. 1946년 10월경 방소문화사절단으로 소련을 여행하고 그대로 북한에 남다. 6·25 전쟁 중에는 종군 작가로 낙동강 전선까지 내려오다. 1952년 사상 검토 후 1956년 숙청당하다. 이후 행적은 알려지지 않고 사망 연도도 불확실하다. 호는 상허 尙虛.

대표작

〈달밤〉(1933), 〈까마귀〉(1936), 〈복덕방〉(1937), 〈해방전후〉(1946) 등이 있다.

이효석 (1907~1942)

1907년 강원도 평창군 봉평에서 태어나다. 경성제일고보를 거쳐 1930년 경성제국대학 법문학부 영문과를 졸업하다. 1928년 단편 〈도시와 유령〉을《조선지광》에 발표하면서 문단에 나오다. 1930년 경성농고 영어교사를 거쳐 1934년 평양 숭실전문 교수를 지내는 한편 〈산〉,〈들〉 같은 서정성 높은 작품을 발표하다. 1933년 '구인회'에 가입하다. 1940년 아내가 죽자 상심을 달래기 위하여 중국여행을 하고 돌아오다. 1942년 뇌막염으로 사망하다. 뛰어난 단편 작품을 많이 발표하여 이태준, 박태원 등과 함께 대표적인 단편작가로 평가받다. 호는 가산 可山.

대표작

〈노령근해〉(1930), 〈돈〉(1933), 〈분녀〉(1936), 〈메밀꽃 필 무렵〉(1936), 〈산〉(1936), 〈낙엽기〉(1937), 〈장미 병들다〉(1938), 〈화분〉(1939), 〈황제〉(1940), 〈벽공무한〉(1941) 등이 있다.

김유정(1908~1937)

1908년 강원도 춘성군 신동면 실레 마을에서 8남매 중 막내로 태어나다. 1929년 휘문고보를 마치고 연희전문 문과에 입학했으나 가정 형편이 어려워 중퇴하다. 1930년 약 1년 동안 전국 각지를 방랑하다. 1931년 실레 마을에 내려와 야학을 개설하고 농촌 계몽 운동을 펼치다. 그 후 한때 금광에 들어가 일확천금을 꿈꾸기도 하다. 1933년부터 소설을 쓰기 시작해서 1935년 단편 〈소낙비〉가 《조선일보》 신춘문예에, 〈노다지〉가 《중외일보中外日報》에 각각 당선됨으로써 화려하게 문단에 데뷔하다. 문단 데뷔 후에는 '구인회'에 가입하고 천재시인 이상과도 깊은 친교를 맺다. 1937년 오랜 지병인 폐결핵으로 광주 누님 댁에서 29세의 나이로 요절하다. 죽을 때까지 불과 2년 남짓한 기간 동안 병고에 시달리면서도 왕성한 작가 활동을 하다. 데뷔작 〈소낙비〉를 비롯하여 농촌을 배경으로 한 30여 편의 주옥 같은 작품을 남기다.

> **대표작**
> 〈산골 나그네〉(1933), 〈만무방〉(1934), 〈소낙비〉(1935), 〈노다지〉(1935), 〈봄·봄〉(1935), 〈금 따는 콩밭〉(1935), 〈동백꽃〉(1936), 〈따라지〉(1937), 〈땡볕〉(1937) 등이 있다.

김정한(1908~1996)

1908년 경상남도 동래에서 태어나다. 어려서 서당을 다니며 한학을 깨우치다. 1928년 동래고보를 마친 후 대원보통학교 교사가 되다. 교사 재직 중 조선인교원동맹을 조직하려다 검거되다. 교사를 그만두고 1929년 일본 와세다대학 부속학원 고등부 문과를 다니다. 1931년 조선유학생 학우회가 펴내는 《학지광》의 편집을 맡다. 1936년 일제 식민지 통치 아래서 신음하는 궁핍한 농촌의 현실과 친일파 승려들의 폐해를 그린 〈사하촌〉이 《조선일보》에 당선되어 문단에 데뷔하다. 그 후 〈항진기〉, 〈기로〉 등의 작품을 발표하다. 1943년 일제가 친일행위를 강요하자 붓을 꺾고 글쓰기를 중단하다. 1966년 〈모래톱 이야기〉를 발표하면서 20여 년 만에 집필 활동을 재개하다. 1974년 자유실천문인협의회, 1987년 민족문학작가회의 설립에 힘을 쏟다.

대표작

〈낙일홍〉(1940), 〈모래톱 이야기〉(1966), 〈인간단지〉(1970), 〈수라도 · 인간단지〉(1973), 〈삼별초〉(1977) 등이 있다.

이무영 (1908~1960)

본명은 용구龍九이다. 1908년 충청북도 음성에서 태어나다. 휘문고보를 중퇴하고 1925년 일본으로 건너가 세이조중학을 다니다가 작가 가토 다케오 문하에서 수업하다. 1929년 귀국하여 극예술연구회와 구인회 동인으로 활동하면서 많은 소설과 희곡을 발표하다. 1939년 경기도 군포에 정착해 직접 농사를 짓다. 이때 〈제1과 제1장〉, 〈흙의 노예〉 등을 발표하면서 본격적으로 농촌 소설을 쓰기 시작하다. 〈청기와집〉은 친일적 작품으로 1943년 조선예술상을 받았고, 1956년에는 〈농부전초〉로 서울시문화상을 받다. 농민문학의 선구자로 일컬어지고 있다.

대표작

〈농부〉(1934), 〈제1과 제1장〉(1939), 〈농부전초〉(1956) 등이 있다.

박태원 (1909~1987)

1909년 서울에서 태어나다. 1919년 경성사범부속 보통학교를 다니다가 1923년 경성제일고보에 편입학하다. 1926년 삼촌의 주선으로 이광수에게 문학 지도를 받아 재학 중 《조선문단》, 《동아일보》 등에 시와 평론을 발표하기 시작하다. 1929년 일본 도쿄 호세이대학에 들어가다. 이 해 《동아일보》에 소설 〈해하의 일야〉를 연재하다. 1930년 호세이대학을 중퇴하고 서울로 돌아와 잡지 《신생新生》에 단편 〈수염〉을 발표하면서 문단에 정식 데뷔하다. 1933년 '구인회'에 입회하고 1934년에 결혼하다. 이 무렵 〈소설가 구보씨의 1일〉, 〈천변풍경 川邊風景〉 등을 발표함으로써 풍속 세태를 독특한 필치로 그려 내는 인기 작가로서 위치를 굳히다. 1941년 《매일신보》에 〈여인성장〉, 〈신역 삼국지〉를 연재하고 1942년 《조광》에 〈수호지〉를 연재하다. 1947년 〈홍길동전〉을 쓰다. 1950년 6·25 전쟁 중 월북하여 1953년부터 평양 문과대 교수로 재직하던 중 1956년 남로당 계열로 몰려 숙청당하다. 1977년 완전 실명, 전신불수 상태에서 〈갑오농민전쟁〉을 구술로 완성하다.

대표작

단편 〈수염〉(1930), 〈딱한 사람들〉(1934), 〈전말〉(1935), 〈비량〉(1936)과 중편 〈소설가 구보씨의 1일〉(1934), 장편 〈천변풍경〉(1936), 〈갑오농민전쟁〉(1986) 등이 있다.

박영준 (1911~1976)

1911년 평안남도 강서에서 태어나다. 1934년 연희전문학교를 졸업하다. 같은 해 단편 〈모범경작생〉이 《조선일보》 신춘문예에 당선됨으로써 문단에 등단하다. 1935년 독서회사건으로 5개월간 구류당하고, 1938년 만주 지린성으로 이주하여 교편을 잡다. 1946년 경향신문사 문화부장에 취임하고, 1951년에는 육군본부 정훈감실 문관으로 복무, 종군작가단 사무국장으로 활동하다. 1954년 단편집 〈그늘진 꽃밭〉으로 제1회 아시아자유문학상을 수상하다. 1965년 연세대학교 교수가 되고 한국문인협회 이사로 활동하다. 광복 전까지는 농촌소설을 많이 썼고, 광복 이후에는 인간고독과 윤리문제에 집중하다. 그 밖의 작품집으로 〈풍설風雪〉(1951), 〈추정秋情〉(1968) 등이 있다.

안수길(1911~1977)

1911년 함경남도 함흥에서 태어나다. 1926년 간도중앙학교를 졸업하고 함흥고등보통학교에 입학하다. 이후 학생운동에 가담하여 일본으로 건너가 1930년 와세다대학 고등사범부 영어과에 입학하다. 귀국 후인 1932년 박영준朴榮濬과 함께 문예동인지 《북향北鄉》을 펴내다. 1935년 단편 〈적십자병원장〉이 《조선문단》에 당선되면서 작가활동을 시작하다. 1948년 월남, 그 후 교직에 종사하면서 창작활동에 전념하다.

김동리(1913~1995)

1913년 경북 경주에서 태어나다. 대구 계성중학, 서울 경신고보를 다니다가 중퇴하다. 1934년 《조선일보》 신춘문예에 시 〈백로〉가 입선한 뒤, 이듬해 1935년 《조선중앙일보》 신춘문예에 단편 〈화랑의 후예〉, 1936년 《동아일보》에 단편 〈산화〉가 연이어 당선되어 작가가 되다. 1940년 일제 어용 문학단체인 조선문인보국회 가입을 거부하고 만주 지방을 방랑하다. 1945년 해방 후에는 좌익 문학단체에 맞서 '한국청년문학가협회'를 결성하고 회장을 맡아 순수문학, 본격문학, 신인간주의 문학을 옹호하는 선봉에 서다. 1947년 《경향신문》 문화부장, 1948년 《민국일보》 편집국장을 역임하다. 그 후에는 서라벌예술대학, 중앙대 예술대학장 등을 역임하며 후진 양성에 힘을 쏟다. 본명은 시종始鍾.

오영수(1914~1979)

1914년 경상남도 울산에서 태어나다. 일본 나니와중학을 다니고 1939년 도쿄 국민예술원을 졸업하다. 광복 후 교편을 잡고 《신천지》에 작품을 발표하기 시작하다. 1950년 《서울신문》 신춘문예에 단편 〈머루〉가 당선되어 등단하다. 1955년에는 조연현趙演鉉 등과 문예지 《현대문학》을 창간하다. 전형적인 단편 작가로서 쉬운 문체와 서정적 특색을 가진 작가이다. 1955년 한국문학가협회상, 1959년 아시아자유문학상, 1977년 대한민국예술원상 등을 받다. 호는 월주月洲.

황순원(1915~2000)

1915년 평안남도 대동군에서 태어나다. 1929년 정주 오산중학교를 거쳐 1930년 평양 숭실중학교로 옮기다. 1934년 일본 와세다대학 제2고등학원, 1936년 와세다대학 영문과를 다니다. 1937년 단편 〈거리의 부사〉를 발표하고 1940년 〈황순원 단편집〉을 발간하다. 1941년부터 일제의 한글 말살 정책 때문에 소설들을 써 두기만 하고 발표를 보류하다. 8·15 해방 직후 공산 체제를 피하여 월남하여 서울고등학교 국어교사로 둥지를 틀다. 1946년 '조선청년문학가협회'에 가담하다. 1957년부터 경희대 국문과 교수로 부임한 이후 평생을 봉직하다. 1957년 예술원 회원이 되다.

대표작

단편 〈별〉(1941), 〈독짓는 늙은이〉(1948), 〈목넘이 마을의 개〉(1948), 〈곡예사〉(1952), 〈학〉(1953), 〈소나기〉(1953) 등이 있고, 장편 〈별과 같이 살다〉(1947), 〈카인의 후예〉(1953), 〈인간접목〉(1955), 〈나무들 비탈에 서다〉(1960), 〈일월〉(1962), 〈움직이는 성〉(1973), 〈신들의 주사위〉(1982) 등이 있다.

김성한(1919~)

1919년 함경남도 풍산에서 태어나다. 함흥의 함남중학, 일본 야마구치 고교를 마치고 도쿄 대학에 입학했다가 중퇴하다. 해방이 되자 귀국하여 언론계에 투신하여 1955년 《사상계》 주간, 1958년 《동아일보》 논설위원, 1973년 편집국장 등을 역임하다. 1950년 《서울신문》 신춘문예에 단편 〈무명로〉가 당선되어 작가 생활을 시작한 이후 단편 〈암야행〉, 〈제우스의 자살〉 등의 문제작을 잇따라 발표하다. 1954년 양문사에서 단편집 〈암야행〉을 발간하고 1955년 프로메테우스와 신이 5분간의 협상을 통하여 신의 질서에 저항하는 인간의 승리를 암시하는 단편 〈오분간〉을 발표하다. 1956년 영국의 헨리 5세 때의 재봉공 바비도가 이단으로 몰려 불에 타 죽는 과정을 통하여 교회의 횡포에 저항하는 진정한 신앙, 인간의 존엄성 등을 그린 〈바비도〉를 발표하다. 1963년 영국으로 건너가 맨체스터 대학에서 사학을 전공하다. 1955년 첫회 동인문학상, 1957년 제5회 자유문학상을 받다.

대표작

단편 〈암야행〉(1954), 〈오분간〉(1955), 〈바비도〉(1956) 등이 있고 장편 〈이성계〉(1966), 〈요하〉(1968), 〈이마〉(1975), 〈임진왜란〉 등이 있다.

전광용(1919~1988)

1919년 함경남도 북청에서 태어나다. 1946년 경성고등상업학교, 1951년 서울대학교 국문과, 1953년 서울대 대학원을 졸업하다. 학생 시절부터 문학에 심취하여 1939년 《동아일보》 신춘문예에 〈별나라 공주와 토끼〉가 입선하고, 1947년 '시탑詩塔' 동인으로 활동하다. 1955년에 단편 〈흑산도〉가 《조선일보》 신춘문예에 당선되면서 작가생활을 시작하다. 1962년 〈꺼삐딴 리〉로 제7회 동인문학상을 받다. 1955년부터 1984년까지 서울대 국문과 교수로 재직하다. 1973년 문학박사 학위를 받고 1974년 펜클럽한국본부 부회장, 1980년 한국비교문학회 회장을 맡다. 호는 백사白史.

대표작

단편 〈사수〉(1959), 〈충매화〉(1960), 〈목단강열차〉(1974), 장편 〈창과 벽〉(1967), 〈태백산맥〉(1978) 등이 있다.

이범선(1920~1981)

1920년 평안남도 신안주에서 태어나다. 평양에서 은행원으로 일하다가 광복 후 월남하여 1952년 동국대학교 국문학과를 졸업하다. 1955년 《현대문학》에 단편 〈암표暗票〉와 〈일요일〉이 추천되어 등단하다. 이후 교편을 잡는 한편 한국문인협회 부이사장을 지내다. 1958년 현대문학신인문학상, 1961년 동인문학상, 1970년 월탄문학상을 받다. 호는 학촌鶴村.

대표작

〈학마을 사람들〉(1957), 〈오발탄〉(1959) 등이 있다.

장용학(1921~1999)

　1921년 함경북도 부령에서 태어나다. 경성중학교를 졸업하고, 1942년 일본 와세다대학을 중퇴하다. 광복 후 귀국하여 청진여자중학교 교사로 근무하다가 1947년 월남하다. 한양공업고등학교 교사로 있는 동안 1948년 〈육수(肉囚)〉를 발표하다. 덕성여자대학교 교수로 있었으며, 경향신문사와 동아일보사의 논설위원을 지내다.

> **대표작**
>
> 〈무영탑〉(1953), 〈라마의 달〉(1954), 〈요한 시집〉(1955), 〈잔인의 계절〉(1972), 〈부여에 죽다〉(1980),
> 〈유역〉(1982), 〈하여가행〉(1987) 등이 있다.

선우휘(1922~1986)

1922년 평안북도 정주(定州)에서 태어나다. 1944년 경성사범학교를 졸업하고 1946년 《조선일보》에 기자로 입사하다. 1955년에 〈귀신〉으로 등단하다. 1957년 〈불꽃〉으로 동인문학상을 받으면서 왕성한 작품활동을 보인다.

> **대표작**
>
> 〈불꽃〉(1957), 〈깃발 없는 기수〉(1959), 〈묵시〉(1971) 등이 있다.

박경리(1927~)

　1926년 경상남도 통영에서 출생하다. 1945년 진주고등여학교를 졸업하다. 1955년 《현대문학》에 단편 〈계산〉과 〈흑흑백백〉을 추천받아 문단에 등단하다. 1957년 〈전도〉, 〈불신 시대〉, 〈암흑 시대〉 등의 역작을 발표하다. 〈불신 시대〉

로 현대문학 신인상을 수상하다. 1959년 생활고에 시달리는 여인을 그린 장편 〈표류도〉를 발표하여 내성문학상을 받은 것을 계기로 장편소설 집필에 주력하다. 1969~1989년 대하 역사소설 〈토지〉를 쓰다. 〈시장과 전장〉으로 한국여류문학상을, 〈토지〉로 월탄문학상을 받다. 1988년 〈토지〉전 4부가 완간되다.

> **대표작**
> 단편 〈불신 시대〉(1957), 장편 〈표류도〉(1959), 〈성녀와 마녀〉(1960), 〈김약국의 딸들〉(1962), 〈시장과 전장〉(1964), 수필 〈거리의 악사〉(1966) 등이 있다.

박완서 (1931~)

1931년 경기도 개풍군에서 태어나다. 1950년 서울대 국문과 재학 중 6·25 전쟁으로 학업을 중단하다. 1970년 〈나목〉이 《여성동아》장편소설 현상모집에 당선되면서 작가 활동을 시작하다. 이후 봇물이 터진 듯이 왕성하게 중단편은 물론 장편들을 발표하다. 소설 외에도 〈꼴찌에게 보내는 갈채〉, 〈살아 있는 날의 소망〉, 〈나는 왜 작은 일에만 분개하는가〉 등 여러 권의 산문집도 내다. 1981년 이상문학상을 비롯하여 1990년 대한민국문학상, 1994년 동인문학상, 1999년 만해문학상, 2001년 황순원문학상 등 많은 문학상을 받다.

> **대표작**
> 〈부끄러움을 가르칩니다〉(1974), 〈엄마의 말뚝〉(1980) 등의 중단편과 장편 〈나목〉(1970), 〈도시의 흉년〉(1977), 〈휘청거리는 오후〉(1977), 〈목마른 계절〉(1978), 〈오만과 몽상〉(1982), 〈그해 겨울은 따뜻했네〉(1983), 〈그 많던 싱아는 누가 다 먹었을까〉(1992) 등이 있다.

이호철(1932~)

1932년 함경남도 원산에서 태어나다. 6·25 때 월남하여 부산 미군부대 경비원 등으로 일하다. 1955년 《문학예술》에 자신의 체험을 바탕으로 한 단편 〈탈향脫鄉〉이 추천되어 등단하다. 1974년 문인간첩단사건, 1979년 위장결혼식 사건 등으로 옥고를 치르다. 대표적 분단작가이자 탈북작가로 꼽힌다.

> **대표작**
> 〈탈향〉(1955), 〈판문점〉(1962), 〈닳아지는 살들〉(1962), 〈부시장 임지로 안 간다〉(1962), 〈그 겨울의 긴 계곡〉(1978), 〈소시민〉(1979) 등이 있다.

서정인(1936~)

1936년 전라남도 순천에서 태어나다. 서울대학교 영문과를 졸업하고 1962년 《사상계》 신인상에 단편소설 〈후송後送〉이 당선되다. 1968년 일상의 좌절과 허무를 그린 〈강江〉으로 주목받다. 이후로도 주로 현대인의 방황과 실존적인 문제를 다루는 작품을 발표하다. 1976년 한국문학작가상, 1984년 〈철쭉제〉로 월탄문학상을 받다.

> **대표작**
> 〈후송〉(1962), 〈강〉(1968), 〈철쭉제〉(1983), 〈달궁〉(1985) 등이 있다.

이청준(1939~)

1939년 전라남도 장흥군에서 태어나다. 서울대학교 독문학과를 졸업하다. 1965년 《사상계》 신인상에 〈퇴원〉이 당선되어 문단에 나온 후 〈병신과 머저리〉

(1966), 〈굴레〉(1966), 〈석화촌〉(1968), 〈매잡이〉(1968) 등 문제작을 잇따라 발표하다. 이 기세는 1970년대에 들어서도 계속되어 〈소문의 벽〉(1971), 〈조율사〉(1972), 〈이어도〉(1974), 〈자서전들 쓰십시다〉(1976), 〈서편제〉(1976), 〈잔인한 도시〉(1978) 등으로 이어지다. 1980년대 이후에도 궁극적인 삶의 본질적 양상에 대한 소설적 규명 작업으로 〈시간의 문〉(1982), 〈비화밀교〉(1985), 〈자유의 문〉(1988) 등을 발표하다. 1968년 〈병신과 머저리〉로 동인문학상, 1978년 〈잔인한 도시〉로 이상문학상, 1986년 〈비화밀교〉로 대한민국문학상, 1990년 〈자유의 문〉으로 이산문학상 등을 수상하다.

> **대표작**
> 〈병신과 머저리〉(1966), 〈별을 보여 드립니다〉(1971), 〈당신들의 천국〉(1976), 〈서편제〉(1976), 〈예언자〉(1977), 〈낮은 데로 임하소서〉(1981), 〈아리아리 강강〉(1988) 등이 있다.

전상국 (1940~)

1940년 강원도 홍천에서 태어나다. 1955년 홍천중학교, 1957년 춘천고등학교에 입학하다. 1958년 고등학교 2학년 때 학원문학상과 《강원일보》 신춘문예에 입선하다. 1960년 경희대 국문과에 입학하여 황순원 교수에게 배우다. 1963년 《조선일보》에 단편 〈동행同行〉이 당선되어 문단에 등단하다. 1964년 글 쓰는 일에 회의를 느끼고 귀향하여 원주와 춘천에서 교편을 잡다. 1972년 스승 조병화 시인의 부름으로 경희고등학교로 옮기다. 1977년 현대문학상을 받고 1980년 동인문학상을 받다. 2004년 현재 강원대학교 교수로 재직하고 있다.

> **대표작**
> 〈바람난 마을〉(1977), 〈아베의 가족〉(1979), 〈우상의 눈물〉(1980), 〈우리들의 날개〉(1981), 〈불타는 산〉(1984), 〈길〉(1985) 등이 있다.

김승옥(1941~)

1941년 일본 오사카에서 태어나 전남 순천에서 유년 시절을 보내다. 1948년 여순반란사건 때 부친이 죽다. 1960년 서울대 불문학과에 입학하다. 대학 시절 《산문시대》 동인으로 활동하면서 김현, 최하림, 이청준, 서정인 등과 교유하다. 1962년 《한국일보》 신춘문예에 〈생명연습〉이 당선되어 문단에 나오다. 1960년 대의 지적 우울 등을 감각적 터치와 화려하고 혁명적인 문체로 그린 문제작을 잇따라 발표하다. 1965년 서울대를 졸업, 이 해에 〈서울 1964년 겨울〉로 동인 문학상을 받다. 1967년 〈감자〉로 영화감독에 데뷔하고 〈어제 내린 비〉, 〈영자의 전성시대〉 등의 시나리오를 쓰다. 1977년 〈서울의 달빛 0장〉으로 이상문학상을 받다. 1980년 이후 기독교의 수행을 위하여 집필 활동을 중단하다.

> **대표작**
> 〈환상수첩〉(1962), 〈건〉(1962), 〈누이를 이해하기 위하여〉(1963), 〈무진기행〉(1964), 〈서울 1964년 겨울〉(1965), 〈서울의 달빛 0장〉(1977) 등이 있다.

문순태(1941~)

1941년 전라남도 담양에서 태어나다. 1973년 《현대문학》 신인상에 〈백제 의 미소〉가 당선되다. 같은 해 송기숙, 한승원 등과 동인지 《소설문학》을 발간 하다. 1981년 소설문학 작품상과 전남문학상을, 1982년 문학세계 작가상을 수상하다. 우리의 전통적 정서인 한限을 통해 진실한 인간상을 그려 내는 작 가이다.

> **대표작**
> 〈징소리〉(1978), 〈철쭉제〉(1981) 등이 있다.

이문구 (1941~2003)

1941년 충청남도 보령에서 태어나다. 6·25 때 아버지와 형들을 잃고, 어머니까지 세상을 떠나 15세 때 가장이 되다. 1963년 서라벌예술대학 문예창작과를 졸업, 1965년 《현대문학》에 단편소설 〈다갈라 불망비〉가 추천되어 등단하다. 작가 자신의 경험을 바탕으로 한 농촌의 모습을 작품에 담고, 토속적인 우리말의 특징을 잘 살려 농민소설의 새로운 장을 개척한 작가로 평가되고 있다.

> **대표작**
> 〈관촌수필〉(1972), 〈우리동네〉(1981), 〈내 몸은 너무 오래 서 있거나 걸어왔다〉(2000) 등이 있다.

김원일 (1942~)

1942년 경상남도 진영에서 태어나다. 1962년 서라벌예술대학 문예창작과에 입학한 후 영남대 국문학과로 편입, 단국대 대학원을 졸업하다. 1966년 《대구매일신문》 신춘문예에 〈1961·알제리아〉가 당선되어 등단, 1967년 《현대문학 장편소설》 공모에서 《어둠의 축제》로 준당선을 하다. 1978년 〈노을〉로 대한민국문학상을 수상, 1979년 〈도요새에 관한 명상〉으로 한국창작문학상, 1984년 〈환멸을 찾아서〉로 동인문학상, 1990년 〈마음의 감옥〉으로 이상문학상을 수상하다.

> **대표작**
> 〈어둠의 혼〉(1973), 〈어둠의 축제〉(1975), 〈오늘 부는 바람〉(1976), 〈노을〉(1978), 〈도요새에 관한 명상〉(1979), 〈바람과 강〉(1985), 〈겨울골짜기〉(1987), 〈마당 깊은 집〉(1988) 등이 있다.

윤흥길(1942~)

1942년 전라북도 정읍에서 태어나다. 1973년 원광대학교 국문과를 졸업하고 교사와 출판편집자로 일하다가 창작에만 전념하게 되다. 1968년《한국일보》신춘문예에 소설〈회색 면류관의 계절〉이 당선되다. 1977년〈아홉 켤레의 구두로 남은 사내〉로 한국문학 작가상을 수상, 1983년〈꿈꾸는 자의 나성〉으로 한국창작문학상을 수상하다.

> **대표작**
> 〈장마〉(1973), 〈아홉 켤레의 구두로 남은 사내〉(1977) 등이 있다.

조세희(1942~)

1942년 경기도 가평에서 태어나다. 서라벌예대 및 경희대를 졸업하다. 1965년《경향신문》신춘문예에〈돛대 없는 장선〉이 당선되어 문단에 나오다. 1970년대 중반부터〈칼날〉, 〈뫼비우스의 띠〉, 〈난장이가 쏘아 올린 작은 공〉 등으로 이어지는 난장이 연작소설을 발표하면서 문단의 주목을 받으며 1970년대 산업사회의 모순을 가장 예리하고 감동적으로 포착한 작가로 평가받고 있다.

> **대표작**
> 연작소설〈난장이가 쏘아 올린 작은 공〉(1978), 〈긴 팽이모자〉(1979), 〈시간여행〉(1983), 〈고통의 뿌리〉(1986), 〈하얀 저고리〉(1990) 등이 있다.

황석영(1943~)

1943년 만주 장춘長春에서 출생하다. 1962년 경복고 재학 시절《사상계》신인문학상에 단편 〈입석 부근〉이 입선되고, 1970년《조선일보》신춘문예에 단편 〈탑〉과 희곡 〈환영幻影의 돛〉이 동시 당선되어 작가로 데뷔하다. 1966년 군 복무 중 베트남 전쟁에 참전하다. 제대 후 1970년대부터 〈객지〉, 〈한씨연대기〉, 〈삼포 가는 길〉 등 리얼리즘 정신에 투철한 많은 작품을 발표하다. 1975년《한국일보》에 대하 역사소설 〈장길산〉을 연재하기 시작하다. 1976년 이후 해남, 광주에 살며 민주문화운동을 전개하다. 1989년 평양을 방문한 후 오랫동안 독일, 미국 등에 머물다. 1993년 귀국하여 방북사건으로 투옥되었다가 7년형 복역 중 1998년 사면 석방되다. 2004년 민족문학작가예술총연맹 이사장이 되다.

> **대표작**
> 〈객지〉(1974), 〈가객〉(1978), 희곡집 〈장산곶매〉(1979), 광주항쟁기록 〈죽음을 넘어, 시대의 어둠을 넘어〉(1985), 장편 〈장길산〉(1984), 〈무기의 그늘〉(1989), 〈오래된 정원〉(2000), 〈손님〉(2001) 등이 있다.

오정희(1947~)

1947년 서울 사직동에서 태어나다. 홍주초등학교, 이화여중, 이화여고를 거쳐 1966년 서라벌예술대학 문예창작과에 입학하다. 1968년《중앙일보》신춘문예에 〈완구점 여인〉이 당선되어 문단에 등단하다. 1970년 서라벌 예술대학을 졸업한 후 잠시 문예창작과 조교로 근무하다. 1971년부터 1973년까지 잡지사, 출판사 등에서 편집자로 일하다. 1974년 결혼한 다음 1978년 남편과 함께 춘천으로 이주하다. 1979년 이상문학상, 1982년 동인문학상을 받다. 1984년 뉴욕 주립대 교환교수로 임용된 남편을 따라가 뉴욕주에 체류하다. 1995년 귀국하여 지금까지 춘천에서 살고 있다.

최명희(1947~1998)

  1947년 전라북도 전주에서 태어나다. 1972년 전북대학교 국어국문학과를
졸업하고 교편을 잡다. 1980년 《중앙일보》 신춘문예에 〈쓰러지는 빛〉이 당선
되어 등단하다. 이듬해 《동아일보》 창간 60주년 기념 장편소설 공모전에서 대
하소설 〈혼불〉(1부)이 당선되어 문단의 주목을 받다. 이후 1995년까지 월간
《신동아》에 5부까지 연재하고, 1996년 10권으로 묶어 완간하다.

이문열(1948~)

  1948년 서울에서 태어나다. 1977년 서울대학교 사범대학 국어교육과를 중
퇴하고 《대구매일신문》 신춘문예에 〈나자레를 아십니까〉가 가작으로 당선되
어 문단에 등단하다. 이후 〈사람의 아들〉, 〈사라진 것들을 위하여〉, 〈황제를 위
하여〉 등을 잇따라 발표하면서 대중적인 작가로 인정받다.

임철우(1954~)

1954년 전라남도 완도군에서 태어나다. 1973년 전남대학교 영문학과에 입학, 제대 후 복학하여 광주민주화운동을 겪다. 1995년부터 한신대학교 문예창작과 교수로 재직하다. 1981년 《서울신문》 신춘문예에 〈개도둑〉이 당선되어 등단하다. 분단과 이데올로기 문제에 초점을 둔 작품을 여럿 써 오다.

대표작
〈사평역〉(1983), 〈붉은방〉(1988), 〈그 섬에 가고 싶다〉(1991), 〈봄날〉(1998) 등이 있다.

양귀자(1955~)

1955년 전라북도 전주에서 태어나다. 전주여고 학생 시절부터 백일장과 문예 현상공모에 참가하면서 소설 공부를 하다. 문예작품 현상모집에 소설이 뽑혀 문예장학생으로 원광대 국문과에 입학하다. 대학을 마치고 2년 동안 학교 교사와 잡지사에서 근무하다. 1978년 〈다시 시작하는 아침〉이 《문학사상》 신인상을 받아 문단에 나오다. 1986년부터 연작소설 형태의 〈원미동 사람들〉을 쓰기 시작하다. 이 작품은 박태원의 〈천변풍경〉 이후 훌륭한 세태소설로서 1980년대 단편 문학의 정수라는 평가를 받다. 1991년 첫 장편소설 〈잘가라 밤이여〉를 〈희망〉이라는 제목으로 고쳐 출간하다. 1992년 장편 〈나는 소망한다 내게 금지된 것을〉(1992), 〈천년의 사랑〉(1995), 〈모순〉(1998) 등을 잇따라 발표하다.

대표작
〈귀머거리 새〉(1985), 〈원미동 사람들〉(1987), 〈지구를 색칠하는 페인트공〉(1989), 〈슬픔도 힘이 된다〉(1993) 등이 있다.

박상률(1958~)

1958년 전라남도 진도에서 태어나다. 전남대학교를 졸업하다. 1990년《한길문학》에 시 〈진도아리랑〉과《동양문학》에 희곡 〈문〉을 발표하면서 작품활동을 시작하다. 1996년 문학의 해 기념 불교문학상 희곡 부문을 수상하다. 청소년과 아동을 대상으로 하는 작품으로도 활발한 활동을 하고 있으며, 숭의여대에서 문예창작을 지도하고 있다.

> **대표작**
> 〈나는 아름답다〉(2000), 〈봄바람〉(2004), 〈바람으로 남은 엄마〉(2004) 등이 있다.

성석제(1960~)

1960년 경상북도 상주에서 태어나다. 연세대학교 법학과를 졸업하고 1986년《문학사상》시 부문 신인상을 수상하다. 1995년《문학동네》에 〈내 인생의 마지막 4.5초〉를 발표하면서 본격적인 활동을 시작하다. 1997년 소설 〈유랑〉으로《한국일보》문학상을 수상하다.

> **대표작**
> 〈그곳에는 어처구니들이 산다〉(1994), 〈새가 되었네〉(1996), 〈오렌지 맛 오렌지〉(1997) 등이 있다.

김소진(1963~1997)

1963년 강원도 철원에서 태어나다. 1982년 서울대학교 영문과를 졸업하다. 1990년부터《한겨레신문》교열부와 문화부에서 일하는 동안 작품활동을 하다. 1991년 〈쥐잡기〉가《경향신문》신춘문예에 당선되면서 등단하다. 1995년

신문사를 그만두고 창작활동에만 전념하다 1997년 췌장암 진단을 받고 같은 해 타계하였다.

신경숙(1963~)

1963년 전라북도 정읍에서 태어나다. 서울예전 문예창작과를 졸업, 1985년 《문예중앙》 신인문학상에 〈겨울 우화〉가 당선되어 등단하다. 1993년 〈풍금이 있던 자리〉로 주목을 받기 시작하여 서정적이고 섬세한 묘사가 돋보이는 작품들로 1990년대를 대표하는 작가가 되다.

MEMO

MEMO